Francesco Madeo

Hymne auf ein liederliches Leben

Roman

KLÖPFER&MEYER | TASCHENBUCH

Francesco Madeo

Hymne auf ein liederliches Leben

Roman

KLÖPFER&MEYER | TASCHENBUCH

Francesco Madeo, 1967 im Ruhrgebiet geboren, Sohn eines italienischen Einwanderers und einer Deutschen. Studium der Biochemie in Tübingen, Promotion, zur Finanzierung derselben Nebenerwerbs-DJ. Auch Heisenbergstipendiat. Lehrt heute als Professor Molekulare Biowissenschaften an der Universität Graz, forscht insbesondere über die Mechanismen der Neurodegeneration und des Alterns – und ist einer der meistzitierten Altersforscher weltweit.

Die »Hymne auf ein liederliches Leben« ist ein Roman. Seine handelnden Personen, sein Sujet sind frei erfunden. Jede Ähnlichkeit mit lebenden oder verstorbenen Personen ist rein zufällig und nicht beabsichtigt. Aber es gilt auch, mit Georg Christoph Lichtenberg: »Es ist schlimm genug, daß heutzutage die Wahrheit ihre Sache durch Fiktion, Romane und Fabeln führen lassen muß.«

Hardcover-Originalausgabe Klöpfer & Meyer, 2006.

ISBN 978-3-86351-117-3

Umschlaggestaltung:
Christiane Hemmerich Konzeption und Gestaltung, Tübingen.
Titelbild: Photocase / Seraph.
Herstellung: Horst Schmid, Mössingen.
Satz: niemeyers satz, Tübingen.
Druck und Einband: Pustet, Regensburg.

Mehr über das Verlagsprogramm von Klöpfer & Meyer
finden Sie unter *www.kloepfer-meyer.de*.

Vertreibung echter und falscher Engel

Am Morgen meines zwanzigsten Geburtstages schlummerte ich mit einem Lächeln auf den Lippen, denn endlich schien es passiert zu sein. War es wirklich geschehen? Ich träumte mit einer Intensität, die selten ist und gegen die alles Reale müde und abgeschmackt wirkt. Endlich, nach vielen Jahren des Wartens und der Erwartung wurde ich überreich beschenkt. Über mir schwebte und fiel ihr schwellender Körper leicht und schwer in elastischem Schwung. Sie hatte goldene Haare und ihre Augen waren Smaragde, dunkelgrün und leuchtend. Riesige Flügel aus geschmeidigem Glas schienen sie schweben zu lassen.

Wir geigten uns gleichzeitig in den Himmel, und ich musste in Gedanken daran noch immer lächeln, da dämmerte mir etwas Unangenehmes, vielleicht sogar etwas Fürchterliches. Mit erst kaum wahrnehmbarer, dann lauter werdender Stimme schlich sich ein ungebetener Gast in mein Bewusstsein. Wie ein leises Geräusch, von dem man im Moment der Wahrnehmung ahnt, dass es schon länger da war, trat Fäkalgeruch in meine Nase. Vatta saß auf dem Klo. Ich drehte mich um und versuchte, wieder einzuschlafen, verzweifelt bemüht, in den Traum wieder einzusteigen wie in einen fahrenden Zug, der sich langsam schneller werdend entfernt, doch es gelang nicht. Nein, es war gar nichts passiert. Wieder nichts. Der Engel zerstob in tausend kleine Lichter und war verschwunden. An seine Stelle trat eine Stimmung, die nicht mehr nur als schlechte Laune zu bezeichnen war. Ich quälte mich entsetzlich. Ich war nun zwanzig, und die über Jahre wachsende Ahnung und Angst, eine ewige männliche Jungfrau zu bleiben, hatte unerträgliches Ausmaß angenommen. Ich konnte an nichts anderes mehr denken. Vor allem war mir klar, dass mit zwanzig der Punkt gekommen war, an dem alles nur noch schwerer wird. Wer dieses Alter erreicht, ohne je mit einer Frau geschlafen zu haben, der schafft es nicht mehr. Er schafft es nicht mehr, weil er immer nervöser wird, weil keine Leichtigkeit mehr in seinen Handlungen und Annäherungen ist. Sollte er dennoch wider Erwarten noch einmal eine Chance bekommen, so wird er es hundertprozentig aus Nervosität vermasseln.

So etwa dachte ich und marterte mich hundert Mal mit der gleichen Frage: Warum zum Teufel habe ich es noch immer nicht geschafft?

Mangelnde Libido schließt sich unbedingt aus, ich denke ständig an Sex. Vielleicht bin ich ein bisschen schüchtern, und doch werden andere schüchterne Jungs von burschikoseren Mädchen „erlöst". Bin ich zu nett? Aus irgendeinem Grunde standen die Mädchen auf Schufte und Großkotze. Wieder steigt Fäkalgeruch in meine Nase. Diese verdammte Rübensau! Wie soll ich ein Mädchen mit auf mein Zimmer nehmen, wenn Vatta große Teile unserer Wohnung in einen beständigen Fäkalgeruch taucht? Er liebt es, ich will nicht übertreiben, etwa eine Stunde lang auf dem Klo über seinem dampfenden „Geschäft" zu sitzen, interessiert und selbstvergessen die „Praline" lesend. Als echter Platzhirsch ist sein heimliches Motto: Hier bin ich, und hier stinke ich. Unglücklicherweise befindet sich unser Klo direkt neben der Eingangstür zur Wohnung, so dass eine furchtbare Geruchsbarriere entsteht, unüberwindbar für Einbrecher zum Beispiel, noch undurchdringlicher aber für einen schüchternen Zwanzigjährigen, der soeben zarte Bande geknüpft hat und mit seiner Angebeteten irgendwie in sein Zimmer gelangen möchte.

Was hätte ich denn sagen sollen? „Du, halt mal eben für einen Moment die Luft an, mein Opa scheißt"? Unmöglich. Oder einfach so tun, als ob nichts wäre, die Unmittelbarkeit des Ereignisses ignorierend? Noch schlimmer.

Was aber, wenn ich es schaffte, die wenigen geruchlich einwandfreien Momente des Tages zu nutzen, wie ein Dieb, der weiß, dass das Sicherheitssystem, diese tödliche Barriere, für Sekunden lahmgelegt ist? Ein gefährliches Unterfangen. Außerdem galt es, wenn man denn diese Hürde genommen hätte, eine weitere, vielleicht noch größere Schwierigkeit zu umgehen. Unsere Wohnung bestand aus einem langen Flur, von dem am Anfang, direkt neben dem Eingang, das Klo und am Ende das Wohnzimmer abzweigte. Ebenfalls am Ende des Flures, direkt neben dem Wohnzimmer, ist mein Zimmer gelegen. Wenn Vatta sich nicht auf dem Klo befand, war er unfehlbar im Fernsehsessel des Wohnzimmers anzutreffen, das heißt, wenn meiner Angebeteten die Barriere erspart bliebe, so hätte sie ihn dort sehen müssen. Das hieße den Teufel mit dem Beelzebub austreiben, denn die dem Auge erkennbaren Lebensäußerungen meines Großvaters waren mitnichten charmanter als die geruchlichen, ganz im Gegenteil. Es hätte dann auch leicht die größtmögliche Katastrophe eintreten können:

Man stelle sich vor, er riefe uns hinein, nur mal eben so, um „Hallo“ zu sagen. Mir schauderte vor Scham und Peinlichkeit, Hitzewellen und rote Flecken jagten über mein Gesicht.

✣

Aber warum war Vatta die Ursache meiner pubertären Peinlichkeit? Waren es nur seine Geruchsattacken? Ich versuche, mich zu erinnern, aber so einfach ist das nicht. Jahrzehnte lang hat allerlei legendärer Schnickschnack das Bild meines Großvaters überfrachtet. Weiterhin ist es nicht einfach, ein objektives Bild von jemandem zu geben, der einem, wenn auch ungewollt, so nahe stand. Wenn die Dinge zu nahe vor das Auge kommen, werden sie wieder unscharf. Also, lassen Sie mich tief Luft holen, um einzutauchen in den Zeitenstrom und etliche Jahre flussaufwärts wieder aufzutauchen.

Merkwürdig, die Wohnung scheint irgendwie vergrößert, der Flur ist ungeheuer lang. Ich bin etwa dreizehn Jahre alt, klein und ein wenig dicklich. Nun sehe ich die Tür des Wohnzimmers wieder vor mir. Gelbgrauer Rauch wabert langsam hinaus. Überhaupt ist die gesamte Wohnung von einer dunkelgelben Patina überzogen, die durch kräftiges Rauchen sämtlicher Familienmitglieder über Jahre aufgebaut wurde. Meine Oma – Mutti genannt – taucht auf. Die ehemals weißen Vorhänge sind beige und Mutti, die zwar gerne Wäsche wäscht, aber nicht putzt, erzählt oft mit schwärmerischer Entrüstung, welch braune Soße aus diesen Vorhängen bei der halbjährlichen Wäsche kommt. Und tatsächlich, nach der Wäsche sehen selbst diese Vorhänge wieder schneeweiß aus. Trotzdem ist auch dann die gesamte Atmosphäre trüb und gelblich, vielleicht weil die Sonne über dem Ruhrgebiet nur selten die milchige Wolkenschicht durchbricht? Die Möbel sind alt und abgenutzt, und es ist schwer vorstellbar, dass sie je einmal präsentabel gewesen sein sollen. Die Wohnung ist alles in allem in einem erbärmlichverwahrlosten Zustand und das hat einen ganz einfachen Grund: Vatta repariert nichts und Mutti putzt nichts. Die ockerfarben-geblümten Tapeten schälen sich von den Wänden, die Kacheln des Bades sind fast alle gesprungen und dort, wo sie abgesplittert sind, kommt grauer Zement zum Vorschein. In der Küche gibt jeder Löffel Auskunft über mindestens die letzte Mahlzeit. Abends kann man beim Anschalten des Lichtes ein lustiges Gewimmel der Silberfischchen auf dem sehr abgewohnten Teppich beobachten. In den Küchenschränken passt kein Teller und kein Glas zum anderen. Mutti hat beim Spülen alles zerdeppert. Doch was der Wohnung ein wirklich trauriges Aussehen verleiht, ist nicht ihre Verwahrlosung. Sondern die überall herumstehenden Nippes- und Kitschfiguren, die Bilder, die in dickem, selbstverständlich falschem Gold gerahmt sind, die getrockneten Blumensträuße in verstaubten Ecken. Kurz: Schale Abziehbilder einer geheuchelten Wohnlichkeit greifen einem wirklich ans Herz.

Doch lassen wir das, gehen wir jetzt durch die Pforten der Hölle, durch den schwefelgelben Rauch ins Wohnzimmer und betrachten den Helden der Geschichte. Mein Großvater, von der ganzen Familie Vater genannt (aber Vatta ausgesprochen), ist 1,95 Meter groß. Für einen kleinen Jungen verdunkelt sich die Sonne, wenn er aufsteht. Der ganze Kerl wiegt 130 Kilo. Vermutlich hat sich Mutti in jungen Jahren nicht vorgestellt, dass sein Bauch einmal mächtiger als seine Schultern werden würde. Die Figur ist fassförmig. Das Fass stützt sich auf sehr dünne Beine, auf die er sich immer beruft, sollte seine Leibesfülle thematisiert werden: „Ick dick? Kiek mal meene Beene an", sagt er in gepflegtem Brandenburgisch.

Das Haar, schwarzgrau und mittellang, ist immer fettig und wird nach hinten gekämmt, so dass sich im Nacken ein kleiner Entenschwanz bildet. Diese einfache Frisur bedarf keinerlei Pflege, außer hin und wieder mit einem schwarzen Hornkamm, dessen Zahnzwischenräume mit Dreck gefüllt sind, von vorne nach hinten durchgekämmt zu werden. Das Gesicht ist rot und aufgedunsen, wirkt aber trotz aller Speckpolsterung noch irgendwie markig. Die Augen sind blau und trüb und seine Nase ist ein kartoffeliger, aber mächtiger Erker, dessen hundert Macken und Krater ahnen lassen, wie viele Angriffe er zu überstehen hatte. Das wahrhaft Gespenstische an diesem Manne aber ist nicht der bloße Eindruck seiner Hässlichkeit, sondern eine Ahnung, die jeden besseren Beobachter beschleicht: irgendetwas in seinem Aussehen oder in seiner Mimik lässt vermuten, dass Vatta einmal ein außerordentlich schöner Mann gewesen war. Und tatsächlich hatte er eine lange Höllenfahrt hinter sich. Während dieser wurde sein Äußeres der zukünftigen Umgebung angepasst, dem Ort also, an dem Sünder mit glühenden Zangen gezwickt und gezwackt werden, bis sie … Nun ja, bis wann eigentlich? Bis in alle Ewigkeit eben, denn zur Reue ist es dann zu spät.

Noch schauerlicher und abstoßender als sein Aussehen aber waren seine Gewohnheiten. Die linke Hand lag immerzu auf seinem Geschlechtsteil und kratzte daran herum. Das dominierende Geräusch meiner Kindheit war dieses ständige Schaben, welches aus der leise kratzenden Bewegung seiner langen, ungeschnittenen Fingernägel auf der alten Tweed-Anzughose, die inzwischen eine Freizeithose geworden war, resultierte. Auch seine andere Hand war unablässig beschäftigt: Entweder mit einem Bierglas oder einer Zigarette.

Etwa alle fünf bis zehn Minuten wartet er mit seinem „Trick“ auf: er löst die untere Hälfte seines Gebisses mit der Zunge und juckt oder säubert ebenfalls mit der Zunge sein Zahnfleisch, wobei das Gebiss etwa zur Hälfte aus dem Mund ragt und wie bei einem Skelett aus der Geisterbahn auf und nieder wackelt. Ich habe immer darauf gewartet, dass es einmal hinunterfällt, aber das geschah nie.

Ständiger Begleiter dieses ansonsten recht einsamen Mannes war der sogenannte Leopard. Der Leopard war ein großes Handtuch, das er zu einem Allzwecktuch umfunktioniert hatte und das lässig wie ein Leopard, dichtgesprenkelt und quasi majestätisch neben ihm auf dem Stuhl lag. Gesprenkelt war es mit allen jenen Körperabsonderungen, die ein normal empfindender Mensch versteckt. Auf diesem Stuhl wagte nie jemand Platz zu nehmen, selbst wenn der Leopard ausnahmsweise einmal in der Wäsche war. Der Leopard kam vor allem zum Einsatz, um die Exkrete von Vattas Raucherhusten aufzufangen. Vatta hustete etwa dreimal täglich wie ein Vieh, man hörte regelrecht, wie es dabei breiartig in seiner Brust herumrührte. Gleichzeitig klang es spröde, als hätten seine Atemorgane jegliche Elastizität verloren. Er hustete und hustete, manchmal zehn Minuten lang, nur unterbrochen durch ein Krächzen – Mutti, meine Oma, nannte es „Aulen" –, was die von unten nach oben beförderte Fracht sammeln und vollends zu Tage bringen sollte. Wenn er etwas gefischt hatte, wenn also, nach Husten und Krächzen, ein gelber Schleimbrocken in seinem Mund landete, bliesen sich seine Wangen ein wenig auf und in seinen vor Anstrengung blutunterlaufenen Augen standen Tränen. Dann griff er nach dem Leopard, spuckte hinein, rieb die heikle Beute zwischen Daumen und Zeigefinger und studierte sie, indem er sie dicht vor die Augen hielt.

„Hab ick dir, du …, du kleenes Miststück, wolltest dem alten Kupka entwischen, watt? Wolltest ihn ärgern, aber nich mit mir nehehe, nich mit dem alten Kupka!"

Vatta saß auf einem riesigen Fernsehsessel, den er gebraucht gekauft hatte. Ein braunes Monstrum zwar, doch ganz Möbel mit Gutsherrenambiente. Der Sessel war absurderweise drehbar und wenn man sich stark genug gegen die Lehne drückte, kippte er nach hinten weg, um gleichzeitig eine Fußstütze auszufahren. Ein Kunststück, das Vatta beim Kauf mächtig beeindruckte, doch schon bald lehnte er diese „Turnübungen" ab.

Gegen den Sessel war eine Holzkrücke gelehnt, auf die er sich beim Gehen stützte, denn er hatte vor einigen Jahren einen Oberschenkelhalsbruch erlitten, der ihn an die Wohnung fesselte. Zumindest behauptete er das.

Ein wichtiger Taktgeber seines Lebensrhythmuses waren etwa alle 15 Minuten auftretende Blähungen, „böse Winde", wie er sie nannte, die von einem unschönen Gestus begleitet wurden. Er verlagerte seine Hand vom Geschlecht auf den Bauch und sagte mit gespielter Sorge: „Oh, oh, da braut sich watt zusammen!"

Dann verlagerte er seinen Körper auf eine Seite, errötete noch stärker und ließ einen für dieses Brimborium enttäuschenden Furz. Daraufhin pflegten mehrere Familienmitglieder vorwurfsvoll „Vatta!" zu rufen, worauf er immer mit einem unschuldigen „Watt denn?" antwortete.

Wenn jemand anderes vernehmlich zu furzen wagte, brüllte er wie ein Stier: „Du Schwein, du!" und pflegte dann mit boshaftem Interesse zu fragen: „Land?" Oder er wurde noch deutlicher: „Ick wette, der war mit Sommersprossen!"

Auch war er äußerst unduldsam, wenn jemand anderes in seinem Revier die Toilette benutzen wollte, was ihn nicht daran hinderte, beinahe allen Familienmitgliedern eine Art Spülgemeinschaft vorzuschlagen. Dabei hätten mehrere hintereinander das gleiche Spülwasser benutzen sollen, um Geld zu sparen. Diese originelle Idee lehnten wir jedoch dankend ab.

✣

Vatta liebte Frauen mit großen Brüsten. Ja, er empfand es sogar als moralische Schlechtigkeit, wenn eine Frau einen kleinen oder gar keinen Busen hatte. Dann sagte er entrüstet: „Die hat ja wohl die Brust vom Vater!" – etwa in einem Tonfall wie „Die brät kleine Kinder in der Pfanne."

Wo immer eine Frau mit großem Busen auftauchte, verfiel er

in eine Art erregter Starre und glotzte unaufhörlich und unmissverständlich auf das Objekt der Begierde. Das war allen anderen Beteiligten selbstredend unangenehm. Man versuchte, Vatta durch ein Gespräch abzulenken, doch sagte er nur ja oder nein.

Plötzlich, ich weiß nicht, wie es kam, gab es in meiner Klasse ein Mädchen mit einem Busen. Sie hieß Sabine von Bingen, war hochgewachsen, hatte große Augen, die sie mit glitzerblauer Wimperntusche schmückte. Da dies keine literarische, sondern eine wirkliche Beschreibung des Lebens ist, deuten die großen Augen hier nicht auf eine tiefe Seele hin, sondern waren einfach anatomisch große Augen, so etwa wie die Augen einer Kuh. Der Busen deutete darauf hin, dass ihre Spiele bald andere wären als Gummitwist oder Kästchenhüpfen. Ich schrieb in der Schulstunde auf einen Zettel: „Willst Du mit mir gehen?" Zwei Kästchen, die mit „Ja" und „Nein" beschrieben waren, hatte ich wahlweise zum Ankreuzen vorgegeben. Ich zerknüllte den Zettel und ließ ihn nach vorne zu Sabine durchgeben. Voller Ungeduld wartete ich fünf Minuten, dann schrieb ich noch einen Zettel: „Vergiss es, ich will selber nicht mit Dir gehen!"

Nun erfuhr ich in der Pause aber von ihren Freundinnen, dass sie durchaus mit mir gehen wollte. Warum hatte sie dann nicht sofort geantwortet? Warum ließ sie mich zappeln? Von diesem Zeitpunkt an begannen Frauen ein Mysterium für mich zu werden. Nachdem ich sie zwei volle Pausen lang ignoriert hatte, schrieb sie mir im Unterricht in verschnörkelter Schrift einen Zettel: „Francesco, ich fand es so süß von Dir, was Du geschrieben hast. Wollen wir Eisessen gehen?"

Ich signalisierte ihr, dass ich einverstanden sei, woraufhin sie gleich den nächsten Zettel schrieb: „O.K., ich hole dich morgen um fünf zu Hause ab."

Mir wird schlecht. Vatta! Alarmstufe rot. Mein Magen krampft. Was soll ich tun? Unter diesen Umständen konnte ich sie nicht treffen, denn dann hätte sie Vatta gesehen. Beruhige dich und übertreibe nicht, denke ich mir, vielleicht ist Vatta gar nicht so entsetzlich, vielleicht bin ich nur übertrieben empfindlich, vielleicht wäre es gar nicht so schlimm, wenn sie ihn sehen würde. Ich betrachte Sabine, sehe ihre glitzerblaue Wimperntusche und ihr sorgfältig aufgeräumtes, niedliches Etui, an dessen Reißverschluss ein kleines Stofftierchen baumelt. Nein, das geht unmöglich. Resigniert, jedoch entschlossen will ich ihr absagen. Da kommt eine vielleicht rettende Idee: Wenn sie klingelt, erscheine ich einfach gestiefelt und gespornt an der Tür, und schon wären wir weg. Ja, das ist eine gute Idee, ich entspanne mich wieder, lehne mich zurück und verträume den Rest des Unterrichts, begleitet von der sonoren und ruhigen Stimme des Geschichtslehrers. Der Geschichtslehrer, Herr Dutzburg, hatte immer Sandalen an, egal, ob es Sommer oder Winter war. Er rief einen niemals auf und machte gleichzeitig einen so grenzenlos langweiligen Unterricht, der aus einem nie endenden, mit ewiggleicher Stimme vorgetragenen Monolog bestand, so dass fast die gesamte Klasse träumte oder schlief. Seine Stimme wirkte selbst auf Streber wie ein Schlafmittel und lähmte einen wie ein sanftes Gift. Nun dämmerte ich in süßer Ahnung, zurückgelehnt, debil und glücklich schmunzelnd, während mir die Augen fast zufielen. Ich sah aus wie ein Heroinsüchtiger nach einem Schuss.

Nächster Tag, 17 Uhr, es klingelt.

Ich rase zur Tür. Vatta sitzt wie Jabba the Hut, das Weltraummonster, in seinem Fernsehsessel, zum Glück nicht auf dem Klo. Ich öffne die Tür und dränge Sabine schon hinaus:

„Hi, lass uns gleich gehen, ja?"

„Hi Francesco, willst du mich nicht hereinbitten und mir kurz dein Zimmer zeigen? Ich habe gehört, du hast ein Aquarium, mein Vater hat auch eins", schon hatte sie sich an mir vorbeigedrückt.

Scheiß Aquarium, dachte ich.

„Weißt du", flötete sie, „meine Mutter sagt immer: Kennst du das Zimmer, kennst du den Menschen."

Mir schnürte sich die Kehle zusammen: „Es gibt Ausnahmen ..."

Noch fünf Meter bis zur Wohnzimmertür, noch drei Meter, noch ein Meter. Ich sehe alles in Zeitlupe, ein kleiner Aufkleber an dem Spiegel im Flur fällt mir überdeutlich auf. Ja, ich könnte schwören, dass ich ihn bis zu diesem Tag noch nicht gesehen habe. „Trinkt Milch!", steht da geschrieben. Ich höre innerlich das zerreißende Stakkato der Geigen aus Psycho, der Mörder kommt mit dem Messer immer näher zur Dusche. Dann das Wohnzimmer, schnell vorbei, nur schnell vorbei. Da, alles Hoffen ist vergebens, tönt es auch schon aus dem Wohnzimmer:

„He, Knattskopp." Das war eine Art Mischung aus Schimpf- und Kosename, so nannte er mich in guten Momenten, ich erstarrte.

„Hee, Knattskopp, watt haste denn da anjeschleppt, stell mir doch vor."

Er verwechselte mit so notorischer Regelmäßigkeit mir und mich, dass es in seinem grammatikalischen System vollständige Richtigkeit hatte. Ich ziehe sie weiter, doch Sabine ist ein gut erzogenes Mädchen, sie will meinen Großvater begrüßen. Sie geht also zu ihm, dieses Lehrertöchterchen, ganz liberal an das Gute im Menschen glaubend und sich selbst natürlich für das Allerbeste haltend. Sie durchschreitet die geschichtete Aura aus Zigarettengestank, Fußschweiß, Furz und natürlich Alkohol und gibt, nun schon etwas weniger liberal, meinem Opa die Hand. Vatta mustert sie von oben bis unten, etwa so, wie ein Juwelier einen Stein mustert. Und da blitzt sie plötzlich wieder auf, für eine kurze Sekunde, die Gewohnheit eines schönen Mannes, um den sich die Frauen gerissen haben und der sich solch einen Blick leisten konnte. Sein Blick bleibt an ihrem Busen kleben, mein Herz setzt aus, ich will sie wegziehen, doch er schüttelt noch immer ihre Hand. Ihr wird langsam unbehaglich. Ich schaue ihn eindringlich an, und mein Blick bettelt um Gnade, doch da ist nichts zu erwarten.

„Freut mir", noch immer hält er ihre Hand, „freut mir janz besonders!" Dann, zu mir gewandt:

„Det is aber een kulantet Weib." Sabine lacht schräg. Ich will sterben. Kulant war in seinen Augen wohl eine bewundernde Form von korpulent, er verwendete es immer für etwas dicke, aber dennoch attraktive Frauen. Zum Glück versteht Sabine das Wort genauso wenig wie er. Wir gehen in mein Zimmer. Sie ist schon etwas reservierter.

„Netter Opa", sagt sie.

„Ja", sag ich.

Mir war klar, dass ich bei ihr nie mehr eine Chance haben würde. Ich habe noch zwei- oder dreimal versucht, Mädchen mit in mein Zimmer zu nehmen, doch es geschah jedes Mal eine Katastrophe. Vatta fuhr mir, gewollt oder ungewollt, so oft in die Parade, bis ich es schließlich aufgab. Einmal saß er auf dem Klo, und das Mädchen „musste" auch mal. Ich erspare dem Leser die problematischen Verwicklungen, die sich daraus ergaben.

Ein anderes Mal rülpste er den ganzen Abend so laut, dass

man es durch zwei geschlossene Türen überdeutlich vernehmen konnte. Peinlicher als die Rülpser war, dass Vatta sie mit lautstarkem Eigenlob („Ja, sauber!“) kommentierte und sich gewissermaßen selbst anfeuerte.

Die Zucht der Verkommenheit

Bei den bisher geschilderten Ereignissen sollte man sich immer vergegenwärtigen, dass sie keine Ausnahmen oder Exzesse der Festtage schildern, dass Vatta also keine gemeine Gelegenheitssau war, wie sie an jeder Ecke zu finden ist. Keiner, der die Freude noch angenehm und wohltemperiert wollte, eben kein Wellness-Tourist. Vatta war ständig und ausdauernd exzessiv, und die Ausschließlichkeit, mit der er sich der Ausschweifung hingab, gebietet Respekt. Bewundernswert ist auch der absolute Verzicht auf Tarnung oder Anlass.

Das Leben wird normalerweise homeostatisch reguliert, das heißt ausgeglichen durch korrigierende Regelkreise. Reinst- und Exremzustände sind selten und vielleicht zunehmend seltener. Vatta aber glich nichts aus, er ging seinen Weg in stringenter Weise.

Das ist eine Leistung, die nur gebührend würdigen kann, wer einmal an einem solchen Leben genascht hat und somit weiß, wie viel Schwierigkeiten damit verbunden sind. Ich gehe noch einen Schritt weiter und behaupte, dass Vatta in seiner Art ein außerordentlich reiner Mensch war, ja in der Konsequenz und Einförmigkeit seiner Lebensweise sozusagen ein Heiliger.

Die Verbindung zwischen extremer Geistigkeit und extremer Sinnlichkeit ist größer, als man gemeinhin denkt. Askese ist nicht einmal ins Gegenteil transformierte Sinnlichkeit, sie ist eine Abart der puren Sinnlichkeit. Die Ruhe und einförmige Lebensweise der Asketen macht sie erst recht zu Wollüstlingen, die die Geißel immer im Anschlag haben. Sage mir vor allem keiner, ein vollständiges Gehenlassen und Eintauchen in Sinnlichkeit sei gemütlich, ja, sei weniger schmerzensreich als die Buße der Asketen, denn eher das Gegenteil ist wahr: Dem sinnlichen Exzess folgt ja stets die größere Buße. Aber ist Sinnlichkeit eine Lösung? Schließlich leben wir in einer selbsterklärt hedonistischen Gesellschaft, was heißen mag, dass nun jeder ein sinnliches Leben führen möchte, aber – soviel ich sehe – kläglich scheitert. Ja, aber, hat euch denn niemand gesagt, dass man nicht mehr Glück verbrauchen kann, als man erzeugt? Dass es nur wenigen Auserwählten vergönnt ist, den schmerzlichsten und grausamsten Weg überhaupt zu gehen: den des sinnlichen Glücks? Hier liegt der geheime Sinn des Spruches: Nichts ist schwerer zu ertragen als eine Reihe von guten Tagen. Da wundert man sich dann: Ja, wie? Ich hab doch alles so überreich und doch geht es so elend … Fragen wir jemanden, der wissen muss, was es damit auf sich hat und wohin ein solches Leben führt, fragen wir Vatta, den Hohepriester und Mönch der Sinnlichkeit, betrachten wir ihn, werfen wir einen Blick auf seinen Tagesablauf.

Aber, Moment, so einfach ist das nicht. Habe ich doch mit dreizehn wirklich andere Dinge im Kopf, als Vatta zu studieren. Zwar hat sich Vattas Tagesablauf von meiner frühesten Kindheit bis zu meinem dreizehnten Lebensjahr nicht wesentlich geändert, jedoch habe ich als Kind gezwungenermaßen mehr Zeit mit ihm verbracht, was mir eine genauere und plastischere Darstellung erlaubt. Schließlich will jedes Kind von Erwachsenen lernen und beobachtet sie zu diesem Zwecke ganz genau.

Machen wir also einen weiteren Zeitsprung zurück, bis ich etwa sieben oder acht Jahre alt bin.

Merkwürdig, die Wohnung hat sich im Vergleich zu meinem letzten Tauchgang gar nicht verändert, die gelbe Patina, die alten Möbel, die – heute würde man wohl finden – scheußlichen Tapeten, der Duft kalter Zigarettenasche, alles wie ehedem. Nur sitzt die Kamera noch tiefer, die Augen eines Siebenjährigen sehen alles aus der Froschperspektive. Es ist neun Uhr morgens, ich höre ein komisches Knarren und Raunzen, was ganz plötzlich verstummt.

Vatta ist erwacht. Was ihn weckt? Sein eigenes bestialisches Schnarchen im Verbund mit Hunger und Kaffeedurst, welche den Kampf gegen die komatösen Nebel der alkoholischen Schwere endlich, nach mehreren vergeblichen Anläufen, gewonnen haben. Er richtet sich auf und bleibt eine Weile benommen auf der Bettkante sitzen, dabei kratzt er sich ausgiebig. Dann ein Ins-Bad-Schleppen und – seltsames Relikt eines alten Lebens und letzte Bastion der Körperpflege – ausgiebiges Rasieren mit seinem elektrischen Handrasierer. Dieses monotone, doch wohlklingende Brummen, dieses Hin und Her, bei dem immer, wenn ein kleines Feld noch vorstehender Stoppeln unters Messer kommt, eine metallische Veränderung des Brummens wie eine Erfolgsmeldung knistert, ist Vattas sanfter Übergang von der Traumwelt in den Tag. Es ist weder Wach- noch Schlafzustand, sondern eine recht stabile Phase dazwischen. Währenddessen pinkelt er ins Waschbecken: nur keine Zeit verlieren, denn der Kaffee wartet! Dann bewegt er sich ins Wohnzimmer zum Fernsehsessel, wo meine Oma ihm schon den Tisch gedeckt und das Frühstück bereitet hat. Das tut sie immer, bevor sie in aller Frühe zur Arbeit geht. Stullen mit Harzer-Roller, grober Leberwurst oder Ölsardinen sind vorbereitet, dazu der Kaffee in der Thermoskanne. Er isst mit Appetit, isst überhaupt immer mit Appetit, und schmatzt laut dabei. Zwischendurch heißer Kaffee in großen Schlucken. Dabei wohliges Seufzen, als hätte er eine schwere, arbeitsreiche Nachtschicht hinter sich, als wolle er sagen: „Ah, endlich, es ist geschafft, nach all der Mühsal, nach all den Entbehrungen …“

Die Tageszeitung ausgebreitet vor sich. Er „studiert“ sie aufmerksam, um seinem faschistischen Interesse an Tagesgeschehen, Politik und Geschichte zu frönen. Manchmal liest er mit lauter Stimme Meldungen, die ihm in den Kram passen, kommentiert so, als würde er gerade Weltprobleme lösen. Er redet sich recht in Rage, ich bringe ihn dann leicht zur Weißglut, speziell mit Äußerungen, die ich von meiner linksliberalen Tante aufgeschnappt habe:

„Vatta, ihr habt sechs Millionen Juden umgebracht, warum?“

„Sechs Millionen, ach watt, det gloob ich nicht. Na ja, so nen warmen Bruder wie dir hätten se uff jehden Fall verjahst …“

Er bezichtigt mich der Homosexualität, und lacht sich dabei kaputt. Dann etwas ernster:

„Watt hat denn der Russe jemacht, hä, *watt* hat der Russe jemacht?“

„Ist mir egal“, sage ich, „mein eigener Opa hat sechs Millionen Juden umgebracht, und ich schäme mich dafür, deswegen werd ich mal Kommunist!“

Das war zuviel, er beginnt zu schreien:

„Kommunist!? Du wirst jar nüscht, merk dich det, jaar nüscht!“

Ich beginne die Internationale zu singen, das bringt ihn zielsicher auf die Palme. Höchste Zeit aus der Reichweite seiner Krücke zu verschwinden.

Er liest etwa zwei Stunden die Tageszeitung und währenddessen wird seine Laune immer schlechter. Gegen elf, halb zwölf wird er sehr gereizt und nervös, der Alkoholpegel ist auf das Tagesminimum gesunken. Ich kann ihn jetzt bis aufs Blut reizen, indem ich mich leise anschleiche und von hinten mit voller Wucht gegen die Zeitung schlage, die er aufgefaltet wie ein Schutzschild vor sich in die Höhe hält. Er erschrickt, so dass er den Impuls meiner Bewegung noch verstärkt und die Zeitung durch die Luft fliegt, um in einzelnen Blättern auf den Boden zu rieseln. Wüste Schimpftiraden und der schnelle Griff nach der Krücke – doch ich bin längst in Sicherheit. Er nörgelt unaufhörlich über die Sozis und die Polen und wird unruhiger und unleidlicher.

Dann, um Schlag zwölf Uhr, gibt er sich einen Ruck, geht zum Kühlschrank und holt sein erstes Bier. Er setzte sich und wird ruhig, eine weihevolle Stille tritt ein. Er öffnet das Bier mit einem professionellen Ruck. Es zischt, und er gießt langsam ein, aber nicht zu langsam, gerade so, dass sich eine schöne Schaumkrone bildet. Er zündet sich eine Zigarette an, hält den Kopf leicht schräg und betrachtet sein Werk. Es ist ein Gottesdienst. Er zögert noch einen Moment und nimmt dann ein, zwei tiefe Schlucke, raucht ein bisschen und trinkt das Glas dann leer. Während er nachschenkt, schaltet er den Fernseher ein und schaut Politik. Wenn er Glück hat, erscheint sein Lieblingspolitiker, Franz Josef Strauß, auf der Mattscheibe.

„Det is een Kerl, der steckt sich alle in de Tasche."

Er rülpst ein bisschen, furzt ein bisschen und wartet, dass meine Oma von der Arbeit kommt, um ihm das Mittagessen zu bereiten. Um diese Zeit geht keine Gefahr von ihm aus. Ich weiß das, wie eine Antilope weiß, wann der Löwe satt ist und wann nicht. Also kann ich mich auf das in Krückenreichweite befindliche Sofa legen und meine Lieblingscomics lesen: Batman, „Der galaktische Silberstürmer" und „Der mächtige Thor".

Die Tür knallt, meine Oma kommt, um das Mittagessen vorzubereiten. Vatta freut sich auf das Mittagessen, ärgert sich aber gleichzeitig, zeigt auf mich und mault:

„Warum frisst denn der hier? Hat der keene Eltern? Watt koofste immer für den een? Ick schmeiß ihn raus!“ Und so weiter.

Vatta ist äußerst geizig. Er spart sein ganzes Leben schon für einen Mercedes. Ich und mein Mittagessen kommen ihm da in die Quere. Das ist nun etwa die Zeit für eine kleine Provokation. Meine Oma hat mir wie immer eine Tafel Schokolade zum Nachtisch mitgebracht. Das ist teuer, und das hasst Vatta besonders. Für mich ist das Essen der Tafel Schokolade der wichtigste Moment des Tages. Niemand macht mir so schöne Gefühle wie Schokolade. Meine Oma sagt:

„Hier, deine Schokolade, aber zeig es nicht Vatta!“

„Klar, Mutti.“

Ich gehe schnurstracks ins Wohnzimmer. Achtung, immer außer Krückenreichweite bleiben!

„Guck mal, Vatta!“

Dann packe ich unter heftigem Gezeter Vattas die Schokolade aus, breche sie in kleine Stücke und organisiere sie so kompakt, dass ich sie auf *einmal* in den Mund schieben kann. Das ist zwar nicht so genussvoll wie langsam zu essen, dafür aber lustiger. Mann, ist Vatta sauer. Er tobt, und es gibt Streit mit Mutti. Aber Vatta bricht keinen allzu ausgedehnten Streit vom Zaun, denn Mutti bereitet ja gerade das Mittagessen zu, das Vatta schlicht Mittag nennt. Mitten in seiner Schimpflitanei, ja, mitten im Satz bricht Vatta ab.

„Watt machste Mittag?“ fragt er interessiert, liebenswürdig.

„Stampfkartoffeln mit Ei und Bratwurst“, sagt Mutti.

Zufriedenes Grunzen.

Mutti kann nicht besonders gut kochen, doch sie hat vier, fünf Standardgerichte im Repertoire, die für Vatta in Ordnung sind. Stampfkartoffeln mit Ei und Bratwurst sind in Ordnung, Kohlrouladen sind in Ordnung, Erbsensuppe mit Speck ist sehr in Ordnung, doch mäkelt Vatta an Muttis Interpretation dieser Köstlichkeit unaufhörlich herum. Spaghetti sind für mich in Ordnung, für Vatta nicht.

Vatta isst geräuschvoll, während er weiter Fernsehen guckt. Er reinigt sein Gebiss auf beschriebene, eindrucksvolle Weise, hartnäckige Rückstände werden auch mal entfernt, indem er es ganz herausnimmt und mit spitzer Zunge ableckt. Nun ist es Zeit für sein Fußritual, eine kleine yogaartige Entspannungsübung, die er regelmäßig vor dem Mittagsschlaf zu halten pflegt.

Beiläufig sagt er zu meiner Oma:

„Erna, zieh mich doch mal die Socken aus."

Er kann das nicht alleine, weil sein mächtiger Wanst, sein Oberschenkelhalsbruch und natürlich seine Faulheit ihn daran hindern. Er kann aber auch nicht bitten. Er hätte, im Gegenteil, am liebsten befohlen: „Erna, zieh mich die Socken aus!"

Doch dann hätte meine Oma, die stolz war, nicht reagiert. Die Worte „doch mal" und ein leicht wehleidiger Tonfall suggerieren die Bitte um einen einmaligen Gefallen, den man ihm, dem alten, kranken Mann doch nicht abschlagen kann. Da meine Oma sehr hilfsbereit ist, sind das genau die richtigen zu drückenden Knöpfe, obwohl es keine einmalige, sondern eine tägliche Hilfeleistung war. Man muss dazu sagen, dass dieser Gefallen Erna nicht wenig Überwindung kostet, denn Vattas Fußschweiß zählt zu den ätzendsten Absonderungen zu denen biologische Systeme fähig sind, vergleichbar etwa mit den Exkreten einer Giftkröte. Potenziert wird die Toxizität noch dadurch, dass seine Füße in diesen Alt-Opa-Kunstlederschlappen versiegelt sind und so in Gärung übertreten. Jedermann entsetzt dieser Geruch, nicht aber unseren Yorkshire-Terrier Charly. Alle wiederum mögen Charly, außer meinem Opa, denn:

„Der Köter frisst mich die Haare vom Kopf."

Der einzige Grund, warum mein Opa das Tier nicht zum Teufel jagt, ist ihre symbiotische Fußschweißbeziehung, die folgendermaßen funktioniert: Mutti zieht Vatta die Socken aus, Charly steht schon bereit und wackelt mit seinem kleinen Stummelschwänzchen. Vatta sagt:

„Schallie!" – brandenburgisch für Charly, „nu los!"

Charly leckt daraufhin genüsslich und ausgiebig Vattas Monsterfüße. Vatta entspannt sich. Seine Augen werden noch glasiger und verklären sich. Dabei wiederholt er ständig:

„Aah, tut mich det jut, tut mich det juut!"

„Schallie" leckt lange und gründlich, auch schafft er es, zwischen die engstehenden und übereinandergelagerten Zehen zu dringen, wo sich so allerlei angesammelt hat.

Nach etwa zehn Minuten rafft Vatta sich auf.

„Nu is jut, Schallie."

Charly versteht und verschwindet sofort, denn die Quelle des Genusses kann, das weiß er, mitunter unangenehm zutreten. Meine Oma zieht Vatta die Socken wieder an, und Vatta humpelt ins Bett zum Mittagsschlaf, um Kraft zu tanken für die anstrengenden Dinge, die der Tag noch bereithält.

✣

Eine wunderbare Ruhe kehrte ein. Eine Ruhe eher nervlicher als geräuschlicher Natur, denn sie wurde begleitet von dem lauten Schnarchen Vattas. Doch das störte gar nicht, ganz im Gegenteil, es war beruhigend, wie das monotone Läuten von Kuhglocken auf dem Lande oder das Summen eines Bienenstocks. Vielleicht war es umso beruhigender, weil durch das Schnarchen die Quelle der Gefahr weit entfernt im Schlafzimmer geortet wurde. Nun entspannte ich mich. Erst wenn das herzhafte Knattern, das durch die geschlossene Schlafzimmertüre zu einem gedämpften Schnarren wurde, aufhörte, musste man wieder aufpassen.

Ich legte mich aufs Sofa, atmete durch, holte mir noch ein paar Schnuckersachen von Mutti und las meine Lieblingscomics. Den galaktischen Silberstürmer bewunderte ich, weil er auf seinem Brett frei durch die Weiten des Alls surfte und andere, unglaubliche Welten sah. Er bestand aus einem unzerstörbaren, intergalaktischen Material, das wie Chrom aussah, aber natürlich edler war, und surfte durch violette Supernovae, glitzernden Sternenstaub und brennenden Kometenhagel. Alle, auch die extraterrestrischsten Lebensformen waren ihm bekannt, und wenn er sich amüsieren wollte, machte er Planetenhopping oder lief auf den Saturnringen Schlittschuh. Bei solch einer Schlittschuhfahrt sah er zufällig direkt nebenan auf der Erde ein wunderschönes Mädchen, das aussah wie eine junge Zigeunerkönigin. Er verliebte sich sterblich in sie, das war für ihn die größtmögliche Liebe, denn unsterblich war er ja sowieso. Also flitzte er zur Erde, und die beiden wurden ein Paar. Nun war er fest an einen Ort gebunden. Dabei war er eigentlich ein Abenteurer, dafür geschaffen, die Weiten des Alls zu durchstreifen und fremde Welten zu retten. So wurde er traurig, obwohl er glücklich war.

„Dein Herz ist schwer, Silberstürmer“, sagte Shalla, seine Zigeunerkönigin.

„Es ist nichts, Shalla. Nur eine leichte Melancholie.“

„Es ist mehr, Liebling. Ich habe schon lange das nagende Verlangen in dir bemerkt …

… das ich nie werde stillen können. Ich fürchte, du strebst nach dem Unmöglichen, dem Unerreichbaren. Was ist es denn, was dir fehlt? Es gibt doch nichts, was dir die Erde nicht bieten würde. Sieh dich um, Silberstürmer, alle Wunder der Erde … was du willst ist hier … du musst es nur nehmen. “

„Oh Shalla, … Nein! In einem geschenkten Paradies ist ein Mann nichts als ein Schatten!“

Von Zeit zu Zeit konnte er die Erde nicht verlassen, weil sein Erschaffer, eine Art Vater, in etwa zehn Kilometern Höhe eine Barriere errichtet hatte. Er wollte ihn bestrafen, weil er auf der Erde diese sterbliche, aber irrsinnig rassige Frau liebte. Sein kosmischer Vater vertrat wohl die Auffassung, dass es unter seiner Würde sei, eine Sterbliche zu lieben und stellte ihn vor die Wahl: Entweder der Kosmos oder die Braut. Der Silberstürmer war aber so veranlagt, dass er das Mädchen dem Surfen im All, was bis dahin sein Ein und Alles gewesen war, vorzog. Trotzdem litt er wie ein Hund und versuchte, wenn er auf der Erde war, die Barriere zu durchbrechen, um wenigstens mal eben im nächsten Spiralnebel vorbeizuschauen. Wenn er aber im All war und diese irisierenden und bunten Welten sah, litt er noch mehr, weil er sein Mädchen nicht sehen konnte.

Ich konnte ihn gut verstehen und konnte mich nicht satt daran sehen, wie schnittig er auf seinem Bord surfen konnte. Ich hätte viel darum gegeben, einmal mit ihm mitzufliegen. Ich wollte die Weiten des Alls kennenlernen und seine fernsten und jüngsten Galaxien, die mit lässiger Hand wie Juwelen in das schwärzeste Schwarz geworfen waren. Ich stellte mir vor, wie wir dann einzelne Planeten ansteuerten und ich fremdes Leben sah. Der Silberstürmer besuchte mich und sagte:

„Ich nehme dich mit, doch du musst ein Opfer bringen. Was bist du bereit zu tun?“

„Ich schneide mir den kleinen Zeh dafür ab.“

„Hm“, sagte der Silberstürmer, „nicht schlecht, aber das reicht nicht ganz. Du musst dir mindestens den Fuß abschneiden.“

Ich überlegte kurz.

„Einverstanden!“

„Gut, und wenn du zurückkommst, dann passt du ein bisschen auf meine Zigeunerkönigin auf ...“

Auch Batman mochte ich sehr, weil er eigentlich gar kein Superheld mit Superkräften war, sondern ein ganz normaler Mensch. Er war keine Mutante, die fliegen konnte oder Hitzeblick oder Superpuste hatte. Nein, Batman war ein Mensch wie du und ich, und trotzdem wagte er es, mit all den Superhelden mitzumischen und gegen die Superschurken, die ja durchaus mutant waren, zu kämpfen. Außerdem hatte er diesen unglaublich „coolen“ nachtschwarzen Dress.

Thor gefiel mir, weil er ein Gott war, also eine Art Superduper-Held. Er hatte lange, goldene – nicht blonde! – Haare und sah aus wie ein Beachboy, nur markiger. Sicher war er der Stärkste von allen, und wenn es trotzdem mal hart auf hart kam, konnte er immer noch seine Götterkollegen zur Hilfe rufen. Dann hatten die Schurken natürlich nichts mehr zu lachen, denn Götter stechen Mutanten. Seine Macht war unwiderstehlich und sein Hammer, eine furchtbare Waffe, war von Odin persönlich verzaubert.

Ich hasste Superman. Der war zu amerikanisch. Außerdem hab ich ihm nie verziehen, dass er sich in zivil gegenüber seiner Freundin Lois Lane ständig wie ein Trottel verhalten hat, anstatt ihr einen Superkuss zu geben. Der Eiserne war zu technokratisch und Hulk zu tumb.

Herrlich waren die Stunden des frühen Nachmittags, in denen ich auf dem Sofa lag und mit dem Silberstürmer durch den Kosmos sauste und seine Zigeunerkönigin liebte, oder mit Thor über die Regenbogenbrücke lief. Ich war fest entschlossen, mir auch so einen nachtschwarzen Batman-Dress zuzulegen und ein Superheld zu werden, obwohl ich keine Mutante war. Batman hatte es schließlich auch geschafft. Allerdings war der von Hause aus Milliardär, was die Dinge irgendwie einfacher machte, egal, ich würde eine Bank überfallen oder Manager werden und dann …

Doch da hört schon das Schnarchen auf, und die Schlafzimmertür öffnet sich. Vatta humpelt zum Waschbecken und uriniert einen Strahl flüssigen Bernsteins hinein, denn er trinkt den ganzen Tag nichts außer Kaffee oder Bier. Er schüttelt ab, kämmt sich die Haare mit seinem Hornkamm und geht ins Wohnzimmer. Meine Oma ist schon wieder „auf der Arbeit", doch hat sie ihm heißen Kaffee in einer Thermoskanne und Marmor- oder Sandkuchen aus der Fertigpackung zubereitet. Vatta isst, trinkt zwei Tassen heißen Kaffees und geht dann, etwas schneller als sonst, zur zweiten großen Sitzung auf die Toilette, wobei er sich im Vorbeigehen noch hastig die „Praline" oder „Neue Revue" greift, obwohl dazu ein kleiner Umweg nötig ist. Bei diesen Sitzungen raucht er selbstverständlich auch, wozu er extra einen kleinen Aschenbecher neben der Klorolle installiert hat. Er setzt sich, zündet sich eine Zigarette an, schlägt die „Praline" auf und entspannt sich völlig. Nach einer Weile dringt Zigarettenrauch aus den Ritzen der kleinen Toilette und führt einen weiteren, schon erwähnten Geruch mit sich. Da Gerüche hohe erinnerungsbildende Kraft haben, entsteht so eine wahrhaft unvergessliche Melange.

Ich verließ die Wohnung, um auf der Wiese vor dem Haus mit den asozialen Nachbarsjungen Fußball zu spielen. Wir spielten immer, unabhängig vom Tag oder der Witterung. Ob es tote Katzen hagelte, eine Eisschicht den Rasen bedeckte oder der Ball zuweilen in zwanzig Zentimeter hohem Schnee versank, ob es Weihnachten oder Neujahr war, wir spielten! Es waren famose Kerle dabei: Abdulla, genannt Abdi, ein unglaublich talentierter Marokkaner, zumindest kam es uns so vor, sowie Gagi, Taufname unbekannt, mit seiner Mordswumme. Spielfeld war die Wiese zwischen den Wäschestangen, die prima Torpfosten abgaben. Das Wetter wurde wie so oft schlecht und alles wartete auf ein Gewitter, wobei das Spiel natürlich nicht unterbrochen wurde. Bald setzte dumpfes Donnergrollen ein. Dem Donner ging allerdings kein Blitz voraus, was verdächtig war. Ich allein wusste, dass das Grollen kein Naturereignis war, oder eben doch, nur anderer Natur. Vatta saß auf dem Klo, dessen Fenster direkt über der Wäschewiese lag, und hatte heute wohl ein wenig Verdauungsprobleme …

In der Regel verlief der Nachmittag eher ruhig. Vatta ließ sich nun kontinuierlich vollaufen. Er baute seinen Rausch mit der gleichen Stoik und Professionalität auf wie ein Bauarbeiter eine Mauer. Jeden Abend um Punkt sechs Uhr bimmelte die Glocke der katholischen Kirche, deren Turm direkt vor unserem Fenster lag. Das war für Vatta das Signal von Bier auf Bier und Korn umzustellen und ebenfalls den Abend einzuläuten. Das bedeutet wiederum nicht, dass Vatta am früheren Nachmittag noch richtig nüchtern gewesen wäre. Im Gegenteil, wenn meine Oma so gegen halb fünf von der Arbeit kam, war er schon milde gestimmt. Dann kam es selten, aber regelmäßig zu verqueren Zärtlichkeiten, die ich das zweite Fußritual nannte. Das zweite Fußritual bestand darin, dass meine Oma ihm die Zehennägel schnitt. Eingeleitet mit Vattas:

„Erna, mach mich doch mal die Zähenäjel, ick komm doch nich so weet runter …“

Das war keine einfache Aufgabe, denn Vattas Zehennägel waren klobig, gelb und hart wie Diamant. Jede noch so gute Nagelschere war nach spätestens zweifachem Gebrauch hinüber, und selbst dicke Nagelzangen versagten nur dann nicht, wenn Vattas Füße vorher eine halbe Stunde in heißem Wasser eingeweicht wurden. Ein weiterer Vorteil der Einweichmethode war der Umstand, dass bei trockenen Füßen eine große Kraft auf die Nagelzange wirkte, die sich schlagartig entlud, wenn der Zehennagel durchtrennt wurde. Dann schossen die Zehennägel wie Granatsplitter durch das Wohnzimmer, was freilich eher unappetitlich als gefährlich war. Mutti, die mit sich und anderen sehr reinlich war, konnte man für diese Prozedur gewinnen, weil es immerhin eine Reinigung der ansonsten unerträglich stinkenden Füße erlaubte.

Vatta wusste das und nutzte es aus, indem er die ganze Zeit nörgelte: „Au, du schneidest mich ins Fleisch, pass doch uff", und immer wieder zischte er leise, so dass man es leicht hätte überhören können: „Mistviech."

Mein Gott, waren diese Füße hässlich! Ganze Schieferbrüche harter Hornhaut schälten sich rundherum in mehreren, erodierenden Schichten ab. An manchen Stellen hatten sich diese Schichten durch das Fußbad in weißen Frischkäse verwandelt. Darunter waren sie rot und trotz aller Klobigkeit gichtartig gekrümmt. Man hätte denken können, sie gehörten einer überdimensionalen Kreuzung aus Mensch und Fledermaus, einer Gestalt der Nacht, die sich zum Schlafen mit dem Kopf nach unten an die Gardinenstange hängt.

Vattas gesamte unangenehm-tierische Aura hatte aber auch noch andere Ursachen, vor allem rührte sie daher, dass er nie badete und nie duschte. Das Einzige, was er in dieser Hinsicht unternahm, war, sich etwa alle zwei Wochen die Haare zu waschen.

Ich für meine Person nahm täglich ein herrliches Schaumbad, für das ich die Wanne randvoll mit heißem Wasser laufen ließ. Da Vatta, wie gesagt, sehr geizig war, erboste ihn das selbstverständlich, denn heißes Wasser war in seinen Augen teuer. Also musste ich die Tür zum Badezimmer abschließen, um sicherzugehen, dass er nicht mitten in meiner entspannenden Badeprozedur hereinstürmte und mich mit der Krücke traktierte. Bald schon entwickelte er eine allerdings listige Strategie, mir das Baden schwerzumachen. Wie herrlich entspannend waren diese Schaumbäder davor gewesen! Womöglich war man noch durchgefroren oder durchnässt vom schmuddeligen Ruhrpottwetter nach Hause gekommen oder hatte sich einfach in der Wohnung, die aufgrund undichter Fenster nie richtig warm wurde, unterkühlt.

Ich leere also eine große Menge rosafarbener Schaumlotion in die Badewanne und halte den geballten Strahl der Dusche etwa zwei Minuten darauf, so dass sich eine die gesamte Badewanne bedeckende, etwa zwanzig Zentimeter dicke Schaumschicht bildet. Dann ziehe ich mich aus, schlüpfe in die Wanne, nehme den Silberstürmer zur Hand und öffne eine eiskalte Dose Coca-Cola. Sobald ich mich in die Wanne setze, das schöne heiße Wasser laufen lasse und sie zu vielleicht einem Drittel vollgelaufen ist, geht Vatta zum Zählerkasten und dreht die Sicherung raus. Er tut das still und heimlich, so dass ich plötzlich von eiskaltem Wasser überrascht werde, das über meine Beine rennt.

Ich rufe: „Mutti, Vatta hat die Sicherung wieder rausgedreht!"

Mutti dreht die Sicherung wieder rein, was mir fünf Minuten Zeit für einen Stoß heißen Wassers gibt. Solange dauert es etwa, bis Vattas Ärger über den Stromverbrauch seine Faulheit wieder überwiegt und er sich unter Gezeter aus dem Sessel bewegt, um die Sicherung aufs neue herauszudrehen.

„Ach, ihr steckt unter einer Decke? Na wartet, ick werd euch, nicht mit mir, nicht mit dem alten Kupka, ick krieg euch schon …", psalmodiert er.

So geht es hin und her, und dabei wird langsam die Wanne voll. Vatta und Mutti kriegen sich dabei ein wenig in die Haare, ein Präludium für den Streit, der allabendlich aufzieht, wenn Vatta dann vollends betrunken ist. Aber Vatta ist auch pragmatisch. Sobald er einsieht, dass die Schlacht um die Badewanne verloren ist, gibt er Ruhe, ja, manchmal klopft er nach den wüstesten Schimpftiraden, als hätte er sich eines besseren besonnen, freundlich mit der Krücke gegen die Tür und sagt:

„Knattskopp, eh, lass mich doch mal det Badewasser drin, ick will mich noch die Haare waschen."

Das Wasser ist ja warm, und Vattas Ärger über meinen immensen Schaumbadverbrauch verwandelt sich in Freude, weil er sich so vielleicht das Shampoo sparen kann.

„Klar, Vatta", antworte ich.

Ich freue mich riesig, nicht, weil ich ihm einen Gefallen tun kann, sondern weil ich nun seelenruhig damit beginne, die Badewanne vollzupinkeln. Das ist ein rundherum gelungenes Bad. Erstens, weil es Spaß macht, in die warme Badewanne zu pinkeln, und zweitens, weil ich Vatta damit gleichzeitig auf den Kopf mache.

Eigentlich hätte er ja Verdacht schöpfen müssen, denn ich tat ihm sonst nie widerspruchslos einen Gefallen. Doch sein Geiz machte ihn blind. Der Gedanke, noch einmal Wasser zu erhitzen und damit Strom zu vergeuden, war unerträglich für ihn. Außerdem baute ich manchmal einen Scheinwiderstand ein.

„Knattskopp, eh, lass mich doch mal det Badewasser drin, ick will mich noch die Haare waschen."

„Leck mich, Krücki", die Tür war ja abgeschlossen.

„Ick schlag dir windelweich."

„Okay, ist ja schon gut", sagte ich gedehnt, mühsam meine Begeisterung unterdrückend.

Vatta wusch sich mit der Hilfe Muttis und einer Schöpfkelle die Haare, und alle waren guter Laune.

„Kiek mal, wie se glänzen."

„Super, Vatta."

So gegen sechs Uhr gab es Abendbrot. Er war zwar nun schon einigermaßen betrunken, doch die große Alkoholschwemme sollte noch kommen, und so galt es, die Eingeweide mit einer fettigen Grundlage vorzubereiten. Meistens aß er Ölsardinen und trank, wenn die Sardinen aus dem Öl gefischt und gegessen waren, die Blechbüchse mit dem Öl leer.

„Fisch is jesund", pflegte er zu sagen.

Dann gibt er Gas. Als ob ein Schalter umgelegt wäre, trinkt er immer schneller und unmäßiger. Sein tägliches Quantum, eine Flasche Korn zu 0,7 Liter und fünf Flaschen Bier „zum Durstlöschen", wie er sagt, wollen geschafft werden. So etwa gegen acht Uhr abends wird er wieder gefährlich.

Alkohol verstärkt, wie die meisten Drogen, Grundstimmungen. Wenn man wissen möchte, ob jemand das Herz am rechten Fleck trägt, muss man ihn nur betrunken machen, denn dann fallen alle Masken. Zuweilen kann man Gesichtsausdrücke von solcher Obszönität und Abgründigkeit an sonst unauffälligen Charakteren erblicken, dass es einem schwer fällt, den Menschen wiederzusehen und ihm unvoreingenommen zu begegnen, wenn er wieder nüchtern ist.

Im Grunde genommen werden durch Trinken drei Arten der Bewusstseinsveränderung ausgelöst: Die einen werden beschwingt und lustig, andere werden melancholisch und wieder andere werden aggressiv. Vatta war entschieden letzterem Typus zuzuordnen, er wurde gefährlich wie ein Tiger. In seinen sonst glasigen Blick mischte sich etwas Scharfes, etwas Unberechenbares. Er schaute gereizt umher, um seinen Blick an irgendetwas zu heften, was seinen Ärger konkretisieren, ihm gleichsam einen

Namen geben könne. Er suchte Händel. Er konnte, wenn man sich in seiner Reichweite aufhielt, in solch einer Stimmung vollkommen unmotiviert mit der Krücke zuschlagen, obwohl man schon drei Stunden friedlich beieinander gesessen und Fernsehen geschaut hatte. Es kam vor, dass man noch eine Minute zuvor mehr oder weniger freundlich miteinander geredet hatte, was ja eigentlich eine Art Friedensvertrag ist. Ungeachtet einer solch kleinen Unterhaltung konnte Vatta urplötzlich transformieren, zu einem Mr. Hyde werden. Manchmal hatte ich sogar den Eindruck, dass Wortfetzen, die in seinem trunkenen Kopf nachgaukelten, katalytisch wirkten, indem sein aggressives Hirn sie entstellte und zu Provokationen umdeutete.

„Knattskopp, jib mich mal die Programmzeitung."

„Hier, Vatta."

„Kommt morgen nich ‚Debatte im Bundestag'?"

„Keine Ahnung, Vatta."

Schweigen. Eine Minute später schrie er:

„Du lügst doch, du Schween, dir werd ick geben …!" – und griff nach der Krücke. Natürlich war ich schon außer Reichweite, denn ich kannte ihn ja und konnte seine Stimmung an seiner Stimme, seinem Gesichtsausdruck, seiner Körperhaltung lesen. Auch die Tageszeit war ein verlässlicher Parameter.

Man musste zwischen acht und zehn Uhr extrem vorsichtig sein. Nicht, weil es nur schmerzhaft gewesen wäre, mit der Krücke Dresche zu beziehen, sondern weil es lebensgefährlich werden konnte. Vatta hätte einen mit einem Schlag, der die ganze Wut seines verkorksten Lebens beinhaltete, schwer verletzen können, auch, wenn er es im Grunde genommen nicht böse meinte. Es hätte ihm sogar, und das meine ich ganz ohne Zynismus, am nächsten Tag ehrlich Leid getan. Selbst, wenn es ihm nicht ans Leder gegangen wäre. Nichts desto trotz war es gefährlich. Einmal stand er klammheimlich und leise auf

– was selten vorkam – und schlug mit voller Wucht seine Holzkrücke auf dem Rücken eines Stuhls kaputt, auf dem ich saß und Comics las. Das abgebrochene Ende der Krücke fiel sanft, durch den Stuhl gebremst, auf meinen Kopf. Ich erschrak heftig. Wäre der Stuhlrücken ein wenig tiefer gewesen, hätte Vatta mir den Schädel eingeschlagen, auch, wenn ihm das am nächsten Tag, wie gesagt, Leid getan hätte.

Im Laufe meiner Kindheit entdeckte ich zwei todsichere Verstecke oder besser: geschützte Ecken, in die ich mich zurückziehen konnte, wenn ich Vatta bis zur Weißglut gereizt hatte oder wenn er einfach schon zuviel intus hatte.

Ein Refugium war mein Zimmer, das ich durch einen auf mehrere Bücher gestellten, an der Spitze abgebrochenen und eingekerbten Eishockeyschläger gesichert hatte, indem ich dessen Ende unter die Türklinke klemmte. Na klar, Bücher können Leben retten! Weit unterhaltsamer, aber auch gefährlicher, war die Sitzecke im Wohnzimmer, ungefähr zweieinhalb Meter von seinem Thron entfernt. Diese Sitzecke war nämlich genau genommen ein Sitzrund, wodurch sich hinter der Rückenlehne und der Wandecke ein kleiner Hohlraum bildete. Dort konnte ich in letzter Not hineinschlüpfen, zum Beispiel wenn Vatta schon aufgestanden war und mit triumphierendem Grinsen den Weg zur Tür versperrte. Vatta, weil zu ungelenk, konnte höchstens mit der Krücke in dieser Höhle herumstochern, ohne allerdings sein ganzes Gewicht in den Stoß zu legen, da er durch die Sitzfläche, die gegen seine Knie drückte, gehindert wurde. Wenn ich ein paar Kissen mitnahm und sie über meinen Kopf hielt, konnte eigentlich nichts passieren. Im Gegenteil, manchmal bekam ich seine Krücke zu fassen und hielt sie einfach fest. Da Vatta sich durch den Sitz leicht nach vorne beugen musste – eine schwierige Gymnastik für ihn – hatte er nicht genug Kraft, um die Krücke wieder rauszuziehen:

Ich höre seinen schweren Atem, der wuterfüllte Flüche auskeucht, direkt über mir. Der Gedanke, so nahe an der Beute zu sein, die ihn auch noch verhöhnt, macht ihn rasend. Ich singe die Internationale. Er steht da wie ein Rudel Hunde vor dem Fuchsbau, scharrend, jaulend, mordlustig.

„Völker höret die Signale. Auf, zum letzten Gefecht. Die Internationale erkämpft das Menschenrecht."

Obwohl ich eigentlich in Sicherheit bin, habe ich trotzdem Angst und versuche in Verhandlung zu treten:

„Okay, ich lass die Krücke los und du lässt mich in Ruhe."

„Is jut", keucht er.

Ich lasse die Krücke los, aber es wäre ein Fehler gewesen, Vatta zu unterschätzen, denn er ist keineswegs dumm. Oft steht er regungslos, ungefähr einen Meter von der Sitzecke entfernt, die Krücke im Anschlag, und ich glaube ihn schon lange wieder in seinem Fernsehsessel, dabei lauert er nur wie ein Eisbär vor dem Robbenloch darauf, dass ich wieder auftauche.

Na, er wird wohl wieder in seinem Sessel sitzen, der faule Hund, denke ich und mache mich daran, die Kissen zu lockern, doch instinktiv warte ich noch und rufe:

„Vatta? Vatta!?"

Keine Antwort. Ist er nur sauer oder lauert er noch? Irgendwie ist mir langweilig dahinten in der Ecke und ich will in mein Zimmer spielen gehen. Andererseits weiß ich, dass Vatta die Krücke mit einer Virtuosität und Schnelligkeit handhaben kann, die seiner Leibesfülle nicht zuzutrauen ist, und das lässt mich noch zögern. Die Lösung ist Mutti. Ich rufe:

„Mutti, steht Vatta noch da?"

„Ja, er steht noch da." Auf Mutti ist Verlass. Das ärgert Vatta sehr. Schließlich lauert er schon ein paar Minuten und steht damit viel länger als sonst auf den Beinen.

„Erna, nimm doch det Schween nich immer in Schutz!" grollt er.

Überhaupt war der Abend immer die Zeit für den ritualisierten Ehekrach, der sich jahrzehntelang nach immer dem gleichen Muster abspann. Einmal schlug ich den beiden vor, einfach eine Kassette davon aufzunehmen und sie dann, wenn der Streit losginge, abzuspielen. Wie viel Zeit hätte das gespart und wie viel Kraft und Ärger erst! Sie schauten mich verständnislos an und mich überkam ein schrecklicher Verdacht. Vielleicht wollten sie den Ärger gar nicht vermeiden, vielleicht waren diese abendlichen Gefühlsmetzeleien die einzige Ebene, auf der sie sich noch erreichen konnten.

Vatta fing dabei immer an. Er wusste haargenau, womit er meine Oma, die ein friedliebender Mensch war, auf die Palme bringen konnte. Ja, wenn Vatta eine herausragende intellektuelle Eigenschaft besaß, dann war es die, innerhalb kürzester Zeit die wunden Punkte eines Menschen zu identifizieren, um dann genüsslich und ohne Gnade darin herumzubohren. Er hatte in dieser Hinsicht psychologisches Talent.

Szenerie: Wir sitzen alle schweigend vor dem Fernseher, es läuft Derrick, Muttis Lieblingssendung. Ich esse Nutella-Toasts, Mutti eine Stulle mit Quark, Vatta raucht, nimmt einen Schluck, bekommt einen scharfen Blick, schaut sich um, sieht Mutti, schüttelt den Kopf und zieht noch einmal an der Zigarette:

„Erna!"

„Ja, Paul."

„Du bringst mein janzet Jeld durch!"

„Paul, lass gut sein."

Mutti wendet sich wieder selbstvergessen den ungelösten Fällen Derricks zu, wiewohl die Ahnung vom Ende der Ruhe sie etwas unwillig werden lässt. Sie runzelt die Stirn.

Vatta: „Müssen denn die alle uff meene Kosten hier fressen?"

„Die alle" waren hauptsächlich ich und Vattas erwachsene Kinder, von denen noch die Rede sein wird.

Mutti: „Paul, hör auf!"

Vatta, voller Groll: „Ah nee, du bist en jehessiges Weib, jehessig und jewöhnlich."

Mutti schweigt.

Das war das Vorspiel, Vatta musste erst warm werden, nun aber macht er ernst. Er beginnt, den Vater meiner Oma anzugreifen, einen grundgütigen, von ihr über alles geliebten Menschen, der seine letzten Lebensjahre bei uns zu Mittag aß und dafür Vatta fast seine ganze Rente abgeben musste.

„Du bist wie deen Vater, det war een janz jewöhnlicher Kerl, keene Bildung", sagt Vatta und zündete damit die Atombombe.

„Paul, lass meinen Vater aus dem Spiel", sagt Erna und erbleicht, sichtlich getroffen.

„Irrenpfleger war der, und hat den jroßen Mann markiert, hat Joethe zitiert, ha, datt ick nich lache, Joethe! Een janz jewöhnlicher Irrenpfleger war det", jetzt lacht Vatta gekünstelt in hoher Tonlage, als wolle er Muttis Vater auslachen.

„Mein Vater war Beamter!" sagt Mutti in verzweifeltem Stolz.

„Und een elendiger Kommunist, 'n Kommunistenschween!"

Mutti wird nun laut, was selten vorkommt: „Paul, halt an dich!"

„Und den hab ick jahrelang durchjefüttert, meen Jeld, meen Jeld, meen schönet Jeld", jammert er in sich verselbständigender Litanei.

Mutti: „Paul, du weißt genau, dass das nicht wahr ist, mein Vater hat immer bezahlen müssen und zwar mehr als genug!" Nun ist auch Mutti in Rage.

Vatta: „Joethe! Joethe und keen Pfennig inner Tasche, dat ick nich lache", und wieder lacht er in hoher Tonlage.

Meine Oma ist außer sich: „Paul, ich kipp dir gleich ein Glas Bier ins Gesicht! Wäre nicht das erste Mal …"

Hier wurde ein legendäres, von meiner Oma oft in Erinnerung gerufenes Ereignis der Familienhistorie bemüht. Anscheinend hatte sie in grauer Vorzeit meinem Opa mal ein Glas Bier ins Gesicht gegossen, als dieser sich auf einer Feier allzusehr daneben benommen hatte. Allerdings blieb das augenscheinlich ein singuläres Ereignis, denn zumindest solange ich schon lebte, war dergleichen nicht mehr vorgekommen. Meine Oma war aber noch sichtlich stolz darauf und erinnerte fast jeden Abend daran.

Vatta: „Ah, du bist een jehessiges Weib, jehessig bist du …"

Merkwürdigerweise bediente Mutti Vatta trotz wüstester Beschimpfung den gesamten Abend. Vor allem verstand ich nicht, warum sie ihm alle zwanzig Minuten einen neuen Schnaps holte, wurde er doch mit jedem Schnaps aggressiver und unleidlicher. Noch unverständlicher war mir, dass Vatta nun einen militärischen Befehlston anschlug:

„Erna! Noch 'n Kurzen!" oder „Erna! Noch 'n Blondes!"

In der schlimmsten Spelunke hätte man den Alkohol nicht unfreundlicher eingefordert. Hier verzichtete Vatta auf jegliche Form der Einschmeichelung oder Bitte, die er sonst bisweilen bemühte, um den Stolz meiner Oma nicht über ein taktisch kluges Niveau hinaus zu verletzen. Normalerweise hätte er sagen müssen:

„Erna, hol mich doch mal 'n Kurzen, ick kann doch so schlecht loofen."

So formulierte er ja andere Wünsche, um die ausgeprägte Hilfsbereitschaft meiner Oma zu aktivieren. Hier aber konnte er frei befehlen, offenbar wissend, dass es immer funktionieren würde. Dieser Umstand war ein Rätsel, dessen Lösung mir erst Jahre später klar werden sollte. Meine Oma versorgte Vatta mit

Zigaretten und Alkohol, weil sie hoffte, bewusst oder unbewusst, dass ihn das eines Tages töten würde. Das ganze war eine subtile Form von Mord oder besser: Sterbehilfe. Sie assistierte Vatta, den Brenner, bei seinem bacchantischen Zug in die Hölle, um ihn loszuwerden. Niemand konnte ihr das verdenken, und Vatta wollte es schließlich selber so. Wer weiß, vielleicht waren sie doch ein ideales Paar.

Der Streit wurde für gewöhnlich beendet mit einem: „Erna, noch 'n Kurzen!" und Mutti lief eilfertig mit einem Lächeln auf den Lippen, um Vatta zu bedienen.

So gegen halb zehn war Vatta entsetzlich betrunken. Sein Erscheinungsbild veränderte sich, er sackte gleichsam in sich zusammen, alles an ihm hing herunter, die Schultern wurden schlaff, die Beine verloren an Spannkraft und vor allem seine Mundwinkel zeigten verbittert in Richtung Erde. Lediglich eine Hand hielt sich noch tapfer zwischen den Beinen und kratzte schabend. Mit der anderen stützte er seinen Kopf auf die Stuhllehne und hielt gleichzeitig eine Zigarette, deren Asche länger und länger wurde, bis sie abfiel. Seine Augen fielen immer wieder zu, dabei grunzte und seufzte er halb schlafend, halb wach: „Ach nee, nee, nee … Ach nee …"

Sein Kopf sank in Folge der beim Schlafen einsetzenden Muskelerschlaffung immer tiefer, bis er ruckartig wach wurde, aufblickte, meine Oma anschaute, den Kopf schüttelte und von vorne „ach nee, nee, nee, wat 'n jehessiget Weib" seufzte.

Manchmal weinte er ein bisschen. Er konnte aber auch in schwärmerische Stimmung geraten, dann stöhnte er genussvoll, immer zu sich selbst redend:

„Aaah, aaah, die Nutten von Taormina. Aaah, die Nutten von Taormina!"

Vatta war im Krieg in Taormina stationiert, pikanterweise war das auch der Ort einer gemeinsamen Reise meiner Großeltern nach dem Kriege. Doch daran schien er jetzt gerade nicht zu denken.

In diesem Zustand war Vatta nun wiederum absolut harmlos, manchmal sogar mitteilsam und umgänglich. Er suchte das Gespräch mit mir:

„Knattskopp, merk dich, die Nutten von Taormina sind die besten Frauen der Welt.“ Mutti hörte weg und ich konnte vor der Pubertät solche Empfehlungen nicht gebührend wertschätzen, spürte aber, dass er es gut mit mir meinte und freute mich:

„Alles klar, Vatta, merk ich mir!“

Auch hatte er in diesem Zustand lyrische Momente:

„Die Weeber und der Suff, die reiben den Menschen uff!“

Einmal sahen wir zu später Stunde einen Bericht über Jäger im Fernsehen. Vatta erwachte kurz aus einem Alkoholnebel.

„Knattskopp, könntste det, uff so ’n Reh schießen, watt dich so ankieckt mit so jroße braune Augen? Ick könnt det nich …“

Gegen halb elf raffte Vatta sich auf.

„So, Erna, noch ’n Kurzn, dann jeh ick ins Bette.“

Und so geschah es. Mutti brachte einen letzten Schnaps. Vatta nippte daran, stellte den Schnaps vorsichtig hin und zog sich, sitzend, sein Hemd aus. Ein äußerst unförmiger Körper kam zum Vorschein. Weiß, fast bis ins Pastellgrüne hinein, reich gesprenkelt mit Leberflecken, groß und rund, sah er aus wie ein Kräutermozzarella mit Pilzen. Er nahm noch einen Schluck, zog sein Nachthemd über, stand auf und ließ die Hose runter, wobei sein Geschlecht für einige Sekunden sichtbar wurde. Nachdem er den restlichen Schnaps mit einem kurzen, mannhaften Ruck ausgetrunken hatte, fast, als sei das eine lästige Pflichterfüllung, torkelte er ins Bett.

Trotz seines Zustandes vergaß Vatta nie, auf dem Weg zur Nachtruhe alle Lichter zu löschen, um Geld zu sparen, egal, wer in welchem Zimmer las oder Fernsehen schaute. So wurden auch meine Oma und ich in Dunkelheit zurückgelassen, doch das störte uns nicht, wir machten das Licht einfach wieder an, sobald Vatta außer Reichweite war. Wie schon gesagt, war nur Vattas Faulheit größer als sein Geiz und so kam er nicht zurück, um das Licht noch einmal auszuschalten. Er balancierte, in Dunkelheit und vor Alkohol schwankend, gelegentlich an Schränke stoßend, die den Weg säumten, seine Massen durch den langen Korridor in das Schlafzimmer, das gegenüber der Toilette, ebenfalls neben dem Eingang, gelegen war. Dann fiel er ins Bett und in einen tiefen, traumlosen Schlaf, um am nächsten Tag erneut, wie es Gott gefällt, mit ungeheurer Zähigkeit sein Tagwerk zu beginnen und den Kreis zu schließen.

Wenn ich Vatta vor mein geistiges Auge rufe, stellt sich mir die immer gleiche Frage: Wie kann sich dieser Mensch, vielleicht der Mensch an sich, wie ein Philosoph sagen würde, an ein solches Leben verlieren? Mysterium der menschlichen Entwicklung. Große Fähigkeit zur Entartung.

Auch Vatta begann ja als rosiges kleines Baby, vermutlich sogar als ein sehr niedliches, ein Geschöpf voller Reinheit und Unschuld, eine Hoffnung des Lebens, ein Versprechen, das einmal Tränen der Rührung ausgelöst hat. Und daraus wird dann solch eine, vorsichtig ausgedrückt, abenteuerliche Gestalt. Ja, ja, ich weiß, Psychologen, Soziologen und Pädagogen haben da schnell die Kindheit zur Hand, alles ist Sozialisation. Aus jedem beliebigen Baby könne man, wenn man nur die richtige Erziehung walten ließe, ein Monster machen, das nur seine äußere Hülle mit uns Rechtschaffenen gemein habe. Wissenschaftler hingegen bemühen die Allmacht der Gene, moderne Version des unausweichlichen Schicksals der antiken Tragödie. Wenn zwei Kinder in der exakt gleichen Umgebung großgezogen werden, wird der eine ein Monster und der andere ein Heiliger, da kann man machen, was man will. Liegt der teuflische Keim denn schon im reinen Baby?

Vielleicht liegt die Wahrheit in der Mitte, vielleicht aber auch ganz woanders. Vielleicht ist die Erziehung ein superchaotisches, hochkompliziertes System, in dem sich minimale Veränderungen maximal auswirken. Was, wenn das Kind einen sympathischen, fröhlichen Onkel in Amerika hatte, einen charmanten Kerl, den alle liebten, der aber ständig betrunken war, und dieser Onkel nun zufällig eines Nachmittags zu Besuch kam, als das Kind eine sehr prägende Stunde hatte, eine Stunde, in der es voller Neugier daran geht, die Welt zu begreifen, sein Denkorgan zur empfindlichsten Prägung offen daliegt? Es sieht den betrunkenen Onkel, sieht das Leuchten in seinen Augen und begreift, dass dieses Leuchten plötzlich auch die Eltern und alle anderen Gäste entzündet, weil der Zauberonkel so mitreißend, so voller Charme ist. Könnte diese Stunde aus dem Kind, das kraft seiner Gene und seiner Erziehung ein Heiliger geworden wäre, einen Versager, einen Trunkenbold machen? Oder gar aus einem ehrlichen Verbrecher einen Bänker? Doch halt, die Dinge werden zu theoretisch, lassen wir das, bleiben wir doch bei unserem exemplarischen Geschöpf, lassen wir Vatta auferstehen in seiner monolithischen Größe. Wir beginnen also bei Vattas Eltern, vielleicht sehen wir dann, dass jeder, selbst Vatta, in seiner Biographie plausibel ist und bleibt.

Dem philologisch gebildeten Leser wird übrigens nun deutlich, dass meiner Erzählung die wohlkonstruierte Form von drei von rechts nach links gemalten Punkten innewohnt, die nun von einem Pfeil aus der Vergangenheit, also von ganz weit links, geschnitten werden. Das bedeutet, wir werden ab jetzt beinahe streng chronologisch vorgehen, dabei quasi schlendernd an den beiden Zeitpunkten vorbeikommen, um dann dahinter der Zukunft, dem furiosen Finale entgegenzustürmen.

Die Wurzel des Bösen

Vattas Vater war ein feiner Mann, das sagen jedenfalls alle, die ihn kannten. Ich habe Zeitzeugen gehört. Das Wörtchen „fein" wird oft verwendet, um ihn zu beschreiben. Dabei ist selbstverständlich nicht das gemeint, worauf sich das Wort in seiner ursprünglichen Bedeutung bezieht, sondern sein Charakter. Tatsächlich sieht er auf Fotos sehr filigran aus, was mich ein bisschen ärgert, denn ich glaube nicht an solchen literarischen Humbug. Na ja, vielleicht gibt es doch mehr allgemeine Prinzipien, als man denkt. Eventuell hat jemand, der sich nicht wäscht, tatsächlich auch einen unsauberen Charakter. Ich weiß es nicht.

Vattas Vater war von Beruf Uhrmachermeister und nicht ohne einen gewissen Esprit, der allerdings, im Gegensatz zur üblichen Verwendung dieses Attributes, nichts Oberflächliches hatte, sondern einen verschmitzten Witz ahnen ließ. Er pflegte freundlich, aber anspruchsvoll zu seinen Lehrlingen zu sagen: „Man ist nicht Uhrmachermeister, wenn die Urkunde an der Wand hängt, sondern erst, wenn man mit einer Feile aus einem Stück Eisen eine Uhr machen kann."

Im Dorf war er geachtet, doch, da er sich nicht gemein machte, nicht wirklich beliebt. Vermutlich hatte er das stille Bewusstsein einiger Fähigkeiten, die ihn ein wenig stolz machten.

Vattas Mutter war sehr dick, sie hatte dünnes Haar und wasserblaue Augen und vergaß oder verlegte aus Bosheit regelmäßig ihre Herztabletten. Die ganze Familie musste dann suchen oder von einem Ausflug zurückkehren. Sie war sehr zärtlich mit ihren eigenen Bedürfnissen und weinte manchmal vor Rührung über sich selbst. Vier oder fünf ewig wiederholte Standardsätze gingen dieser Heulerei voraus.

„Hach, ich war mal eine schöne, eine sehr schöne Frau, alle waren sie hinter mir her …“, sagte sie, und schon liefen die Tränen über ihre runden Wangen. Vatta sagte, sie hatte sehr viel „Jefühl“. Zum Glück habe ich auch Muttis Erzählungen, um die Wahrheit herauszumitteln. Vielleicht war sie wirklich einmal schön und litt nun darunter, dass sie alt und dick war. Zu den erbarmungswürdigsten Grausamkeiten des Lebens zählt ja das Altern schöner Frauen und wir haben allen Grund Mitleid und Nachsicht walten zu lassen, auch wenn diese Frauen den Verlust ihrer Vorzüge manchmal mit Bosheit kompensieren, eben so, wie Vattas Mutter das tat. Das ständige Heulen über den Verlust der Schönheit als emotionale Tiefe zu werten, ist allerdings ein bisschen dick aufgetragen. Ich persönlich glaube, dass sie, wie übrigens viele Menschen, die gerne in Gesellschaft heulen, von ausgesuchter Grausamkeit und Herzlosigkeit war. Heulen ist bei Frauen ja mitunter ein aggressiver Akt, wie Fluchen und Prügeln bei Männern. Es hat nicht notwendigerweise etwas mit Güte oder Mitgefühl („Jefühl“) zu tun. Doch zurück zu Vattas Mutter:

Der kleine Paul hatte ihr einige traumatische Erfahrungen zu verdanken. Sie ließ ihre gebrauchten Stoffbinden offen in einem Eimer auf dem Klo liegen, um sie dann irgendwann einmal zu waschen, oft erst, wenn die nächste Periode kam. Das sah furchtbar aus und stank nach einer Weile auch. Immer wenn es ihr nach Art der Frauen ging, bildete sich eine Sorgenfalte zwischen ihren Augen und sie fasste sich an den Bauch. Niemand möchte gerne an die Sexualität seiner Eltern erinnert werden, und auf keinen Fall möchte ein Sohn die gebrauchten Binden seiner Mutter jeden Tag sehen und riechen. Es gab einen Tag in der Pubertät des kleinen Paul, an dem ihm diese Binden brutal zu Bewusstsein kamen. Zwar waren sie immer da, und er hatte sich von klein auf daran gewöhnt, an einem ganz bestimmten Tag aber war es für ihn, als würden sie ihm ins Gesicht geschleudert. Es war der Tag, an dem er zum ersten Mal so etwas wie schwärmerische Verliebtheit für das andere Geschlecht empfand. Dieses fundamentale Ereignis in Pauls Leben, dieser Eimer mit alten Binden an diesem ganz besonderen Tag, prägte sich dem Heranwachsenden tief ein. Es beraubte die Frauen ihres Zaubers, es ernüchterte. Paul konnte bald nur noch sexuelles Begehren in seiner organischsten Form empfinden, aber keine Liebe mehr.

Gegen Ende des Krieges, Paul war erwachsen und hatte selbst Familie, wurde sein Vater von den Russen abgeholt, obwohl er kein Nazi war. Ein paar Monate später kam er wieder, bis auf die Knochen abgemagert. Man sagte, er sei geflohen. Er war so geschunden, dass ihn die meisten im Dorf zunächst nicht wiedererkannten.

„Er is ja jeflohn, er is ja nicht rechtmäßig zurückjekommen", sagte Pauls Mutter.

Sie war nicht bereit, ihren Mann zu verstecken, sondern meldete seine Rückkehr sofort den Russen. Da haben sie ihn noch einmal abgeholt, und zwar für immer. Etwa zur gleichen Zeit ereignete sich noch eine Tragödie in Pauls Leben. Entgegen jeder Wahrscheinlichkeit schießt das Schicksal gerne mit einer doppelläufigen Flinte. Paul hatte schon vor dem Krieg eine Familie, eine Frau und zwei Kinder. Als er aus dem Krieg zurückkam, er war, wie gesagt, auf dem schönen Sizilien stationiert, da war diese Familie tot. Sie war von den Russen umgebracht worden.

Es kostete mich viel Mühe und Nachforschungen, wenigstens etwas über dieses in unserer Familie totgeschwiegene Thema herauszubekommen: Vattas erste Frau war dunkelhaarig, dick und schön, und ihr Name war Hilde. Seine Kinder, Harald und Sibylle, wurden sieben und acht Jahre alt. Besonders stolz war Paul auf den Jungen, den Stammhalter.

In unserer Familie wurde hinter vorgehaltener Hand viel darüber gesprochen, ob dieser Schicksalsschlag Vatta zu dem gemacht hatte, was er war. Die eine Familienhälfte sagt ja, diese Dinge müssen ihn gebrochen haben. Die andere sagt nein, er war schon vorher so. Vatta war eventuell wirklich schon länger der rücksichtslose Epikureer, als den ich ihn schließlich kennenlernte. Vielleicht hat der Tod seiner Familie seinen Hang zum Genuss, zum sich Auflösen und Vergessen im Genuss, verstärkt. Tatsache ist, dass Vatta niemals über seine erste Familie geredet hat. Kein Sterbenswörtchen hat er je dazu gesagt. Einmal habe ich ihn direkt darauf angesprochen und ich hatte Angst, dass er mich anschnauzt oder explodiert, aber er hat gar nichts gesagt. Er hat einfach nicht reagiert, so, als ob er meine Frage nicht gehört hätte.

In den Jahren nach dem Krieg war Paul ein sehr begehrter Mann, und das nicht nur, weil es wenige Männer gab. Mit seinen 1,95 Meter, den schwarzen, à la Mode nach hinten gekämmten Haaren über stechend blauen Augen hatte er leichtes Spiel bei den Frauen. Hinzu kam eine virile, etwas gewalttätige Ausstrahlung und ebenfalls nicht abträglich war ein ausgeprägter Hang zur Prahlerei.

„Wo immer er auftrat, war er *der* Mann“, pflegte Tante Rosel, eine entfernte Verwandte aus der Zone, zu sagen. Hell leuchtete sein Stern damals und nichts ließ darauf schließen, dass er sich in ferner Zukunft zum roten Riesen aufblähen würde, um schließlich in einer Gasexplosion zu verpuffen.

Auch beruflich stand es nicht schlecht um ihn. Er war Elektromeister, und schon bald nach Kriegsende hatte er einen kleinen Betrieb, der in sein Haus und, wie gleich zu schildern sein wird, auch in sein Leben effizient integriert war. Da Paul wohl schon immer, zumindest schon in der Nachkriegszeit, unmäßig zu trinken pflegte, ist es eigentlich ein Rätsel, wie er seinen zehn Mann starken Betrieb auf Vordermann halten konnte. Er pflegte in jenen Tagen noch die Nacht durchzuzechen, um dann gegen sechs Uhr morgens nach Hause zu torkeln. Manchmal brach er um diese Uhrzeit urplötzlich eine angeregte Unterhaltung ab, ließ beinahe das letzte Bier stehen, schaute auf die Uhr und sagte:

„Es ist Zeit."

Denn Punkt viertel nach Sechs war eben die Zeit, in der seine Lehrlinge, Gesellen und Gehilfen auf dem Hof ihr Tagwerk zu beginnen hatten. Paul traf nur kurz vor ihnen zu Hause ein und baute sich auf dem Balkon, der über dem Hof gelegen war, wie ein Feldmarschall auf. Dabei sanken seine Mundwinkel und er schaute in die Ferne, während er die Hände hinter dem Rücken verschränkt hielt. Knapp bellend, militärisch, begrüßte er seine Leute.

„Morjen, Leute."

„Morjen, Meester", kam es gedehnt zurück.

Wenn jemand auch nur ein paar Minuten zu spät kam, war ihm der geballte Suffzorn Pauls sicher.

„Stift, watt kommste erst jetzt, wohl die janze Nacht jefickt, watt?" argwöhnte Paul, vielleicht neidisch, weil er nur getrunken hatte.

„Zur Strafe wirste zur Montage loofen, det Fahrrad bleebt hier!"

„Is jut, Meester."

Paul glich, wie gesagt, in betrunkenem Zustand einem gereizten Tiger. Niemand widersprach dieser großen und breiten Mischung aus Muskeln, Alkohol und Adrenalin. In den Morgenstunden war sein alkoholbedingter Argwohn sehr ausgeprägt, nicht nur bezichtigte er in diesem Zustand andere diverser, meist obszöner Vergehen, auch vermutete er ständig von seinen Leuten beklaut oder sonstwie hintergangen zu werden. Der morgendliche Rapport war gefürchtet und hatte zur Folge, dass das Geschäft wie am Schnürchen lief. Nachvollziehbarerweise mochten Pauls Untergebene den Meester nicht besonders. Sie nutzten wohl tatsächlich jede Gelegenheit, ihn zu beklauen oder zu hintergehen, taten das aber so geschickt, dass er davon nichts merken konnte. Absurderweise stützte sich sein Verdacht also nur auf Saufparanoia, war aber trotzdem berechtigt. Seine Truppe wiederum nutzte jede Gelegenheit zur Rache, freilich nur dann, wenn er ihnen nichts nachweisen konnte.

Paul baute eigenen Wein an, dessen Ranken malerisch eine gesamte Seite des Hauses bedeckten. Wenn Erntezeit war, stieg er auf die große Montageleiter und schnitt Weinreben herunter. An einem Tag, der von seinen Lehrlingen später gefeiert werden sollte, rutschte die Leiter weg, als er sich etwas zu weit zur Seite neigte, um eine entlegene, wie ihm schien, besonders prächtige Traube zu ernten. Da er damals noch schlank war, konnte er sich an einem Draht festhalten und auf ein schmales Fenstersims retten. Er war nie ein mutiger Mann, und so plagte ihn heilige Angst vor einem Sturz, obwohl die Höhe schlimmstenfalls zum Beinbruch geeignet gewesen wäre.

„Hilfe, so hilf mich doch eener!" rief er wehleidig.

Von der absoluten Großkotzigkeit bis zum wehleidigen Jammern war es bei ihm nur ein kleines Stück. Einige Arbeiter im Hof, auf der anderen Seite des Hauses unterhielten sich:

„Is dat nich der Meester, der da so schreit?"

„Keene Ahnung, ick hör nüscht, hörst du watt?"

„Nö, nüscht jehört", sagte der Kollege lachend.

So muss Paul wohl stundenlang gehangen haben, und ein Jammern, das zum Steinerweichen war, wechselte sich mit säuischem Fluchen ab.

Irgendwann sah ihn der Nachbar Schütte von Melse dort hängen, und erbarmte sich, allerdings nicht, ohne die Situation vorher auszukosten.

„Ach, da hängt ja der Paul bei die Weinreben …, komm mal gucken, Lieschen, da hängt der Paule, ach der Paule, ja der Paule", freute sich Schütte von Melse.

„Na, so große Schnauze scheint er grad gar nicht zu haben …"

„Lass ihn bloß da hängen", sagte Lieschen, die einmal in Paul verliebt war, aber nie Beachtung fand.

⁂

Wenn es hier den Anschein hat, dass Paul nicht sonderlich beliebt war, so täuscht das, er war nur in seiner näheren, täglichen Umgebung schlecht gelitten. Überhaupt war der Tag nicht seine Zeit. Erst wenn die Sonne untergegangen war, entwickelte er seine eigentlichen Aktivitäten und erwachte gleichsam zum Leben. Er konnte des Abends ganze Gesellschaften unterhalten und bei Laune halten, und so wurde er überall eingeladen. Ein Fest ohne Paul Kupka war eben kein Fest.

„Ick war der erste Mann im Dorf", pflegte er zu sagen – und das stimmte. Mutterwitz und Derbheit waren ihm zu Eigen und wenn es sein musste, konnte er sogar charmant sein. Er war aber auch ein Prahlhans und gefürchtet aggressiv, zumal in alkoholisiertem Zustand. Diese Eigenschaften bewirkten, dass jeder gern mit ihm zusammen war oder besser, ihn auf der eigenen Seite wissen wollte. Viele bewunderten ihn, und noch mehr, einschließlich seiner Claqueure, hätten diesen Koloss gerne fallen gesehen. Er war ein Mittelpunktsmensch. Wo er auftauchte, ballte sich der Raum um ihn, erfreute oder erzürnte er Gesellschaften, lachte er am lautesten, riss er mit, provozierte, polarisierte die Menge, kurz: da war etwas los.

Solche Alphatiere stehen beim weiblichen Geschlecht hoch im Kurs. Viele Frauen lieben es, wenn ein Mann aus der Menge tritt und alle Aufmerksamkeit auf sich zieht. Im Grunde genommen ist dieses aus der Menge Treten ein gewagtes Unterfangen, das Mut zum Risiko beweist. Der sich solchermaßen exponierende Mensch läuft auf einem dünnen Seil über allen anderen Menschen, die gerne zu ihm hinaufsehen. Allerdings sehen diese ihn noch lieber fallen, aus blankem Neid zum einen – und zum anderen um des Gefühls wegen, über dem Strauchelnden zu stehen, und sich für einen kurzen Augenblick über diesen zu erheben, ohne sich selbst dafür jemals exponieren zu müssen. Eine kleine Blöße, ein wackeliger Tritt reicht, um den Sturz einzuleiten. Eine andere, vielleicht noch größere Gefahr für Mittelpunktsmenschen ist die Lächerlichkeit. Von der bewunderten Extravaganz zur Verschrobenheit ist es nur ein kleiner Schritt, ja vielleicht auch gar kein Schritt, sondern nur ein fast unmerkliches Zaudern, irgendeine Schwingung, ein ganz kurzer Mangel an unbedingtem Selbstbewusstsein. Wenn der Mittelpunktsmensch schwankt, wird die Masse ihn schlachten. Wenn er sicher wirkt, wird er ihr Führer und die Frauen liegen ihm zu Füßen, wie blödsinnig sein Programm auch sei.

Paul drückte all das als Krebs aus, in diese musikalische Trickkiste griff er unbewusst, wenn er pathetisch war: „Ick hatte Weeber! Weeber hatte ick!“

Und so war es. Vor allem in Gesellschaften machte er auf sich aufmerksam, und die Damen zeigten mit ihrem erst schmelzenden, dann geschmolzenen Blick, dass er die Prüfung bestanden hatte.

Er suchte sich eine pralle Tulpe aus. Sie war „bisschen dick, aber nich unappetitlich“, wie er sagte, und er begann, sie zu bezirzen. Diese Phase der Annäherung war ihm lästig und er verkürzte sie so weit, wie seine Attraktivität es erlaubte.

„Weeber sind ne feine Sache, wenn man vorher nur nich immer det olle Jequassel machen müsste, nee, da trink ick mich lieber eenen.“

Manchmal musste es aber doch sein. Er sucht sich also eine pralle Tulpe aus, schaut ihr zweideutig in die Augen und sagt, indem er den Bass seiner Stimme langsam ansteigen ließ:

„Naaa …?“

„Hallo Paul“, flötet die Tulpe.

„Wie jehts der, komm doch mal her, du hast da hinten watt uffm Kleid“, sagt Paul, woraufhin er ihr ausholend auf den Hintern schlägt, um seine Hand nach dem Schlag liegenzulassen und den Schinken zur Prüfung zu kneten. Dabei schüttelt er sie ein wenig und zieht sie quasi am Hintern zu sich heran.

„Na, komm doch mal her, du, komm doch mal her …“

„Paul!“ ruft sie protestierend, stimmt aber sofort in sein obszönes Lachen ein. Um des Anstandes willen mischt sie ihrem Lachen noch eine Spur Pikiertheit bei, was es aber nur noch ordinärer macht, weil es eine Art Schuldeingeständnis ist. Paul hingegen war ganz Gottes Kind, von höheren Mächten gelenkt, gedankenlos und unschuldig, er lebte sein Reinstes aus, ohne Rücksicht darauf, was die anderen dächten. Das machte dieses Vieh sympathisch. Auf seine Fähigkeit, mit Frauen zu kommunizieren, bildete er sich mächtig was ein, denn seine Erfolgsquote war blendend. Vielleicht war dieser Dünkel sogar begründet, wenn auch auf eher nonverbaler Ebene. Seine dominante und erniedrigende Art gefiel offenbar vielen Frauen, auch wenn sie das nie zugegeben hätten. Sie versprachen sich Führung und ergaben sich instinktiv. Der verlockende Gedanke, sich im Dreck suhlen zu können, ohne die Verantwortung dafür tragen zu müssen, begründete zum Teil seine unwiderstehliche Art. Paul zog Frauen an, wie Scheiße Fliegen. Während seiner Brautwerbung unterhielt er mit Zoten und lustigen Beleidigungen Anwesender die gesamte Gesellschaft, und es kam vor, dass diese dann, wenn sie alle genug getrunken hatten, „Paul, Paul!" skandierte. Paul wusste, was er zu tun hatte. Er nahm seine Rubensbraut auf die starken Arme und stieg auf den Tisch, den er unter dem Gejohle der Meute auf und ab schritt. Dabei vergaß er nicht, Einblicke unter den Rock und in den Schritt seiner Angebeteten, seiner Beute zu ermöglichen. Wenn die Frau es zuließ, schob er sogar ihren Rock hoch, schlug ihr auf den Hintern und zeigte die Pracht, sich immerfort drehend, herum. Da gab es dann kein Halten mehr, der Saal tobte. Alle riefen: „Paul, Paul, zeig uns den Hintern!"

Paul war eben *der* Mann.

✣

Wir befinden uns nun ungefähr in der Mitte der vierziger Jahre, eine Zeit, in der zufälligerweise auch Erna in diesem Dorf lebte. Durch den Krieg entwurzelt und woanders wieder angespült, ihrer vielversprechenden Studienlaufbahn verlustig, nun als „Fräulein auf dem Amte" arbeitend. Selbstverständlich hatte sie von Paul gehört und ihn auch das eine oder andere Mal auf der Straße gesehen. Feinfühlig, diszipliniert und gebildet wie sie war, empfand sie ihn als Unsympath. In ihrer Art lag, und ich meine das durchaus positiv, etwas Adeliges. Tatsächlich stammte sie von verarmtem polnischem Adel ab, von Kordecky war ihr Familienname. Das „von" war schon vor Urzeiten durch einen slawischen Ahnherren gegen Alkohol veräußert worden. Erna bewahrte immer Haltung, ganz gleich, was passierte, half ständig anderen und war, im besten Wortsinne und ohne klebrige Betroffenheit, eine Humanistin. Vielleicht charakterisiert sie eine von ihr oft gestellte Frage am besten. Immer, wenn es etwas Zweifelhaftes zu tun oder zu lassen galt, stellte sie sich und anderen eine Frage, die heute merkwürdig antiquiert scheint und nicht mehr als Handlungsparameter gilt: „Aber, ist das denn *anständig*?"

Das war nicht in der prüden, sondern in der ethischen Bedeutung des Wortes gemeint, ein Wortsinn, den vielleicht nur noch die älteren Leser verstehen und der in einem Grab mit dem wundervollen Wort „Herzensbildung" liegt.

Erna Kordecky aß wenig und dann auch nur Obst und Gemüse, las viel und arbeitete viel, kurzum, lebte unerträglich gesund. Sie ging um zehn Uhr mit einer heißen Milch zu Bette und begann jeden Tag um sechs Uhr mit einer halben Stunde Frühsport. Ihre Haut war porzellanrein und roch wie ein frischer Apfel. Zwei gegensätzlichere Menschen als Erna und Paul lassen sich auch in hundert Jahren Gentechnik nur schwer konstruieren. Gemeinsam war ihnen lediglich das Schicksal: Auch sie hatte im Krieg viele geliebte Menschen verloren, ihre beiden Brüder starben an der Front. Ihr Mann, ein Fliegeroffizier, wurde kurz vor Kriegsende abgeschossen. Dieser Mann war die große Liebe ihres Lebens, doch wer weiß, vielleicht wäre er das nicht geworden, wenn er nicht abgeschossen worden wäre.

So verblieb ihre Liebe auf dem Höhepunkt in den Wolken und hatte keine Zeit, auf den Boden zurückzukehren. Aus dieser Ehe stammte ein Kind, Max, den Erna nun anstelle des Fliegers liebte und verhätschelte. Erna war vielleicht noch begehrter als Paul, alte Fotos von ihr bezeugen eine fast überirdische Schönheit, die etwas Madonnenhaftes hatte. Trotz ihrer Askese und, ich möchte fast sagen, Lustfeindlichkeit, war sie, Witz Gottes, sehr appetitlich gebaut, ihre runden Formen ließen sie durch einen Tunnel von Männerblicken laufen. Ja, auch Erna war ein Alphatierchen und bei erster Betrachtung wie für Paul geschaffen.

Sie arbeitete aushilfsweise auf einem Postamt, welches Paul eines Freitag Abends um zehn nach sechs betrat. Sie hatte Berufsethos und erfüllte die ihren Fähigkeiten eigentlich unangemessene Tätigkeit mit Würde und Freundlichkeit. Sie war korrekt zu jedermann, selbst zu diesem Gernegroß, wie sie ihn in einer Unterhaltung mit ihren Freundinnen nannte.

„Mein Herr, entschuldigen Sie, aber wir haben seit zehn Minuten geschlossen", sagte sie etwas spitz.

„Watt?" sagte Paul.

„Wir schließen um sechs Uhr, Ordnung muss sein."

„Die Briefe hier", sagte Paul, „die jehn noch raus."

Er grinste unwiderstehlich.

„Tut mir leid, ich sagte doch, wir haben zu", sagte Erna entschlossen.

„Hörense mal, Fräulein, det is lebenswichtig für meenen Betrieb, det die Briefe noch rausjehn, schlajense mich det bitte nich ab, ausnahmsweese, nur det eene Mal, ick kann doch sonst de Löhne nich zahlen."

Erna holte tief Luft, zuckte mit den Schultern und stempelte die Briefe.

Paul lachte, drehte sich um und rief im Hinausgehen: „Wünsche anjenehmen Abend noch der Dame“, wobei er einen imaginären Hut übertrieben schwenkte. Erna ärgerte sich, die Briefe angenommen zu haben.

Von da an kam er fast jeden Abend, um irgendeinen Brief aufzugeben, denn er hatte sich augenblicklich – nun, sagen wir mal – „verliebt“. Er wollte sie haben. Sie reizte ihn bis aufs Blut, und er wollte sie umso mehr haben, als sie ihm die kalte Schulter zeigte. Das alte Lied.

Kein altes Lied und weniger trivial ist die Tatsache, dass sie sich eines Tages in ihn verliebt haben muss.

Wenn man darüber nachdenkt, dass Erna nachgegeben hat, macht einen das ganz krank. Da haben wir also eine außerordentlich schöne, intelligente junge Frau, der die Männer zu Füßen liegen, und ihr erster Instinkt sagt ihr richtig, dass da ein Popanz und „Gernegroß“ vor ihr steht, ein windiger Hund, ein Schuft. Und trotzdem verliebt sie sich und heiratet ihn am Ende sogar. Wir fragten sie oft:

„Mutti, wie konntest du nur, wie konntest du Paul heiraten?“

Und sie antwortete:

„Oh, er sah gut aus und alle Frauen waren verrückt nach ihm, da dachte ich: Mal sehn, wolln doch mal sehn, den kriegste, wenn du willst.“

Voilà, hier die Antwort auf das deprimierende Rätsel, warum auch die guten Frauen sich oftmals in Schufte verlieben: Alle wollen ihn, aber ich kriege ihn. Warum wollen aber alle ihn? Weil er das Alphamännchen ist, das es wagt aus der Menge zu treten, weil er Schutz verspricht, vor anderen und vor sich, wenn er auf der eigenen Seite ist.

Meine Oma sollte für diesen schwachen Moment weiblichen Konkurrenzverhaltens ein ganzes Leben lang bezahlen. Zunächst aber nicht. Alte Fotos belegen, dass zwischen Paul und Erna am Anfang die Funken sprühten. Sie liebten sich wie die

Teenager, hatten eine so ekstatische Liebe, wie sie nur zwischen gegensätzlichen Menschen möglich ist. Selbst Paul spürte seine Seele klingen. Er vergaß ob dieses ätherischen Engels die organischen Abfälle seiner Mutter und wunderte sich über ein merkwürdiges Gefühl, das er bis dahin nicht kannte: Er vermisste. Schon wenn sie ein paar Stunden weg war, vermisste er sie. Zum ersten Mal in seinem Leben verspürte er Sehnsucht. Vielleicht haben beide das Schönste erlebt, was zwischen Mann und Frau möglich ist, denn die Liebe, diese Brücke zwischen zwei Wesen, die sich unbegreiflich sind, wird immer größer, je unbegreiflicher sie sich sind, je weiter die Ufer auseinander liegen. Paul und Erna waren keine Freunde und wenn sie sich nicht geliebt hätten, wären sie Feinde gewesen. Sie waren Materie und Antimaterie, sich magisch anziehend, erst leicht, dann immer stärker, um sich in einer großen Explosion gegenseitig zu vernichten. Irgendwann nach zwei oder drei Jahren war die Liebe weg und nur die Gegensätze waren übrig. Die Brücke war zerbrochen und die Ufer zu weit voneinander entfernt, als dass man sich hätte verständigen können. Anfänglich schickte man noch Boote hin und her, Organisationspakete des Ehelebens und wohl auch verstohlene Zärtlichkeiten, nicht glauben könnend, dass man sich fremd geworden war. Man versuchte wohl noch das eine oder andere Mal, das Feuer wieder anzufachen, doch da man sich schon öfter gegenseitig gebrandschatzt hatte, blieb nur verbrannte Erde zurück. Nichts war mehr brennbar. Es begann ein jahrzehntelanger Stellungskrieg, der beide zermürbte. Wiederum fragte der Familienrat:

„Wie hast du das nur ausgehalten, warum hast du dich nicht scheiden lassen?"

Eine törichte, eine generationentypische Frage. Erstens hat man sich damals nicht scheiden lassen. Und zweitens haben die Alten noch ganz andere Dinge ausgehalten. Zu essen und ein

Dach über dem Kopf haben war noch ein Wert, weil eben nicht selbstverständlich. Wir aber, die Jugend von heute, wir halten eben nichts mehr aus und fragen deswegen so dumm.

Schon bald stellten sich zwischen Erna und Paul erste Differenzen ein. Diese waren, wen wundert es, erotischer Natur. Während sich in der Phase der großen Verliebtheit beide einander annäherten – Erna ein wenig weniger prüde, Paul nicht mehr ganz so säuisch – gingen nun beide wieder ihren ureigenen Weg. Paul dachte zunächst etwa so: Nun, es ist ja ganz wunderbar, aber ich muss sie noch ein bisschen besser zureiten … Ich kann ja nicht ewig den Mönch spielen.

Erna aber dachte ihrerseits: Er ist ja ein toller Hecht, aber ich muss ihn noch ein wenig erziehen. Ich kann mich ja nicht ewig so erniedrigen …

Als beide einsahen, dass ihre Umerziehungspläne zum Scheitern verurteilt waren, versuchten sie es mit Gewalt. Paul wurde deftiger und Erna unantastbarer, jeder von der Überzeugungskraft und Richtigkeit seiner eigenen Wirklichkeit überzeugt.

Er muss doch einsehen, wie herrlich romantisch und rein es sein könnte, dachte sie.

Was könnten wir für einen Spaß im Bett haben, wenn sie nicht so zickig wäre, dachte er.

Fassungslos tat jeder einen ersten und letzten Blick in die sich schon entfernende Welt des anderen. Sie erkannten sich einen kurzen Moment und Grauen überkam beide. Wie zwei schieläugige Monster, die sich in dunkler Nacht kennen lernen, jeder den Traum von der Schönheit des Anderen träumend, um beim ersten Strahl der Sonne mit Entsetzen zu fliehen.

Bald begann Erna, sich vor Paul zu ekeln und nur noch um des lieben Friedens willen „hinzuhalten“, wie sie sagte. Doch die elementare Körperlichkeit ging von psychologischen Finessen unbeeindruckt ihren Gang. Etwa ein Jahr nachdem sie sich zum ersten Mal getroffen hatten, wurde sie schwanger. Als sie zur Entbindung ins Krankenhaus musste, war Paul in der Kneipe. Zwar erfuhr er in dem kleinen Ort recht schnell, dass das Wunder des Lebens nun in *sein* Leben trat, doch hatte er keine rechte Lust, dabei zu sein. Um ihn in Schutz zu nehmen: Es war nicht die Zeit, in der Männer Schwangerschafts- und Atemkurse mit ihrer Frau zelebrierten, um dann Geburt und Nachgeburt mit Tränen des Glücks zu empfangen.

Paul bestellte sich lieber noch ein Bier.

„Det is Frauensache."

Geboren wurde, an einem Sonntagmorgen, das kleine Ilschen. Ilschen war schwachsinnig und verkrüppelt. Paul kam ins Krankenhaus, sah das Kind, drehte sich auf dem Absatz um und verschwand. Erna weinte, was sie selten tat. Paul sah das Kind nie wieder. Ilschen wurde von Ernas Eltern liebevoll gepflegt, bis sie im Alter von sieben Jahren starb. Sie lernte nie sprechen, begann aber ein Jahr vor ihrem Tod mit schwacher Stimme Melodien nachzusingen.

Ein weiterer Grund zur Entfremdung zwischen Erna und Paul war Max, Ernas Kind aus erster Ehe. Der Sohn des Fliegers wurde von Erna über alles geliebt und so mangelte es ihm eigentlich an nichts, im Gegenteil: Er wurde verhätschelt und sowohl mit Liebe als auch mit Materiellem überhäuft. Erna konzentrierte nicht nur all ihre Aufmerksamkeit auf Max, sondern versuchte auch, die Aufmerksamkeit anderer auf ihn zu konzentrieren. Wenn die Familie am Mittagstisch saß und Gäste da waren, verstummte das Gespräch sofort oder wurde jäh unterbrochen, wenn Max einen Laut des Unmuts äußerte oder wenn er gar irgendeinen Wunsch in die Runde richtete.

„Wissense, Frau Kupka, mit den Zinsen für Ihr Haus ist das …"

„Will Schokolade", sagte Max, der gerade gefüttert wurde.

„Oh, warten Sie mal, haben Sie das gehört? Ist er nicht goldig?“

Alle mussten Max bewundern, der immer lauter „Schokolade“ stammelte und sich in seinem Ruhm sonnte.

„Ja, die Zinsen, ich fürchte …“

„Schokolade!“ schrie Max.

„Oh, du Goldstück, sofort holt die Mutti dir Schokolade!“

Ihre Augen schauten verklärt zum Himmel, beziehungsweise zur Zimmerdecke und nun wurde Max mit Schokolade gefüttert, dann ausgiebig geküsst und gedrückt, wobei er und die Mutter in wechselseitiges, wonniges Juchzen ausbrachen. Ein wenig überflüssig saß der Gast daneben.

Erna fütterte Max auch noch, als er schon leicht selbst hätte essen können. Es gab noch lange Babybrei, viel länger als notwendig, und den Gebrauch von Messer und Gabel hatte Max mit sieben Jahren noch nicht erlernt. Als Paul sich beim Essen über Max lustig machte, der zwar wie ein Gockel schrie, aber noch nicht mit Messer und Gabel essen konnte, bekam selbiger einen Tobsuchtsanfall. Erna beruhigte ihn: „Mäxchen, alle, die mit Messer und Gabel essen, sind blöd.“

Leider bekam Max auch noch ein sehr glückliches, als Kind schelmisches, später dann als junger Mann verwegenes Äußeres. Auf den Kopf gefallen war er ebenfalls nicht. Ich glaube, Max war von der Natur reich beschenkt worden. Ein reizender und mutwilliger Fratz, der alle bezauberte und den alle liebten, auch wenn er manchmal mit seinen Streichen ein wenig nervte. Als Paul in sein Leben trat, änderte sich das, denn Paul verprügelte Max fast jeden Tag. Er prügelte ihn ausgiebig und mit Hingabe. Er rächte an Max, dass dessen Vater der geliebte Fliegeroffizier war, dass Erna kaum noch mit ihm schlief und dass Max ein gesunder Junge war und kein verkrüppeltes Mädchen. Max war der Beweis, dass Erna gesunde Jungs bekommen konnte und folglich nicht allein Schuld an dem verkrüppelten Mädchen haben konnte.

Das alles sagte Paul natürlich nicht, er meinte vielmehr, dass Max die Prügel gut täten und – obwohl er log, obwohl er Max nicht aus Gemeinnutz und pädagogischen Gründen, sondern schlicht aus Rache verprügelte – er hatte wohl Recht damit.

Paul war ein Regulativ für das Kind Max, er war wie eine Bremse, ohne die der Wagen bald aus der Kurve geschleudert wäre. Max hatte das zweifelhafte Glück, zwischen zwei für sich allein genommen absolut zerstörerischen Kräften aufzuwachsen, die sich gegenseitig ein wenig neutralisierten. Durch Paul lernte er zu leiden, was sich in seinem späteren Leben als nützlich erwies.

Max provozierte Paul in mehr oder weniger versteckter Art unablässig, denn er hasste ihn innig. Schon mit dreizehn fing er an, Bier zu trinken und zu rauchen und zwar mindestens so lässig wie amerikanische Filmhelden. Etwa zur gleichen Zeit baute er sich und seiner Bande eine unterirdische Bude in Pauls Garten, direkt unter dem geliebten Spargelfeld. Das war eine tolle Sache. Ein Lehmschloss mit mehreren Zimmern, mit Spielzeug, einer Vorratskammer, die Kekse und Limonade enthielt, und sogar mit elektrischem Licht. Eine echte Räuberhöhle und Bandenhauptquartier, „mit allen Schikanen“, wie Max mit glänzend-glasigen Augen erzählte. Der Eingang war mit einem Graslappen hervorragend getarnt und so merkte Paul lange Zeit nichts, obwohl er seinen Garten, sein Reich, regelmäßig mit Imperatorengestus, also mit hinter dem Rücken verschränkten Armen und gravitätischen Schritten ablief. Erst als sich nach einem Regenguss das Spargelbeet verdächtig senkte, kam ihm die Sache komisch vor. Zu spät. Max Bude stürzte ein und Paul, bleich vor Entsetzen, stürzte sich auf Max: „Jetzt gibt's Senge“, sagte Paul – und davon gab es reichlich.

Ein anderes Mal: Max schmiss Knallkörper in Pauls Stammlokal, eine Kellerkneipe, die eigentlich nur ein Keller eines Kumpels war, in dem man sich dem Genuss des Alkohols bis zum Verlust der Muttersprache hingab. Dieser Kumpel kam auf die grandiose Idee, seinen Keller Kneipe zu nennen und Geld für das Bier zu nehmen, das er besorgte. Paul gab gerade mächtig an, als ein Hunderterpack Knaller direkt vor seiner Nase explodierte. Dabei verkippte er sein Getränk und bekam eine Mordswut. Bis die Männer aus dem Keller kamen, war Max allerdings schon über alle Berge. Zum Glück bekam Paul nie heraus, wer hinter der Sache steckte.

Aber auch Paul begann nun – vielleicht inspiriert durch Max? – in wirklich schon vorgeschrittenem Alter Streiche zu spielen. So legte er einmal Strom an die Haustürklinke, als er sah, dass Erna gerade von Besorgungen nach Hause kam. Er fand das ungeheuer witzig, Erna erlitt leichte Verbrennungen und einen Schock.

Paul war ein bärengeduldiger Kneipenhocker. Eines Abends kam er jedoch schon nach einer Stunde aus der Kneipe zurück, ein ungeheuer unwahrscheinliches Ereignis, was darauf zurückzuführen war, dass dem Wirt das Bier ausgegangen war. Nun war Paul auf dem Weg zu einer anderen Lokalität und kam dabei zufällig an seinem Haus vorbei. Er sah Licht brennen und schmunzelte. Er schlich ins Haus. Erna hatte sich gerade ins Schlafzimmer in den ersten Stock zurückgezogen, um zu lesen. Da sie schon damals eher ängstlich war, hatte sie die Haustüre nach Pauls Ausgang zweimal abgeschlossen. Paul schaltete den Strom ab.

Es wird stockdunkel. Stromausfall! denkt Erna. Doch dann hört sie im Parterre etwas scheppern und rumoren. Sie bekommt es mit der Angst und ruft:

„Hallo, wer ist da? Hallo?“

Ihre Stimme fester als ihre Stimmung.

„Hallo?"

Keine Antwort. Schweigen. Dann hört sie schwere, sehr langsame Schritte die Treppe hochschlurfen. Panik.

„Hallo, wer ist denn da?" ruft sie zitternd. Nun bricht ihre Stimme wie die einer Falsettsängerin.

Sie rennt die Treppe hoch auf den Speicher und zwängt sich in die letzte Ecke des Dachstuhls. Doch das Ungeheuer bahnt sich langsam, aber unaufhaltsam seinen Weg. Kurz vor der Klappe zum Dachstuhl hält es an. Es ist eine Weile still. Erna betet und hält die Luft an. Dann wird die Klappe mit einem gewaltigen Stoß geöffnet. Erna schreit und Paul lacht herzhaft.

„Erna, watt machste denn hier uffm Dach? Und dann noch im Dunkeln? Na, dat mit dem Licht werd ick mal in Ordnung bringen. Ick wollt dich nur noch watt sagen, bevor icks verjesse. Morjen früh muss unsere Ziege zum Bock und ick hab keene Zeit. Bringse doch so jejen achte zur Bockstation. Ick jeh noch een trinken", sprach's und ging schmunzelnd in die nächste Kneipe.

Natürlich hatte Paul am nächsten Tag Zeit, doch hatte er seine Gründe, Erna zu schicken. Erna hatte die Ziege noch nie zum Bock gebracht.

⁘

Also ging Erna am nächsten Morgen, wie immer stolz und fein zurechtgemacht, die Ziege wie einen Schoßhund hinter sich herziehend, zur Bockstation. Ihr Körper war schlank, doch an den richtigen Stellen pneumatisch aufgepumpt. Ihre Anmut hatte die seltene Eigenschaft, Männer wie Frauen zu begeistern, letztere waren selbstverständlich auch neidisch und von den

Männern ärgerten sich viele darüber, nicht näheren Kontakt mit ihr zu bekommen. Sie hatte niemals unreine Gedanken, doch andere hatten sie im Umgang mit ihr regelmäßig. Männer, die, auf Karren gesammelt, zur Arbeit fuhren, schwenkten die Hüte und schrien geilheimerisch: „Juten Morgen, Frau Kupka, jehts zur Bockstation? Na denn, viel Glück!"

Dabei lachten sie laut und, wie es schien, ein wenig dreckig. Erna verstand das nicht, und tat so, als bemerke sie es nicht. Sie sah wunderbar aus in ihrem hellen Kleid, so recht wie eine Unschuld vom Lande, die nicht weiß, was man mit so einem tollen Körper alles anstellen kann. Diese sexuelle Unbefangenheit, die einem Mangel an Libido entstammte, gepaart mit ihrer erotischen Gestalt und ihrer Freundlichkeit gegen jedermann, trieb die Männerwelt in den Wahnsinn.

Sie grüßte wie immer nach allen Seiten und wie immer wurde freundlich zurückgegrüßt. Wie ihr schien, noch ein wenig freundlicher als sonst. Das machte ihr wiederum gute Laune und forsch schritt sie in Richtung Bockstation. Es war Mai und die Blumenwiesen blühten frisch und unschuldig. Erna fühlte sich so frei und froh wie jedes Jahr um diese Zeit, denn sie liebte Spaziergänge in der erwachenden Natur, in der herrlichen Natur, die still war und rein, so anders als Paul, wie sie unwillkürlich denken musste.

Doch schon etwa hundert Meter vor der Bockstation trat ihr ein furchtbarer Geruch in die Nase. Erna war sehr geruchsempfindlich und ihr Gesicht verfinsterte sich ein wenig. Langsam ging sie durch immer übler stinkende Luft auf die Bockstation zu. Erst hielt sie die Luft an, doch sie musste ja bald wieder atmen. Dann überlegte sie durch den Mund zu respirieren, verwarf den Gedanken aber schnell, weil das bedeutet hätte, den Gestank ungefiltert und ohne jede weitere geruchliche Kontrolle in ihren Körper zu lassen.

Sie wurde empfangen von einem dicken Mann, der, die Arme verschränkt und breitbeinig, dastand. Anscheinend wartete er auf sie.

„Erna Kupka?" fragte der Mann ungerührt. Sofort erschien er ihr wenig sympathisch. Die Haare fettig und straßenköterblond. Doch, wer weiß, der Schein kann ja bekanntermaßen trügen, vielleicht ist es ein freundlicher Mensch …

„Ja, Guten Tag, ich …"

„Paul hat schon Bescheid jesacht."

Immer noch stand er breitbeinig und mit verschränkten Armen vor ihr und musterte sie von oben bis unten. Dabei grinste er. Der Gestank war so nahe an der Bockstation auch für weniger sensible Menschen unerträglich und es schien Erna nun, dass er von diesem Mann ausginge.

„Ick hab Ihnen eenen juten Bock ausjesucht, jehn se da rein mit der Ziege", sagte der Mann und zeigte auf einen dunklen Verschlag.

„Ach, ich dachte, ich müsste die Ziege hier nur in ihre Obhut geben …"

„Nee, nee, ick hab keene Zeit, keene Zeit. Jeschäfte, Jeschäfte, Se wissen schon. Nu jehnse schon rein und halten Se de Ziege jut fest, manchmal tut's der een bisschen weh."

Der Mann griente über das ganze Gesicht, packte Erna am Arm und schubste sie quasi in den Bockstall. Dann hörte sie ein Schloss zuschnappen. Zunächst sah sie nicht viel, weil sie vom grellen Sonnenlicht in das Dreiviertelduinkel des Stalls geriet. Sie spürte nur, dass der Gestank, was kaum möglich schien, noch stärker wurde, bevor er merkwürdigerweise verschwand. Die Ziege wurde unruhig und zog ängstlich in Richtung Ausgang. Erna schaute ins Dunkel und während ihre Augen sich an die Finsternis gewöhnten, schälte sich die gehörnte Kontur eines mächtigen Bockschädels aus dem Raum. Der starrte sie unverwandt an, glotzte. Erna hatte noch nie einen Ziegenbock gesehen und nun stand sie Auge in Auge mit einem Prachtexemplar, knöcheltief in dessen Reviermarkierungen. Seine Schnauze hatte etwas von einem auf erschreckende Weise entstellten Menschen. Er blickte selbstgewiss und willensstark aus triefenden, gelbschwarzen Augen und seine halbgebleckten Zähne schienen auf die obszönste Weise zu grinsen. So muss ein Mensch aussehen, der durch fortwährende Ausschweifung wahnsinnig geworden ist, dachte Erna noch. Der Bock schien beleidigt, aber interessiert. Sehr interessiert. Gleichzeitig war der Bock auf unheimliche Weise ruhig, schließlich war es sein Stall, er diktierte hier die Bedingungen. Die Sekunden vergingen und es wurde Erna unheimlich.

Mein Gott, das ist kein Tier, das ist ein syphilitischer Bote der Hölle, denkt Erna. Verwegen und lässig wie ein geiler Satan steht der Bock vor Erna und durchbohrt sie mit stierem Blick. Dann scheint es, als spanne sich sein Körper wie eine Feder. Er stürzt auf Erna zu, prescht knapp an ihr vorbei und bespringt die Ziege, die sich hinter ihr zu verstecken versucht. Die Ziege meckert panisch und ergreift die Flucht, der Bock hinterher.

Dabei versetzt er Erna einen Stoß, der sie, zusammen mit der an der Leine ziehenden Ziege, aus dem Gleichgewicht bringt. Sie fällt naselang in den Bockskot. Um den Stall herum haben sich währenddessen schon mehrere Männer, unter anderem Paul, versammelt und schauen schweigend durch die Stallöffnungen.

„Festhalten, halt die Ziege fest!“ rufen die Männer.

„Lasst mich hier raus“, schreit Erna.

Um sie herum jagen der Bock und die Ziege und bespritzen sie mit Mist. Erna wird klar, dass sie hier nicht vor getaner Arbeit herausgelassen wird. Ihre Kehle schnürt sich zu, sie möchte heulen. Da rafft sie sich plötzlich auf, schaut in zornigem Stolz auf die Männer, packt die Ziege und hält sie mit aller Kraft fest.

Sofort hat der Bock angedockt und beginnt sein Opfer mit widerlichen Bewegungen und Geräuschen zu begatten. Die Ziege meckert kläglich und will offensichtlich weg, doch jetzt kniet Erna sich hinein und hält mit aller Kraft fest. Der Kopf des Bocks liegt nun direkt neben ihrem und stiert sie dankbar aus Höllenaugen an. Ein Gejohle setzt von Seiten der Fenster ein. Die Ziege schreit jetzt vor Schmerzen, schreit und greint bei jedem Stoß wie ein Kind, das ungerechte Prügel bezieht. Dann, sei es aus Dankbarkeit, sei es, weil Erna erhitzt ist und der Bock etwas Salziges will, beginnt er mit ledriger Zunge ihr Gesicht abzulecken. Erna übergibt sich, doch hält durch. Sie hält die Ziege, von oben bis unten mit Bockskot verschmiert, während der Bock genüsslich rammelt und ihr Schweiß, Schminke und Erbrochenes vom Gesicht leckt. Als der Bock endlich ablässt, geht die Tür auf und Erna tritt den Heimweg an, sich immer wieder übergebend. Die Leute grüßen nun noch freundlicher, doch Erna sieht sie nicht mehr.

Etwa zwei Jahre nachdem Erna und Paul geheiratet hatten, wurde Erna erneut schwanger. Geboren wurde, an einem Novembermorgen, eine Tochter. Wie beim ersten Mal war Paul in der Kneipe, als die kleine Klara zur Welt kam. Die Nachricht von überstandener Geburt wurde ihm zugetragen und er machte sich auf, um ins Krankenhaus zu torkeln. Er kam in das Zimmer, in dem Erna lag. Sie war erschöpft und abgekämpft, denn die Geburt hatte sehr lange gedauert.

„Na, wie jehts der?“

„Gut.“

„Een Junge is es ja nu nich jeworden …"

„Nein", sagte Erna und schlief ein.

Paul ging. Es war kein Stammhalter und Paul war enttäuscht. Bei allem Verständnis dafür, bin ich persönlich zufrieden mit dieser Geburt, denn Klara sollte später einmal meine Mutter werden.

Klara wurde mit der Zeit Vattas Lieblingskind, obwohl sie kein Junge war. Selbstverständlich nicht in den ersten Lebensmonaten, in denen ein Kind ja genau genommen noch kein Mensch, sondern viel eher ein kleines Tierchen ist. Ein kleines Tierchen, das auf Reize mit Reflexen reagiert, weil es noch kein Bewusstsein hat. Nach ein paar Jahren aber spürte Vatta unbewusst – weil er schon kein Bewusstsein mehr hatte – einige Ähnlichkeit zwischen Klara und sich. Zwar war zum Glück keine weibliche Version Vattas entstanden, Gott bewahre uns davor, doch hatte Klara nicht wenige Charakterzüge von ihm mitbekommen und stand ihm deutlich näher als Erna. Nicht, dass er nun ein rührend um seine Tochter besorgter Bilderbuchpapa geworden wäre, aber er entwickelte mit der Zeit doch eine Art kumpelhafte Zuneigung zu ihr.

Noch als Säugling fiel Klara vom Wickeltisch direkt auf die Nase. Das polnische Kindermädchen sei schuld, es habe nicht aufgepasst, meinte Vatta in der Kneipe. Allerdings war Klaras Nase leider schon im Säuglingsalter, also vor dem Fall, ein zweifelsfreies Erbstück Vattas: übergroß und erkerhaft. Dieser kleine Unfall hatte zur Folge, dass ihre Nase brach, schlecht zusammenwuchs und hypertrophierte, auch wenn das kaum noch möglich schien. Während eine derartige Nase für einen Mann vielleicht noch eine Zierde ist, die zu gewagten Spekulationen Anlass gibt, so ist sie für ein Mädchen schwer zu tragen. Damit wir uns richtig verstehen, ich meine hier keine etwas vergrößerte Nase, sondern ein Gewächs, welches das halbe Gesicht einnimmt. Schon als Kind wurde sie von anderen Kindern gehänselt, die riefen:

„Zwerg Nase, Zwerg Nase!“ oder „Geierfresse!“

Zusätzlich zum Nasenunfall hatte Klara auch noch recht tiefliegende Augen, die schräg nach unten in Richtung der Ohren zeigten, was den Eindruck des hässlichen Entleins, des frei nach Thomas Mann unglücklich-vogelhaften, noch verstärkte.

Ihre unschöne Physiognomie verstärkte nun zwei zentrale Eigenschaften ihres Charakters, die Erbstücke Vattas, aber auch Schutz waren: Humor und Gleichgültigkeit. Sie konnte fröhlich pfeifend durch eine Meute Kinder gehen, die sie unablässig hänselten, das focht sie nicht an. Die Kinder hörten dann schon bald auf, sie zu hänseln. Klara begann, sich ihre eigene Welt zu schaffen, zu der niemand Zugang hatte. In dieser Welt war sie eine Prinzessin, sie war ebenso schön wie gütig, wurde von ihrem Hofstaat angehimmelt und zu ihren Füßen lagen Dutzende Bewerber. In ihren Träumen spielte sie am liebsten Heiraten. Sie zog sich Teile von Ernas Brautkleid an und sagte:

„Ich heirate mal einen Italiener! Der fährt mit mir durch die blaue Grotte von Capri und singt Liebeslieder für mich.“ Fast immer ging es in ihren Kinderspielen ums Heiraten und immer musste es ein Italiener sein, der sie bei Sonnenuntergang singend durch die blaue Grotte von Capri fährt. Leider fanden sich schon während dieser Kinderspiele wenig Anwärter. Sie stand alleine vor dem selbstgebauten Traualtar, einen umgedrehten Besen mit Frack als Bräutigam im Arm.

Zwar hasste Klara Max nicht, dazu war sie nicht fähig, doch kann man auch nicht von einer tiefen Bindung sprechen. Max pubertierte und wurde nun von allen Jonny genannt, nach irgendwelchen amerikanischen Filmhelden, die gerade populär waren. Er sah aus wie der junge James Dean. Übrigens wird es ein schlimmes Ende mit ihm nehmen, wie so viele schöne Menschen hatte er später seine Schönheit teuer abzubüßen.

Doch damals war er das Sonnenkind, das, wo immer die Familie auftauchte, alle Aufmerksamkeit auf sich zog. Max bekam reichlich Geld von Erna, durfte alles, bestimmte das Fernsehprogramm, und, als ob das nicht genug gewesen wäre, erniedrigte Klara, um sich zu amüsieren. Wenn Vatta Max verprügelte, konnte Klara eine ehrliche Freude nicht unterdrücken. Ansonsten bestand ihre Welt vorwiegend aus Demütigungen, die sie bald *vollkommen* demütig machten. Sie begehrte schon lange nicht mehr auf, selbst bei großen Ungerechtigkeiten nicht, wobei ihre Gleichgültigkeit ein bisschen half. Trotzdem war sie zuweilen, wenn Erna Max gar zu sehr bevorzugte, erst traurig und dann wütend. War sie am Ende gar nicht das Kind von Erna, sondern ein Findel?

Klara freut sich wochenlang auf einen Kinderfilm im Fernsehen, ein tschechisches Märchen mit verkannten Prinzessinnen, bösen Schwiegermüttern und tiefverschneiten Wäldern, durch die man wie der Wind fuhr, mit pferdebespannten Schlitten und klirrenden Schellen. Und endlich, der große Tag rückt langsam näher. Noch dreimal schlafen, noch zweimal, noch einmal. Da sitzt sie selbstvergessen im Wohnzimmer, lutscht am Daumen und verschmilzt mit der Mattscheibe. Max kommt ins Wohnzimmer und tritt gegen ihren Sitz.

„Eh, Geierfresse, verzieh dich!" Max schaltet einfach auf Fußball um. Klara steht auf, geht wortlos in ihr Zimmer und weint, jedoch ohne irgendwelche Geräusche von sich zu geben. Sie weint stumm. So etwas war schon hundertmal geschehen und hundertmal weinte Klara sich in den Schlaf. Etwas später, Max ist nun seinerseits in wohlige Fernsehstarre verfallen, schleicht sie sich von hinten an ihn heran, langsam und schwerfällig, denn sie hat eine gusseiserne Bratpfanne in der Hand. Ein

Mordsgerät, kaum zu heben. Sie schleicht vorsichtig Schritt für Schritt. Als sie auf Schlagweite herangekommen ist, Max hat nichts gemerkt und räkelt sich wohlig im Sessel, zögert sie. Ihr Gesicht verdunkelt sich und sie bewegt sich langsam wieder in Richtung Kinderzimmer, ohne dass jemand etwas hört oder sieht. Dort angekommen macht sie wiederum kehrt, rennt ins Wohnzimmer und schlägt die Bratpfanne schreiend und mit der ganzen Kraft ihrer sechs Jahre auf Max' Kopf. Dann rennt sie schnurstracks in ihr Zimmer und schließt sich ein. Max' Schädel dröhnt. Er ist wie vom Donner gerührt und kann gar nicht reagieren. Blutend rennt er zu Erna.

✣

Als Klara etwa sieben Jahre alt war, wurde Ernas drittes Kind geboren, leider wieder ein Mädchen. Jemand machte Vatta darauf aufmerksam, dass es moralisch durchaus nicht in Ordnung sei, in der Kneipe auf die Geburt seines Kindes zu warten, also ging er ins Kino und schaute sich einen Kriegsfilm an.

Luzie wurde ein kesses Kind. Sie hatte dunkelblonde Locken, die Erna ihr direkt über der Stirn zu einem abstehenden Sträußchen zusammenband. Kaum dass Luzie sprechen konnte, wurde ihr bedeutendes Mundwerk offenbar. Ihre Eloquenz war allerdings gepaart mit Verletzlichkeit. Wer zuerst schlägt, trifft zuerst, war ihr Motto. Trotzdem war sie im Grunde ein gutartiger sozialer Charakter, ein Schaf im Wolfspelz. Luzie war sehr begeisterungsfähig, die tiefgrünen Augen, die sie von Erna geerbt hatte, konnten leuchten. Weniger begeistert war sie über die langsam dämmernde Einsicht, dass „Vater" bei ihr etwas anderes bedeutete als bei anderen Kindern. Sie kämpfte verzweifelt um die Liebe Vattas und tat vieles, um seine Aufmerksamkeit und Achtung zu gewinnen.

So beim Mittagstisch. Vatta nahm sich in großen Kellen aus dem Topf in der Mitte des Tisches. Zwei Kellen, drei Kellen, vier Kellen. Aus mächtigen Kellen platschte die Erbsensuppe in seinen Teller, bis dessen beachtliche Tiefe zum Rand gefüllt war. Luzie nahm sich auch vier Kellen und guckte stolz zu Vatta:

„Na, recht so, Mächen, damit de jros und stark wirst wie deen Vatta."

Luzie strahlte. Das Problem daran war, dass Vatta diese Mengen bezwingen konnte, während sie noch lange am Tisch sitzen bleiben musste, bis sie endlich ihren Teller leergegessen hatte. Sie saß öde Nachmittage stundenlang vor ihrem Teller und rührte in der Suppe herum, während Vatta noch etwas in der Werkstatt arbeitete. Wenn sie Glück hatte, machte er ein Mittagsschläfchen und Mutti spülte das Essen einfach in das Klo.

Luzie verstand sich gut mit ihrem Bruder Max. Wenn Vatta ihn wieder einmal verprügelt hatte, saß sie tröstend an seinem Bett. Max weinte und Luzie weinte mit, während sie flüsternd skandierte:

„Und der Vatta, der soll sterben! Und der Vatta, der soll sterben!" Trotzdem oder gerade deswegen war Vattas Liebe sehr gefragt.

Schon bald dominierte Luzie durch ihre Keckheit Klara, obwohl diese ihr an Jahren voraus war. Das ärgerte Klara, aber insgesamt vertrugen sie sich einigermaßen, zumal Luzie passabel den italienischen Bräutigam spielte. Einmal fiel Luzie während des gemeinsamen Spiels mit gebastelten Papierschiffchen in die Regentonne. Klara stand daneben. Luzie ging unter und man konnte nur noch Blubbern und durch Wasser gedämpftes Schreien hören.

Leise Freude keimte in Klara auf.

Ach, lass ich sie doch einfach ersaufen, dachte sie, immer muss ich auf sie aufpassen und sie frisst alle Süßigkeiten und ist immer so frech und verpetzt mich bei Mutti!

Das Blubbern und Schreien wurde schon schwächer. Unbewusst mag Klara sich ausgerechnet haben, dass das Wenige an Mutterliebe, was nicht an Max ging, seit Luzies Geburt auch noch geteilt wurde. Im buchstäblich letzten Moment packte sie Luzie an den Haaren und zog sie aus der Regentonne. Luzie war daraufhin eine Woche krank und Klara wurde als Heldin gefeiert. Das tat gut.

In den Ferien schickte man Klara regelmäßig weg. Eine Versendung, die als „tolle Ferien“ schmackhaft gemacht wurde. Mal musste sie nach Texel ins Ferienlager, mal, und das war ihr besonders verhasst, zu den Großeltern in ein fünfzig Kilometer entferntes Dorf.

Treibende Kraft für diese Versendungen war Mutti, die ihre Ruhe haben wollte. Klara war schon Wochen vorher mulmig zumute. Vatta sagte:

„Ach, lasse doch hier, wennse nich will …“

Am Tag der Abschiebung hatte Klara einen Kloß im Hals, doch zwang sie sich, nicht zu weinen.

Als sie schon etwa zwei Wochen lang bei den Großeltern war, hörte sie das Knattern eines Motorrades in der Ferne. Das war Vattas Motorrad, wie ein Hund kannte sie das Geräusch genau.

„Vatta!“ rief sie, und ihr Herz machte einen Jubelsprung.

Sie klatschte in die Hände und rannte auf den Hof, da kam Vatta schon um die Ecke geknattert. Unter ihm wirkte das riesige Motorrad fast klein, jedenfalls bildeten beide eine imposante Einheit. Seine schwarzen Haare flatterten im Wind.

Er sieht aus wie ein Krieger auf einem Pferd, dachte Klara stolz.

„Vatta, Vatta!“ lachte sie und lief wie toll um das Motorrad herum. Doch gleich beschlich sie wieder Angst:

„Vatta, warum bist du denn hergekommen?“

„Na“, sagte Vatta, „ick konnt doch meen Mädchen nich so alleene lassen.“

Da jubelte ihr Herz wieder. Vatta gab ihr einen Klaps und sagte:

„Na, meene Kleene“, streichelte ihr den Kopf und redete ein wenig mit ihr. Dann fuhr er wieder und Klara war traurig, aber trotzdem schien in ihrem Gemüt für die restlichen Urlaubstage die Sonne. Überhaupt war Vatta der einzige, der sich über das tägliche Organisieren hinaus ein wenig um sie kümmerte. Manchmal nahm er sie auf Besorgungen und Einkäufe mit. Klara bekam dann eine bunte Zuckerstange und fühlte sich wie eine Königin. Da saß dieses hässliche Entlein auf dem Beifahrersitz, lutschte an der Zuckerstange, die in allen bunten Farben leuchtete, und platzte beinahe vor Stolz.

„Aber erzähl dat mit der Zuckerstange nich Luzie!“ warnte Vatta. Als sie zu Hause ankamen, sagte Klara direkt zu Luzie:

„Vatta hat mir eine Zuckerstange gekauft!“

In jenen Tagen feierten Paul und Erna noch viele Feste. Ihr großes Haus war fast das gesellschaftliche Zentrum des Städtchens. Dort ging es hoch her und der Alkohol, namentlich der Schnaps, floss in Strömen. Es war eine Zeit, in der noch die Verfügbarkeit, nicht die Vernunft den Alkoholkonsum bestimmte. Man hatte eben nicht immer genug Geld zum Saufen, deshalb soff man nicht immer. Vatta erzählte Seemannsgarn, alle lachten und später wurde getanzt, noch später dann engumschlungen, doch selten mit der eigenen Frau. Je später es wurde, umso mehr liebte Vatta diese Feste und umso weniger Erna. Es gab Streit, wenn Vatta mal wieder einer besonders „kulanten" Frau an die ihn besonders interessierenden Stellen gefasst hatte (es gibt Beweisfotos).

Erna wurde wütend:

„Paul! Muss das sein, vor allen Leuten!? Schämst du dich denn gar kein bisschen?"

„Watt denn?" fragte Paul mit Unschuldsmine, die bei ihm schon eine Art Eingeständnis, ja der Beweis einer Sauerei war.

„Nein Paul, *du* bist kein feiner Mann …", sagte Erna in Anspielung auf ihren Fliegeroffizier.

Jetzt wurde Vatta wütend:

„Und du, du … du bist een Schweenebraten, den man nich essen kann!" Alles lachte. Das war für Vattas Verhältnisse ein geradezu poetischer Vorwurf. Er konnte auch anders.

Alles in allem waren es glückliche Tage, die Paul und Erna in den fünfziger Jahren in der Mark Brandenburg verlebten. Vattas Geschäft florierte, Mutti hielt Hof und die Kinder hatten Kleidung, Essen und einen großen Garten zum Spielen. Man hatte keine anderen Sorgen als die um das nächste Amüsement. Sagte ich „glücklich"? Ja, denn Glück ist, trivial und deswegen nicht weniger wahr, etwas Relatives. Ein Tag im Gulag ohne Schläge war ein Festtag. Tatsächlich sollten bald alle an die „goldenen Zeiten" zurückdenken, auch wenn sie vielleicht nicht übermäßig golden anmuten.

1961, während die Mauer gebaut wurde, beschloss Vatta, „der erste Mann im Dorf", Besitzer eines großen Hauses und eines noch größeren Gartens mit nur etwas lädiertem Spargelfeld, Chef eines gut gehenden Kleinbetriebs, dies alles stehen und liegen zu lassen und zu fliehen. Diese Entscheidung offenbarte eine erstaunliche Klarsicht und sogar, für damalige Verhältnisse, echtes Urteilsvermögen. Die meisten ließen ja alles mit sich geschehen und warteten passiv, was da komme. Dass Vatta, damals immerhin fast fünfzig Jahre alt und etabliert, bereit war, aus politischer Überzeugung alles hinzuschmeißen und über die Grenze zu gehen, mit einer Großfamilie einer ungewissen Zukunft entgegen, ist doch sehr mutig. Das nötigt Respekt ab, speziell angesichts der heutigen Generation „Bausparvertrag", solchen Menschen also, die schon mit zwanzig oder dreißig Jahren ängstlich jede Veränderung ihrer finanziellen Lebensumstände beäugen.

Vatta konnte den Mund nicht halten. Er schimpfte auf die Regierung, die Russen und die Kommunisten und schon bald wurde ihm von halboffizieller Stelle angedeutet, dass er auf der schwarzen Liste sei. Das wirkte als Auslöser. Mit wenig Sack und Pack zogen die Familie Kupka und die Eltern Ernas, die Familie von Kordecky, in den Westen. Dort kamen sie zunächst nach Berlin und dann in ein im Ruhrgebiet gelegenes Flüchtlingslager in die Nähe von Dortmund. Für alle Beteiligten eine unschöne Erfahrung, doch besonders schlimm für die Kinder, die ein großes Haus und einen prächtig-geräumigen Garten gewöhnt waren. Sie wurden mit der plötzlich eintretenden Enge, die bedeutete, dass man ständig an irgendwelche Grenzen stieß, schlecht fertig. Am schrecklichsten war, dass es keinen einzigen Streifen grüner Wiese gab. Luzie, nun immerhin schon sieben Jahre alt, begann wieder ins Bett zu machen. Die Zeit im Flüchtlingslager muss für sie so traumatisch gewesen sein, dass in ihrem Gedächtnis die Zeit bis zum siebten Lebensjahr einfach gelöscht wurde. Ihre Kindheitserinnerungen setzen erst nach dem Lager ein. Das Schöne vor dem Lager wurde ebenfalls weggradiert, vielleicht weil es das Schreckliche noch schrecklicher gemacht hätte. Nicht nur Glück, auch Unglück ist vergleichend.

Klara war mitten in der Pubertät und auch sie traf die Flucht hart. Der Mangel an Räumlichkeiten und grünem Gras war für sie nicht weiter schlimm, denn sie war größeren Kummer gewohnt. Weitaus unangenehmer war, dass nun viele neue Menschen und Kinder in ihr Leben traten, die ihre Nase zum Anstoß nahmen. Die Nase war hier auffälliger als zu Hause. In ihrer Heimat hatte sie das hässliche Ding fast vergessen, weil sich jeder daran gewöhnt hatte und man sie weitestgehend in Ruhe ließ. Hier jedoch war die Nase wieder eine Sensation. Das hörte auch nicht auf, als man sie schon besser kannte und die Nase nichts Neues mehr war. Jede Begegnung war wie ein brutaler Spiegel, der ihr vor die Nase gehalten wurde. Unerträglich grausam wurden diese Spiegel aber erst, als Klara anfing, sich in einer bis dahin nicht gekannten Weise nach Jungs zu sehnen. Sie spürte, dass in ihre bis dahin harmlosen Schwärmereien etwas Gefährliches trat, etwas, das mächtig war und sie mit einer Art wohliger Panik erfüllte. Auch der abstoßendste Mensch will von einem schönen Menschen in den Arm genommen und geküsst werden, vielleicht hat er dieses Bedürfnis in einem noch höheren Maße, als ein schöner Mensch. Niemand schätzt Schönheit höher ein als hässliche Menschen, niemand liebt Esmeralda mehr als Quasimodo.

Max hingegen nahm das alles leicht, es dauerte nicht lange und er hatte wieder ein paar Bewunderer um sich geschart. Vatta fand eine schlecht bezahlte Anstellung in Dortmund und nach ein paar Monaten konnte man es sich leisten, in eine Sozialwohnung umzuziehen, die man sich mit zwei anderen

Familien teilte. Mutti, meine Oma, arbeitete als Sekretärin bei der Bank. Sie wurde dort bei jeder Gelegenheit von ihrem Chef angetatscht. Dieser nun wiederum war niemand geringeres als der dicke Bankdirektor Knauer, seines Zeichens der erste Mann im Dorf. Vatta hasste Knauer. Knauer waren hundertsechzig Kilo personifizierte Geldgier. Ständig lamentierte er:

„Was das kostet!" Ob es nun angebracht war oder nicht.

Ein neuer Teppich für die Bank:

„Was das kostet!"

Der erste Mensch auf dem Mond:

„Was das gekostet hat!" oder bewundernd, wenn Erna ein schönes Kleid trug:

„Was hat denn das gekostet?"

Knauer gehörte zu jener selbst unter Geizkragen seltenen Spezies, deren Geiz mitunter viel Geld kostet und sich so als purer Selbstzweck entlarvt. So überredete seine Frau ihn einmal zu einem Urlaub in Rimini, wo er zwölf der vierzehn Tage im gesamten Umkreis nach dem billigsten Mietwagen suchte, und dabei viel Geld und Benzin mit dem ersten, provisorisch geliehenen Wagen verfuhr. Nicht zu reden davon, dass der Urlaub dann nur noch aus zwei Tagen bestand. Oder er kaufte derartige Unmengen an Lebensmitteln im Sonderangebot ein, dass zwei Drittel verrotteten und so die einzelne Gurke doch wieder teuer wurde. Oft hatte er Verstopfung und klagte ausführlich darüber. Regelmäßig, kurz vor Feierabend, die Zaster waren gezählt, das Säckel gefüllt, schaute er Erna aus Schweinsäugelein bedeutungsvoll an:

„Ach, Frau Kupka", sagte er und legte seine Schweißfingerchen auf ihren Nacken.

„Ach, Frau Kupka, ich kenne Rimini wie meine Westentasche. Wie wäre es, Sie und ich, eine Woche in …", hier kam er ein wenig aus dem Gleis, „… in dem besten Hotel?"

„Herr Knauer, halten Sie an sich, denken Sie an Ihre Frau."

„Ach, Frau Kupka", bat er, „mögen Sie mich denn gar kein bisschen?"

Dabei schaukelte er um sie herum wie ein alter Kahn, sein Blick fest in ihrem Ausschnitt verankert.

„Ich finde Sie ja sehr stattlich, aber ich kann das einfach nicht, mit einem verheirateten Mann ..."

„Ach, Frau Kupka, oh, Frau Kupka, man kann doch so eine durstige Blume nicht vertrocknen lassen!" seufzte Knauer, nestelte an seiner Krawatte und schaute flehentlich, aber kurz gen Himmel, um seinen Blick noch unverschämter und triefender an ihr Kleid zu heften. Das war hart verdientes Geld für Erna, doch man hatte es bitter nötig, um die Familie wenigstens halbwegs über Wasser zu halten. Luzie besaß nur einen einzigen blaurotkarierten Rock, den sie im Sommer ohne und im Winter mit Strumpfhose anzog. Das brachte ein wenig Variation. Sie hatte permanent Angst, darauf angesprochen zu werden, doch das wurde in unregelmäßigen Abständen von ihren Klassenkameradinnen besorgt.

Luzie, die schon von Geburt mit großer Klappe gesegnet war, wurde noch aggressiver, so dass sich bald niemand mehr traute zu fragen, ob das denn ihr Lieblingsrock sei. Sie war frühreif und beobachtete schon als Zwölfjährige stundenlang und stumm ältere Mädchen, die in ihren Augen bereits Frauen waren. Sie beobachtete, um zu lernen, was ganz unbewusst geschah. Ältere Mädchen besaßen eine gewisse Macht über Männer und Luzie wollte diese Macht auch haben. Sie lernte schnell und begann kokett zu flirten. Mit der Zeit lag in ihren Bewegungen aufreizende Lässigkeit und sie versuchte so unverblümt zu schauen wie eine Hure. Es dauerte nicht lange und sie hatte sich immerhin den Ruf einer Schlampe erworben, wozu ihre große Klappe hervorragend passte. Selbstverständlich war sie dabei noch Jungfrau und in ihrem Innersten genauso prüde wie ihre Mutter. Ja, sie dachte eigentlich gar nicht an die Sache selbst, sie hatte auch keine „Schmetterlinge im Bauch", wie viele ihrer Mitschülerinnen. Was sie reizte war vielmehr die Aussicht, Macht über Männer zu gewinnen. Über Männer, die ihr mit begehrlichen Blicken Bestätigung und Selbstvertrauen einflößen könnten. Über Männer, die ihr dann im Übermaß das geben könnten, was der Prototyp Mann, dem sie von früh brutal ausgesetzt gewesen war, immer in zu geringem Maße und nie ausschließlich ihr gegeben hatte. Es war verblüffend, sie musste nur einen Knopf zuviel an einer engen Bluse öffnen und einen kleinen Einblick auf ihre frisch gewachsenen Früchte gewähren, und schon verwandelte sich fast die gesamte Männerwelt in einen Haufen liebedienerischer Idioten. Jeder wollte ihr einen Gefallen tun, starrte hypnotisiert auf den verführerischen Raum zwischen ihren Brüsten und redete dabei dummes Zeug. Es war zum Lachen. Ein Blusenknopf – und selbst Herr Braun, der ansonsten überlegene und kluge Deutschlehrer, schaute wie eine Kuh, wenn es blitzt. Ihre Kameradinnen waren wütend und eifersüchtig auf Luzie, denn alle vermuteten, dass sie eine erfahrene Frau sei. Bald war das Geläster über ihr Schlampendasein eines der Hauptthemen in der Schule. Vatta ärgerte sich über Luzies kokettes Gehabe, denn er wollte eine bürgerliche, besser noch eine spießbürgerliche Fassade aufrechterhalten:

„Du benimmst dir wie ne Jewerbliche …", sagte er drohend.

Zu der Macht, die sie jetzt über die lächerliche Männerwelt hatte – wie genoss sie insgeheim jeden Blick –, kam der Schockeffekt auf anständige Leute und auf andere Frauen. Auch das genoss sie und entwickelte sich immer mehr zu einer Provokateurin. Vielleicht wollte sie Rache an denen nehmen, die sie ausgestoßen hatten. Dabei wurden zwei Fliegen mit einer Klappe geschlagen, denn endlich konnte sie Vatta zu ein wenig Gefühl bewegen, wenn es auch nur Ärger war. Nun kannte sie seinen wunden Punkt: die Leute im Dorf.

Luzie verliebte sich in Bert, einen Jungen, der aus noch asozialeren Verhältnissen stammte als sie selbst, denn Bert kam aus der Siedlung, die noch günstigere Asozialwohnungen stellte. Unter gewissen „erschwerenden Umständen", so etwa wenn ein Mieter kein Geld hatte oder ständig besoffen war, musste man dort gar keine Miete zahlen. Bert war eine kleine Lokalgröße, denn er sah nicht nur passabel aus, trug die Haare lang und hatte Koteletten, sondern war auch auf jeder Party zu finden und hatte viele Frauen. Allerdings war seine Attraktivität weniger auf sein Aussehen zurückzuführen, als auf das, was man damit verband. Berts Äußeres versprach wilde Romantik, durchwachte Nächte am Lagerfeuer und unkomplizierten Umgang mit dem weiblichen Geschlecht. Er wechsele die Frauen wie die Hemden, sagte man. In Wahrheit war auch Bert wegen einer schmerzhaften Vorhautverengung noch Jungfrau.

Als man nun Luzie und Bert Hand in Hand durchs Dorf laufen sah, brach eine Klatschwelle los. Man war bis zur Selbstzerfleischung neidisch auf den fantastischen Sex, den die „Schlampe" und der „große Stecher" sicher hatten. Bert war kein intellektueller Langeweiler, sondern beeindruckte durch Initiative und Dreistigkeit. Irgendwer hatte eine Idee, was an einem langweiligen Abend zu unternehmen sei: Bert war der erste auf dem Mofa. Er konnte sich spontan auf sein frisiertes Mofa setzen und über Landstraßen nach Amsterdam fahren, um Cruyff spielen zu sehen. Bert war lebendig. Einmal sollte er an einer Bude Würstchen für alle besorgen, sammelte das Geld ein und kam nicht zurück. Einen Tag später rief er aus Amsterdam an. Er hatte vor der Würstchenbude ein paar Freunde getroffen, die gerade dorthin fuhren und ist eben mitgefahren. Bert hatte acht Geschwister. Seine Eltern wurden familienintern

„Horror-Horst“ und „Eiswürfel-Elli“ genannt. Horror-Horst, der am Arm eine alte SS-Tätowierung hatte, verprügelte die Kinder jeden Tag mit der Bügeleisen-Schnur.

Vatta missfiel die Beziehung zu Bert sehr, und das wusste Luzie. Da er selber nur Elektromeister, aber ein Gernegroß war, hatte er einen gewaltigen Bildungskomplex und wollte für seine Töchter „... een Ingeniöör oder Rechtsanwalt.“

Berts Chancen auf einen derartigen Posten waren naturgemäß gering. Als er eines Abends bei Luzie weilte, wohl, um ungestört zu übernachten, saß Vatta missmutig vor seinem Bier, die Mundwinkel noch tiefer als sonst.

„Nee, nee, nee“, sagte er und schüttelte den Kopf.

„Sodom und Jomorrah.“ Wieder schüttelte er den Kopf, der auf eine Hand gestützt war, wobei die Zigarettenasche abfiel.

Er wartete bis halb zehn, halb elf, elf Uhr.

„Sodom und Jomorrah, und du tolerierst det och noch“, rief er erbittert in Ernas Richtung. Er stürzte noch einen Schnaps hinunter, stand auf, ging ohne anzuklopfen in Luzies Zimmer, wo Bert und Luzie unschuldig schlummerten. Bert öffnete die Augen und wusste noch nicht recht, ob das ein Alptraum war, da hatte Vatta ihn schon bei den langen Haaren gepackt. Vatta zog Bert über den Flur und schrie:

„Sodom und Jomorrah, aber wartet, ick werd euch helfen ...“

Eine Art der Hilfestellung, auf die Bert gerne verzichtet hätte. Er jammerte, aber folgte gezwungenermaßen in halbgebückter Haltung. Vatta bugsierte ihn hinaus wie einen Hund, dann wurde die Tür hinter ihm zugeknallt. Er trat halbnackt den Heimweg an. Er hatte Angst, nochmals zu klopfen, um seine Kleidung zu bekommen, Vatta hätte dann ja merken können, dass er nur mit einer Unterhose bekleidet war.

„Brauchste nich denken, dass ich dir neue Klamotten kaufe“, begrüßte Horror-Horst seinen Sohn. Bei Horror-Horst und

Eiswürfel-Elli konnte das Liebespaar also leider auch kein Refugium finden. Vier Geschwister in einem Zimmer ließen keine Intimität aufkommen. Einen ungestörten Ort für zärtliche Stunden zu finden, war in den sechziger Jahren noch ein zwar nicht unüberwindliches, aber schwieriges Problem. Bert und Luzie benutzten es, um die jahrelange Abwesenheit sexueller Aktivität in ihrer Beziehung voreinander zu rechtfertigen.

⁘

Für Max waren die frühen Sechziger trotz der finanziellen Nöte eine angenehme Zeit, denn Ernas Geld und Liebe konzentrierten sich auf ihn, auf das Einzige, was vom Fliegeroffizier noch übriggeblieben war.

Wie Luzie hatte auch Klara nur einen Rock, aber das war egal, denn sie hatte ja ihre Nase dazu. Sie war nun neunzehn und als echte Spätentwicklerin mitten in der Pubertät. Weit und breit war kein singender Italiener in Sicht, ja nicht einmal ein humpelnder Deutscher wollte sich für sie interessieren. Sie begann nachzudenken, verschiedene Fragen geisterten durch ihren Kopf und bald wurde eine Frage immer drängender für sie: Warum war das so? Warum waren andere Mädchen, selbst ihre viel jüngere Schwester, umschwärmt und sie nicht?

Ja, ja, die Nase, der Monsterzinken, das bisschen zuviel an Knorpel und Knochen in der Gesichtsmitte war schuld. Als ihr das klar wurde, wollte sie wissen, warum sie so eine monströse Nase hatte.

Wenn ich es weiß, dann ist es nicht mehr so furchtbar, dachte sie. Eine trügerische Hoffnung, aber wer weiß, vieles verliert durch Gewissheit an Kraft, vielleicht auch das Schreckliche.

Nachdem sie lange mit sich gerungen hatte, denn die Sache war ihr peinlich, ging sie zu Vatta.

„Vatta, Luzie und Max haben doch normale Nasen, warum …?"

„Watt?" sagte Vatta, der gerade in Gedanken war. Klara wurde rot, vielleicht sollte sie die Sache besser auf sich beruhen lassen.

„Nichts", sagte sie, „es ist eigentlich nichts, nur meine Nase, was ist mit meiner Nase passiert?" fragte sie reichlich naiv.

Vatta überlegte, dann machte sich auf seinem Gesicht ein Grinsen breit.

„Ick kannet mich nur so erklären …", nur mühsam konnte er das Lachen unterdrücken, „… als der Herrjott de Nasen verteilt hat, da haste wohl zweemal hier jeschrien." Und jetzt gab es kein Halten mehr, zwischen Prusten und Husten balancierend lachte er lang und herzlich, bis er fast keine Luft mehr bekam und das Lachen in einem Hustenanfall endete. Klara lachte ein wenig mit.

Domenico, ein Sizilianer, fünfundzwanzig Jahre alt und sehr stolz auf seine blonden Haare, wurde von der Gastarbeiterwelle nach Deutschland getragen. Eigentlich ging es nicht um Arbeit, es ging um Abenteuer. Die große Auswanderungswelle der italienischen Arbeiter in den sechziger Jahren ist darauf zurückzuführen, dass es in Deutschland Arbeit gab und in Italien nicht. Das ist die allgemein akzeptierte Lehrmeinung. Eben falsch. Die italienischen Jungs wanderten aus, weil sie den Anblick von Höschen und Büstenhaltern, die an violetten Sommerabenden unerreichbar in der Höhe über den Gassen baumeln, schlicht und einfach nicht mehr ertragen konnten. Sie wanderten aus, weil ihnen das Fernsehen und der Onkel aus Deutschland zeigten, dass es ein anderes Leben gab, ein bunteres, ein gefährlicheres. So Domenico.

Sein erster Eindruck von Deutschland war Dunkelheit. Der Himmel war wolkenverhangen und, man stelle sich vor, das mitten im Sommer! Was für eine Freude: Endlich keine gleissende Sonne mehr. Es war angenehm kühl.

Er fuhr zu einem Onkel in den Ruhrpott, nach Hagen, wusch sich und ging sofort, ohne geschlafen zu haben, auf die Jagd. In einer Diskothek rülpste ihm ein dicker Mann mitten ins Gesicht. Domenico war konsterniert, ein fremdländisches Begrüßungsritual konnte das nicht gewesen sein. Nach anfänglichen Schwierigkeiten liebten die Frauen ihn bald, nicht nur, weil er viril und witzig war, sondern auch, weil er sehr schnell akzentfrei Deutsch sprach. In seiner blumigen, südlich-visuellen Sprache sagte er:

„Die Rasierklinge, mit der ich die Höschen und BHs auftrenne, das ist meine Zunge."

Das war freilich nur die halbe Wahrheit. Sehnig und doch muskulös gewachsen, mit blonden Haaren nach Elvisart gekämmt, feurigen Augen und einem vollen Mund, dessen Winkel angeborenerweise lachten, bestach er auf den ersten Blick.

Er war im Paradies, verführte viele Frauen, ganz gleich, ob sie schön oder hässlich waren. Natürlich nahm er lieber Schöne als Hässliche, aber er war bald erfahren genug, um zu wissen, dass jede Frau etwas zu geben hat und dass hässliche Frauen manchmal ihre Hässlichkeit durch besondere sexuelle Dienste oder eine schönere Seele ausgleichen, wobei letzteres Domenico nicht besonders interessierte.

Das erinnert übrigens an eine erbauliche und lehrreiche Szene aus Fellinis Casanova: Giacomo Casanova ist auf Reisen und kommt in irgendein gottverlassenes Kaff, nur um schnell eine Mahlzeit zu sich zu nehmen. Dort trifft er zufälligerweise auf eine alte Kupplerin, die in gedehnt-weinerlichem Tone sagt:

„Giaaacomo! Ich habe etwas Wuuunderbares für diiich!“

Dabei zeigt sie auf eine ungeheuer hässliche Bucklige, die mit einem unproportional langen Kinn gestraft ist und dazu auch noch schielt. Stumm und verstört grinsend steht die Unglückliche ein wenig abgewandt und in einiger Entfernung in der Ecke.

„Bist du verrückt geworden? Was soll ich mit dieser Buckligen? Nein, wir müssen weiter, ich übernachte hier nicht. Ich habe es eilig.“

Die Kupplerin, eindringlich: „Giaaacomo, sie iiist die beste Flötenspielerin iin gaaanz Iiitalien! Komm her Gabriella, zeige dem Heeerren, was du kaaannst.“

Darauf hin lacht die Bucklige, wie es obszöner nicht vorstellbar ist und streckt eine riesige, bewegliche Zunge heraus, deren spitzes Ende sie wie den Schwanz einer Klapperschlange in der Luft trillern lässt.

Darauf Giacomo: „Wirt! Das beste Zimmer, und zwei Flaschen Wein! Ich bleibe.“

Domenico nahm also, wenn er hungrig war und keine Schöne in der Nähe, auch hässliche Frauen. So sah er eines Abends in einer heruntergekommenen Diskothek Klara. Sie sah ihn und war wie vom Donner gerührt. Charmant lächelte er sie an und sie fühlte sofort: Da ist er, der Mann, auf den ich mein ganzes Leben lang gewartet habe.

Mal sehen, was sie so kann, dachte er. Sie verbrachten die eine Nacht zusammen, der ich meine Existenz verdanke.

Ein Süditaliener, der, seinem Schicksal trotzend, plötzlich im Ruhrpott auftaucht, und eine Ostdeutsche, die auch woanders hätte sein sollen. Man hatte sich nicht auf der Arbeit oder im

Ortsverein kennengelernt. Wären nicht beide aus der Bahn Geworfene gewesen, hätten sie nicht zusammengefunden.

Bis zu ihrem vierten Monat wusste Klara, die nicht aufgeklärt war, nichts von ihrer Schwangerschaft. Erst als ihr Bauch immer dicker wurde, machte sie sich Gedanken und es dämmerte ihr. Sie war über alle Maßen verliebt in den schönen Italiener, der sich ab und zu mit ihr traf. Das erste Mal in ihrem Leben hatte sie das Gefühl, geliebt zu werden und war überglücklich. Trotzdem schien sie kaum zu realisieren, dass ihr langgehegter Traum nun in Erfüllung gehen könne.

Bald wurde sie unsicher: Was, wenn ihm meine Nase plötzlich auffällt? Dann lässt er mich fallen. Er muss sie doch sehen. Er muss sie sehen!

Sie tat alles, um das zu verstecken, was man nicht verstecken kann, strich sich die Haare ins Gesicht und bemühte sich, ihn immer frontal anzuschauen und nie ihr Profil zu zeigen. Das war ein Problem, denn es gibt Situationen, in denen man sein Profil automatisch zeigt. Saßen sie beim Essen oder in der Kneipe, war eben nicht immer der gegenüberliegende Platz zu haben, so dass man über Eck saß, und Klara ihren Kopf entweder verrenkte, um Domenico frontal anzuschauen oder anscheinend teilnahmslos in die andere Richtung schaute. Auch im Kino war es schwierig. Klara drehte den Kopf derart von ihm weg, dass sie den Film nur aus den Augenwinkeln verfolgen konnte. Da Domenico sehr eifersüchtig war, dachte er, sie schaue sich nach anderen Männern um und verprügelte sie nach dem Kinobesuch.

Überhaupt war er ein ziemlich furchteinflößender Typ. Klara hatte bald große Angst, wenn er kam, aber noch mehr, wenn er ging, denn sie dachte ständig daran, er könne sie verlassen. Niemals wieder im Leben, das war ihr klar, würde sie so einen schönen Mann bekommen. Bald gewöhnte sie sich an die

Prügel, ja nahm sie sogar als Zeichen der Liebe, denn wenn er eifersüchtig war und sie schlug, dann tat er es schließlich aus Liebe. Klara hatte nie echte Liebe bekommen, und so wusste sie nicht, was das war. Sex und Prügel waren immerhin eine Form der Zuwendung, und Klara dachte schwärmerisch, so müsse die Liebe sein. Wer weiß, was passiert wäre, wenn statt Domenico ein romantischer Italiener gekommen wäre, der sie auf Händen getragen hätte und ihr echte Liebe geschenkt hätte. Vielleicht hätte sie ihn bald wieder weggeschickt, weil sie keine Hände besaß, um Liebe anzunehmen. Ihr ganzes Leben wurde sie verspottet und gequält, und so ging es eben weiter. Domenico sprach die Sprache, die sie verstand. Als er merkte, dass sie schwanger war, verschwand er einfach. Natürlich dachte er nicht daran, sie zu heiraten, und Vatta lamentierte unaufhörlich über die Schande, die nun über seine Familie käme.

Kindheit

Es war eine dreifache Schande: Nicht nur, dass der Vater seines kommenden Enkels arbeitslos war, nein, er war auch noch Italiener, „Itaka", wie Vatta in Unkenntnis der Geographie sagte. Zu alledem war er noch nicht einmal bereit zu heiraten. Ein uneheliches Kind von einem arbeitslosen Italiener war in den sechziger Jahren das Schlimmste, was einer Frau passieren konnte. Das war gegen den Zeitgeist: „Wat sollen denn die Nachbarn denken, bei dem Bauch!"

Vatta schrieb einen Brief nach Süditalien, um die Eltern Domenicos in Kenntnis zu setzen. Es kamen darin häufige Appelle an die Ehre und den Stolz vor, Begriffe wie Sitte, Anstand, Rechtschaffenheit wurden aufgeboten, über Schande und Unzucht wurde geklagt, kurz, es wurde um Heirat gebeten, doch nichts geschah. Vielleicht, weil Domenicos Eltern nicht lesen konnten und der Brief überdies auf Deutsch geschrieben war? Merkwürdigerweise tauchte mein Vater dann doch wieder auf.

In einer Winternacht endlich das erste einschneidende Erlebnis meines Lebens. Ich wurde, drei Wochen zu früh, geboren. Der Sohn einer Ostdeutschen slawischer Abstammung und eines Süditalieners wurde also in den Ruhrpott geworfen. Was sollte ich tun? Ich schlief ruhig die Nächte und fast die gesamten Tage hindurch und hatte immer Hunger. Meine ersten Erinnerungen waren die an ein ständiges Schaukeln und an Musik. Das kam daher, weil meine Oma mich jeden Morgen in eine Tasche legte und zu meinen etwa drei Kilometer entfernten Urgroßeltern brachte. Dabei sang sie mit heller Stimme alte Volkslieder.

Abends, wenn es dunkel war, wurde ich wieder abgeholt, ebenfalls in der Tasche, und wieder sang meine Oma dazu. Mein Transport innerhalb der Tasche wurde notwendig, da meine Existenz geheim gehalten werden musste. Vatta wollte um jeden Preis verhindern, dass „der uneheliche Itaka-Bastard“ ruchbar wurde. Meine Eltern waren inzwischen zusammengezogen und verspürten keine Lust oder hatten vielleicht keine Zeit, mich zu sich zu nehmen. So wurde ich also die ersten zwei Jahre meines Lebens geheimgehalten, doch mir war das gleichgültig. Im Gegenteil, vermutlich war es das Beste, was mir passieren konnte. Ich liebte dieses singende Geschaukel in der Tragetasche, und eines der ersten Worte, die ich sagen konnte, war: „Sing!“

So sang also meine Oma mit glockenheller Stimme deutsches Liedgut. Mein Lieblingslied und gleichzeitig das einzige Lied, an das ich mich noch erinnern kann, war „Hoch auf dem gelben Wagen“:

Hoch auf dem gelben Wagen
sitz ich beim Schwager vorn.
Vorwärts die Rosse traben,
lustig schmettert das Horn.
Felder und Wiesen und Auen,
wogendes Ährengold.
Ich möcht' ja so gerne noch schauen,
aber der Wagen, der rollt.

Ich ahnte, obwohl ich es nicht richtig verstand, dass „Hoch auf dem gelben Wagen“ etwas ganz anderes sein müsse, als tief in der schwarzen Tasche transportiert zu werden, und wünschte mir nichts sehnlicher, als einmal da oben auf dem gelben Wagen zu fahren. So verknüpfte ich meine Träume mit Musik, und noch heute höre ich Musik, während ich träume und träume, wenn ich Musik höre. Luzie, die alle Platten hatte, spielte mir, seit ich auf der Welt war, die aktuellen Hits vor. Also ging ich ihr, sobald ich laufen konnte, auf die Nerven:

„Luzie, Plattele!“ bettelte ich mehrmals täglich. Das waren etwa die nächsten Worte, die ich lernte.

Immer wenn ich als Balg schrie, konnte ich auf diese Art und Weise sehr schnell beruhigt werden. Umgekehrt ärgerte mich Luzie, wenn ich ruhig war, damit, dass sie alte Nylonstrümpfe zerriss. Ich hasste dieses Geräusch so sehr, dass ich sofort unbändig zu schreien und zu weinen anfing. Dann legte Luzie wieder Plattele auf. Dabei nahm sie mich auf den Arm, und wir tanzten wild durch die Gegend.

Als meine Urgroßeltern älter wurden, verbrachte ich zwangsläufig mehr Zeit bei meinen Großeltern. Dadurch wurde die Geheimhaltung meiner Existenz schwieriger. Zwar wusste das Dorf von dem „unehelichen Bastard“ offiziell noch nichts, doch hinter vorgehaltener Hand wurde immer mehr getratscht. Zu dieser Zeit etwa trat Vatta in mein Bewusstsein. Die erste Erinnerung an ihn besteht aus einer fragwürdigen Zärtlichkeit, die er allen Kindern angedeihen ließ. Er klemmte meinen Kopf zwischen seine Beine, so dass ich nichts mehr hören konnte, und gab mir eine ordentliche Portion Kopfnüsse, die unangenehm waren. Dabei lachte er und sagte: „Na, Knattskopp, det is lustig, watt!“ Vatta verstand es, mit Kindern umzugehen.

Ein anderes Mal spielte er mit mir „Mund auf, Augen zu“, ein in unserer Familie beliebtes Spiel, bei dem jemandem, der die Augen geschlossen hält, etwas Köstliches in den Mund geschoben wurde.

„Mund auf, Augen zu!“ sagte Vatta und ich machte den Mund auf und die Augen zu. Vatta steckte mir eine Fischgräte in den Mund. Zuerst schmeckte ich etwas Sperriges, doch Süßes, denn ich hatte ja ein Stückchen Schokolade erwartet. Erst Sekunden später dämmerte mir, dass es eine abgeleckte Fischgräte war, und ich musste fast brechen. Vatta lachte bei solchen Gelegenheiten herzlich. Überhaupt lernte ich allmählich Vattas Schattenseiten kennen.

Einmal lag ich abends bei Mutti im Bett, weil ich nicht einschlafen konnte. Sie erzählte mir lustige Geschichten und zeigte mir dann eine sichere Methode, um einzuschlafen. Man musste sich nur auf die Seite legen, die Beine anwinkeln und die wie zum Gebet zusammengelegten Hände unter den Kopf legen. Es war die Karikatur einer Schlafstellung, nur eine Nachtmütze fehlte noch, doch es funktionierte hervorragend. Das heißt, hätte funktioniert, denn plötzlich kam Vatta rein, machte das Licht an und zog sich aus, um selbst schlafen zu gehen. Er war aus gewesen, und er war stockbesoffen. Er war ziemlich gereizt, weil, nun ja, warum eigentlich? Er war gereizt, weil es eben wieder einmal an der Zeit war, gereizt zu sein. Leider besaß ich damals noch nicht die Fähigkeit, seine Laune einzuschätzen, und so äußerte ich kindliches und echt empfundenes Erstaunen über seinen dicken Bauch mit den Leberflecken drauf.

„Och Vatta, bist du dick!"

„Watt?" sagte er wütend und schaute mich an, nun wusste er endlich, warum er gereizt war.

Er zog mich an einem Bein aus dem Bett und prügelte mich lange und nach allen Regeln der Kunst durch. Mutti versuchte, mich zu schützen, doch sie hatte keine Chance. Ich heulte fast die ganze Nacht, nicht etwa wegen der Schmerzen, die waren mir egal. Ich war empört über die Ungerechtigkeit und konnte mich gar nicht beruhigen, auch nicht, wenn ich mich auf die Seite legte und die Hände zum Gebet gefaltet unter meinen Kopf legte. Ich schwor feierlich, mich zu rächen und zu wehren, und so nahm der zwanzigjährige Krieg seinen Anfang. Dabei bewies ich schon früh, Vattas bedeutendes Talent der Menschenquälerei geerbt zu haben.

Im Allgemeinen war ich ein eher braves Kind. Jedoch mit etwa vier Jahren, ich lebte in unserer kleinen Wohnung noch immer inoffiziell, denn Vatta verleugnete mich nach wie vor, riss ich aus. Es war zur Zeit des Schützenfestes, einer paramilitärischen Veranstaltung, bei der viel schwadroniert und noch mehr getrunken wurde. Die Männer gingen in Uniform, waren mit schweren, erfundenen Orden behangen und schossen auf einen Holzadler. Dabei gebärdeten sie sich ausnehmend popanzig. Dies war natürlich etwas für unsere Frohnatur, Vatta wurde dreimal Schützenkönig. Nun war er wieder der erste Mann im Dorf und benahm sich auch dementsprechend. Ich schob einen Stuhl unter die Tür – ich erinnere mich, als wäre es gestern, dass ich die Klinke ohne Hilfsmittel nicht erreichen konnte –, öffnete und ging einfach los in Richtung Schützenfest. Viele Männer und Frauen mit roten Gesichtern fragten mich:

„Ja schau, der Kleine! Wo ist denn deine Mama, wer bist du denn?"

Ich sagte mit sicherem Gefühl für den Skandal:

„Ich bin der Sohn des Elektromeisters Paul Kupka."

Der Effekt war erstaunlich. Ich stieß überall auf großes Interesse und verursachte herrliche Schadenfreude.

Stolz darauf, im Mittelpunkt zu stehen, wiederholte ich mein Sätzchen an jeder Ecke nur zu gerne, bis ich auf Vatta stieß, dem schon zugetragen wurde, dass sein „Sohn" ihn suche. Vatta schnaubte vor Wut, doch konnte er mich nicht vor allen Leuten verprügeln, das wusste ich genau. Wegzugehen von den Bierfässern kam allerdings auch nicht in Frage, also rief er Mutti an:

„Erna, hol den Jungen! Der blamiert mir bis uff de Knochen! Kannste nich oofpassen?"

Mutti holte mich und freute sich sehr, während ich ihr mein Abenteuer schilderte. Zu Hause erzählte sie die Geschichte und alle lachten. Ich wurde ein Held, indem ich Vatta ärgerte. So einfach war das. Jeder hätte ihm gerne mal eins ausgewischt, doch die Erwachsenen trauten sich nicht. Dabei war es im Grunde genommen kinderleicht, man musste nur eine Gelegenheit abpassen, bei der er einen nicht schlagen konnte, oder aber einen Fluchtweg haben. Das alles schloss ich mit messerscharfem Kinderverstand, und mit messerscharfer Kindergrausamkeit legte ich nach und nach seine Schwachstellen bloß, um in ihnen herumzubohren. Der heimliche Applaus der Familie war mir sicher, Vattas Virtuosität im Quälen hatte ich geerbt und keine Erwachsenenkonvention oder Pietät hinderte mich. Nichts stand mir im Wege. Nichts außer den Jahren und der schieren Körperkraft, die Vatta mir noch voraus hatte. Es war eine berauschende Erkenntnis.

Vatta fuhr damals einen roten Opel, mit dem er mächtig angab. Zwar war es ein Kombi, hatte also ein übergroßes Heck zwecks Vergrößerung der Ladefläche, doch wurde der Anschein des schieren Gebrauchsfahrzeugs gleich durch extravagante Farbe und die ungehörig angespitzte Frontpartie kompensiert: „Wie 'n Sportwagen", meinte Vatta.

Eine herrliche Gelegenheit ihn zu ärgern war es, die Autotür zu öffnen, wenn der Wagen eben die schmale Einfahrt zu unserem Wohnhaus hochfuhr. Ritschratsch, ritschratsch kratzte der Lack an der Hauswand. Vatta tobte, und ich musste schnell fliehen. Jedes Mal sagte er:

„Noch nich die Tür uffmachen, wir sind noch nich da! Haste jehört?"

„Klar, Vatta!" und schon öffnete ich mit Schwung die Tür. Ritschratsch, wieder war eine rote Spur an der Häuserwand. Und weg war ich.

Vatta nannte mich je nach Laune Itaka, Bastard oder Knattskopp. Knattskopp war für gute Launen. So zum Beispiel, wenn ein Boxkampf von Mohammed Ali bevorstand. Obwohl er sonst eher früh zu Bett ging, blieb er deswegen bis drei Uhr nachts zu Direktübertragungen „aus Amerika“ auf. An seiner allumfassenden Begeisterung für diese Kämpfe wollte er mich teilhaben lassen und weckte mich heimlich, denn Mutti wäre sonst sauer geworden. Er kam leise in mein Zimmer und trat gegen mein Bett: „Knattskopp, Ali boxt!“

Ich konnte als Kleinkind zwar nicht viel damit anfangen, doch mir gefiel unsere Verschwörung gegen die Familie und ich stand mühsam auf. Vatta saß da mit Bier und Zigarette und ging richtig mit.

„Schenk ihm eene ein! … Rechter Haken, linker Haken!“ Er war unmäßig besoffen, und doch schwang er die Fäuste und duckte sich, wenn Ali mal einstecken musste. Immer wenn Ali dem Gegner einen ins Gesicht schlug, lachte Vatta, auch wenn der andere ein Weißer war und Vatta doch eigentlich ein Rassist. Mit feierlichem Ernst sagte er:

„Knattskopp, merk dich: Ali, det is keen Boxer, det is ’n Künstler!“

Oft redeten sie im Fernsehen über eine neue „Weiße Hoffnung“. Dann lachte Vatta:

„Et jibt solange ne Weeße Hoffnung, bis Ali ihre Fresse poliert!“

Vatta war damals noch an vielen Dingen interessiert, die nichts mit unmittelbarer Bedürfnisbefriedigung zu tun hatten. Er war in New York und Istanbul, was in den 60ern, in denen ja alle nach Rimini fuhren, sehr exotisch und extravagant war. Nach Istanbul nahm er Luzie mit und besuchte sogar Kulturdenkmäler.

„Merk dich, det is de blaue Moschee!“

Ich kann mich erinnern, dass er damals verhältnismäßig freundlicher und nicht so verbittert war wie später. Sein Elektrogeschäft florierte und er hatte es wieder geschafft, er war wider der erste Mann im Dorf. Jeden Sonntag fuhr er in den „Sputnik“ zum Frühschoppen. Der Sputnik, die Kneipe, wurde an dem Tag gegründet, als die Russen ein Objekt selbigen Namens ins All geschossen hatten. Obwohl der Sputnik nicht in einer anderen Umlaufbahn, sondern etwa zweihundert Meter von unserer Haustür entfernt lag, fuhr Vatta mit dem Auto hin, und zwar immer im dritten Gang, gleichgültig ob Anfahrt oder Kurve, immer der dritte Gang.

„Vatta, kauf dir doch einen Automatikwagen, wenn du keine Lust hast, zu schalten!“, sagte Luzie.

„Ach nee, det is mich nicht sportlich jenug!“

Vatta nahm mich oft mit in den Sputnik, und das war wirklich eine große Freude. Wenn ich wusste, dass es am Sonntag wieder in den Sputnik ging, war ich tagelang vorher aufgeregt, denn im Sputnik war die Kellnerin Evelyn, in die ich als sechsjähriger Junge schon verliebt war. Evelyn ging immer mit mir zur Musikbox und machte so tolle Musik. Dazu tanzten wir „Twist“ und die ganze Kneipe feuerte uns an. Der Sputnik hatte gelbe Scheiben, damit niemand hineinschauen konnte. Dadurch war innen, vor allem, wenn die Sonne schien, ein dunkelgoldenes Licht, in dem dicke Rauchschwaden waberten. Es roch lecker nach Bier und Malzbier. Alle waren gutgelaunt, lachten laut und riefen lustige Sachen, manchmal wurde auch gesungen. Dabei hielten die Leute ein Glas in die Höhe, bevor sie tranken:

„Ein Prosit der Gemütlichkeit, ein Prosit, ein Prosit, ein Prosit der Gemütlichkeit, der Gemüütlichkeit.“ Danach riefen alle: „Leck Fotz, Kamerad!“ und stürzten ihre Getränke in einem Schluck hinunter.

Auch ich bekam für diese Gelegenheit ein Glas Eierlikör, der verboten gut schmeckte, doch das durfte ich Mutti nicht sagen. Es gab auch einen Glücksspielautomaten, der bunt aufleuchtete, und einen Flipper. Wenn ich Vatta, der sehr geizig war, lange genug anbettelte, bekam ich 50 Pfennig und konnte zum Glücksspielautomaten gehen. Einmal gewann ich 27 Mark. Der Automat blinkte wie verrückt, und es klingelte und rasselte, bis sich die Rinne ganz und gar mit Markstücken gefüllt hatte. Die Männer schlugen mir auf die Schulter und gratulierten ernsthaft:

„Respekt!“ Und Vatta spendierte mir noch einen Eierlikör.

„Aber nicht Mutti sagen!“

„Klar, Vatta!“

Der Sputnik war eine tolle Kneipe. Im Sputnik war es besser als auf jedem Abenteuerspielplatz, es war ein rechter Zauberort für Kinder.

Nur an Vattas Stammtisch war es langweilig. Vatta und seine Bekannten machten „Politik“ und waren manchmal sehr ernst. Einer hatte seinen Dackel dabei, der ganz still unter dem Tisch lag. Wenn man dem Dackel nur ein bisschen zu nahe kam, knurrte er gefährlich und schnappte. Um halb eins mittags dann, als alle betrunken waren, fuhr Vatta, natürlich auch betrunken, seinen besten Politikfreund im dritten Gang nach Hause und wir fuhren zu Mutti Mittagessen. Mutti sagte sofort zu mir:

„Hauch mich mal an.“

Dann gab es Streit mit Vatta.

Als Kind war ich sehr dick und hässlich. Wie ein Grottenolm verkroch ich mich vor dem Fernseher, verdunkelte das Zimmer, wenn die Sonne schien, und aß den ganzen Tag Schokolade. Drei Tafeln und acht Stunden Fernsehen, das war normal. Ich bekam eine weißliche Haut und musste blinzeln, wenn ich überraschend in die Sonne ging. Vatta nannte mich jetzt „Olmi" oder „Lurchi". Bald begann ich mit den Augen zu klimpern, und der Arzt sagte, ich dürfe nur noch zwei Stunden Fernsehen schauen. Zwei Stunden! Das war ja gar nichts! Ich war entsetzt. Meine Lieblingssendungen waren „Der Zauberer Catweezel" mit seiner Kröte Kühlwalda, „Daktari" mit Clarence, dem schielenden Löwen, „Mein Onkel vom Mars", der ganz normal aussah, aber in Wirklichkeit ein Marsianer war und eine magische Antenne aus dem Kopf fahren konnte. Meine absolute Lieblingssendung aber war „Aktenzeichen XY". Ich war so vernarrt in „Aktenzeichen XY", dass Mutti Angst hatte, ich würde ein Verbrecher werden. Mit offenem Mund saß ich vorm Fernseher:

„Die junge Tramperin wusste nicht, dass das ihr letzter Ausflug in die Diskothek gewesen sein sollte …"

Gleichzeitig, fünfhundert Kilometer weiter, in Iserlohn:

„Der Rentner Erwin K. schaut aus dem Fenster und beobachtet, wie ein roter Mercedes …"

Einen Monat später, Klaus und Ingo beim Pilzesuchen im Wald:

Klaus: „Ich geh mal da rüber, da sind tolle Pilze!"

Dann ein Schrei.

„Mensch Ingo, da liegt ne Leiche! Mensch, ich ruf die Polizei!" – hier wurde der Begriff schlechter Schauspieler definiert.

Später dann, wieder mal nichts Neues aus Wien.

Peter Niedezki: „Es war ein ruhiger Abend in Wien."

Auch Konrad Töntz aus Zürich hatte noch keinen Jugoslawen gefasst. Das war spannend! Ganz Deutschland geilte sich unter dem Deckmantel der sachlichen Kriminologie und Gerechtigkeit auf und ergötzte sich an den schönen Morden.

Alles in allem hatte ich also eine wunderbare Kindheit. Welcher Sechsjährige durfte sonst acht Stunden fernsehen, inklusive „Aktenzeichen XY“ und in die Kneipe gehen? Die einzigen Tage, die mein Glück trübten, waren die Wochenenden, die ich mitunter bei meinen Eltern verbringen musste. Das war schrecklich, denn im Wesentlichen geschah dort nichts, außer dass mein Vater meine Mutter verprügelte. Dann machte er sich schick und ging aus. Wir mussten aus jeder Ecke der Wohnung Geld zusammenkratzen, um ein Taxi zu Vatta bezahlen zu können. Meine Eltern unternahmen ansonsten nie etwas mit mir, obwohl meine Mutter mir oft die Erfüllung eines langgehegten Wunsches versprach: den Zoobesuch.

Ich liebte Tiere über alles und habe jede Spinne rausgetragen, bevor meine Oma sie erschlagen konnte. Einmal hörte ich einen Begriff im Radio, der mich elektrisierte und dessen Faszination mich nicht mehr losließ: Diamant-Klapperschlange. Diese Kombination aus Kostbarem und Gefährlichem schien mir unendlich reizvoll. Auch liebte ich natürlich alle Raubkatzen und alle Raubvögel. Also bettelte ich darum, in den Zoo gehen zu dürfen.

Doch meine Eltern waren zu sehr mit sich selbst beschäftigt. Ich wartete Jahre auf den Zoobesuch, der mir immer wieder in regelmäßigen Abständen versprochen wurde. Eines Tages gingen Bert und Luzie mit mir in den Zoo, ganz spontan. Es war Berts Idee, und ich war überglücklich. Auch spielte Luzie mir die neuen Abba-Hits vor. Als Luzie sechzehn Jahre alt wurde, bekam sie ein Mofa. Eine Garelli, die Bert ordentlich hochfrisierte, so dass sie einen Mordslärm machte und höllisch schnell war. Als ich gerade so eben laufen konnte, stellte sie mich auf den Tank, ich hielt mich an der Lenkgabel fest, und los ging es wie der Wind. Ich bekam es jedoch schnell mit der Angst zu tun und wollte wieder runter.

Luzie begann damals, sich stundenlang im Bad zu schminken. Sobald sie das Bad betreten hatte, konnte man wenigstens eine Stunde lang nicht mehr hinein, so dass jetzt das Klo von Vatta und das Bad von Luzie besetzt wurde. Danach kam sie raus und war ganz bunt. Dabei lächelte sie so, als hätte sie gerade einen Preis gewonnen. Ich liebte Luzie, egal ob geschminkt oder ungeschminkt, denn sie spielte mit mir und machte immer Musik. Außerdem durfte ich jeden Morgen zu ihr ins Bett, schmusen.

Max hatte inzwischen eine Tochter, die Anja hieß. Meine Cousine Anja heulte bei jeder Gelegenheit, ich konnte sie nicht leiden. Manchmal kam Anja zu uns und durfte auch bei uns schlafen. Sie schlief dann neben mir in meinem Zimmer. Nachdem ich sie mit ein paar Karatetricks, die ich im Fernsehen gesehen hatte, den ganzen Abend geärgert hatte, stellte ich mich zunächst schlafend, damit sie auch einschlief. Als sie dann eingeschlafen war, hing ich ihre Puppen an einem Galgen auf, den ich extra vorher gebastelt hatte. Die Szenerie beleuchtete ich mit einer Lampe so, dass es schön unheimlich aussah und die Puppenschatten überlebensgroß an der Wand baumelten. Dann machte ich meine Dracula-Kassette an. An der schlimmsten Stelle und sehr laut. Anja wurde wach und heulte und schrie, bis Mutti schließlich kam und dem beschaulichen Spektakel ein Ende bereitete.

Wie gesagt spielte mir Luzie ständig die neuesten Hits vor. Ein echter Favorit war „Ballroom Blitz“ von Sweet. Ich habe das Stück viele hundert Male auf dem alten Plattenspieler gehört, den Luzie mir geschenkt hat, als sie studieren ging. „Ballroom Blitz“ gehörte jeden Morgen vor der Schule zu meinem Aufwachritual. Jeder Morgenmuffel braucht ein Aufwachritual, das ihn sanft aus der Welt der Träume in die Wirklichkeit, für die er im Moment noch nicht taugt, geleitet. Ja, eigentlich ist dieses Ritual selbst noch eine Art Traum. Ein Zustand, in dem man sich noch an alle Träume erinnern kann, die schon fünf Minuten später verloren sind.

Mein Aufwachritual sah folgendermaßen aus: Um sieben Uhr weckte mich Mutti, und ich ging, oder torkelte eher, ins Wohnzimmer, wo vor der Heizung schon zwei Toasts, dick mit Nutella bestrichen, und eine eisgekühlte Dose Coca-Cola bereit standen. Auf dem Weg dorthin kam ich am Plattenspieler vorbei und legte – volle Lautstärke – „Ballroom Blitz“ auf. Der nächste vollautomatische und schlaftrunkene Schritt führte zum Thermostaten, um das Gebläse der Heizung anzumachen. Das war ein etwas ungemütlicher organisatorischer Aufwand, bevor ich mich endlich vor die Heizung setzen konnte, deren Gebläse nun ratterte, während ich langsam auftaute. Ich öffnete die Cola, mampfte ein Nutella-Toast und Sweet spielten „Ballroom Blitz“.

„Are you ready, Steve?“

„Oh yeah!“

Ich war im Grunde genommen zu diesem Zeitpunkt noch nicht wach, und ich war auch nicht ansprechbar. Obwohl ansonsten eher sanft wie ein Lamm, reagierte ich auf Ansprache zu dieser Zeit des Tages wie ein gereizter Tiger. Egal, was man zu mir sagte, alles war falsch. Ich war ein Schamane und schwebte durch den Raum, der sich zwischen Schlafen und Wachen befindet. Ich musste langsam landen. Es war gefährlich. Ein falsches Wort hätte mich in eine Parallelwelt katapultieren können, aus der es vielleicht kein Entrinnen gab.

Meine absolute Lieblingsband zu dieser Zeit war Abba. Ich war sehr verliebt in die blonde Sängerin Agneta, mindestens die schönste Frau der Welt. Ich fieberte jeder neuen Abba-Platte entgegen und dudelte sie zum Leidwesen der Nachbarn unentwegt, oder sagen wir zwanzigmal hintereinander, auf dem alten Plattenspieler. Mein einziger Freund, Christoph Hornheim, der drei Jahre jünger war als ich, liebte Agneta auch, und zwar, weil ich sie liebte. Unsere Kinderspiele drehten sich meistens um sie. So gab ich zum Beispiel vor, sie irgendwo in der Wohnung gesehen zu haben. Sie habe sich jetzt im Kleiderschrank versteckt, ich habe genau gesehen, wie sie da hinein gegangen sei. Christoph glaubte mir das, und das stachelte mich so an, dass ich es bald selbst glaubte. Vollkommen hysterisch sprang ich in den unübersichtlichen und mit vielen Kleidern vollgestopften Schrank und veranstaltete ein Mordsgetöse. Halb begraben unter einem Berg von herabfallenden Kleidern, Mänteln und Bügeln schrie ich: „Agneta!“ So, als ob sie in meinen Armen läge und mir alles, wirklich alles gewährte. Christoph stand vor dem Kleiderschrank und war halb neidisch, halb ängstlich, auf jeden Fall glaubte er, dass ich im Kleiderschrank die wildesten Abenteuer erlebte.

Noch größer war meine begeisterte Aufregung, als ich in der Programmzeitung die Ankündigung von „Disco 77“ mit Ilja Richter fand: Abba sollte auftreten, oder es sollte zumindest eine Aufzeichnung von ihnen gezeigt werden. Mir wurde heiß und kalt. Agneta im Fernsehen! Ich kündigte also zwei Wochen vor dem besagten Termin der gesamten Familie an, dass ich für eine halbe Stunde an jenem Tag die Hoheit über den Fernseher haben wollte. Das wurde gebilligt, und ich zählte die Tage, dann die Stunden, dann die Minuten, bis Abbas Auftritt kam. Ich ging direkt vorher noch dreimal pinkeln, damit mich eine volle Blase nicht beim genießerischen Schwärmen ablenkte. Die Show begann, und ich war verzückt, wie charmant sich Agneta bewegte, es war wie eine Droge. Da kam Vatta herein und sagte:

„Mal eben gucken, wat Fußball macht!“ und schaltete um. Ich schrie verzweifelt nach Mutti:

„Mutti! Vatta schaltet um!“

Brutal war ich aus meiner Agneta-Ekstase gerissen. Dann sagte Vatta, nach Protest von allen Seiten:

„Is ja jut!“ und schaltete wieder Abba ein. Doch die Hälfte des Liedes war schon vorbei, und ich wollte Abba nicht mehr sehen. Ich war in Raserei und schrie und heulte. Es war der „Geburtstagseffekt“. Der Grund, warum Kinder an ihrem Geburtstag oft von morgens bis abends weinen. Sie freuen sich seit einem Jahr darauf und malen sich aus, wie wunderschön es wird, bis dann irgendein winziges Detail daneben geht, vielleicht auch eines, das sie nicht ohne Grund verärgert. Darüber werden sie dann hysterisch. Übrigens tun das auch manche Erwachsene. Den Geburtstagseffekt kennen nur Schwarmgeister, solche, die sich das Leben schöner vorstellen, als es manchmal ist, und deren Begeisterung so stark ist, dass sie die Grenze zum Fanatismus leicht überschreitet. Ihre Enttäuschung, wenn das Paradies für eine Sekunde nicht perfekt ist, ist so immens, dass sie es nicht verkraften können. Wie dem auch sei, Vatta war das größte Arschloch des Universums.

✣

Nun wollte ich einen Kindergeburtstag feiern, wie alle anderen Kinder das auch taten. Luzie fuhr zu einem guten Bäcker und kaufte derartige Unmengen an Kuchen, dass die sechzehn Leute aus meiner Klasse, die ich eingeladen hatte, sich daran zu Tode hätten essen können. Sie organisierte Spiele, packte Preise ein und legte Spuren für eine Schnitzeljagd. Ich freute mich so sehr, dass ich die Nacht davor nicht schlafen konnte. Ich stellte mir vor, wie toll die Jungs aus meiner Klasse den Geburtstag fänden, und dachte, dass ich danach bestimmt auch einmal eingeladen werde. Wir deckten den Wohnzimmertisch, der mit Tropenholz furniert war, so schön und festlich, dass selbst Vatta staunte. Um drei Uhr hatte ich geladen. Um halb vier war noch niemand da. Um vier auch nicht. Es kam niemand.

Was war mit Christoph? Christoph erzählte mir am nächsten Tag, dass seine Mutter ihm verboten hatte, zu kommen. Als ich das letzte Mal bei Christoph zu Hause war, gab es nämlich Ärger mit seiner Mutter. Seine Mutter war die Leiterin des Kirchenchores und sang so hoch, dass niemand mitsingen konnte. Sie war sehr stolz auf ihre Stimme. Diese Mutter, Frau Hornheim, hatte mich rausgeschmissen, weil ich „Eier" gesagt hatte. Sie zog mich an den Ohren, dass es ordentlich weh tat und sagte: „Das heißt Hoden!"

Und so wurde ich aus der Wohnung geschmissen. Dabei wusste ich doch gar nicht, dass das Hoden und nicht Eier heißt. Christoph sagte, seine Mutter wäre danach den ganzen Tag „traurig mit ihm" gewesen, und er hätte versprechen müssen, nicht zu mir zum Geburtstag zu kommen, weil er dann krank wäre.

Also kam niemand.

In der Schule taten alle so, als wäre nichts gewesen. Einer sagte mir, dass er nicht kommen durfte, weil ich kein Umgang sei und weil ich immer so komische Witze mache.

Jedenfalls saß ich da mit meinem Kuchen und als es fünf Uhr wurde, aßen Luzie, Mutti und ich soviel wir konnten. War eigentlich auch schön.

Vatta sagte: „Haste wohl keene Freunde, watt?"

Pittoreske Aussicht am Abgrund

So vergingen Jahre und nichts passierte. Herrliche Stille und Ereignislosigkeit der Kinderjahre, nichts drängte, nichts geschah und alles hatte Bedeutung. Ich lag in der Badewanne und drehte den Duschkopf nach oben, so dass das Wasser wie ein lebendiges Haarbüschel in einem Bogen erst nach oben und dann nach unten perlte. Jimmi Hendrix als Wasserskulptur. Ich stellte mir vor, dass all die winzigen Wasserperlen Diamanten seien und ich am Ende des Bades reich sei, unermesslich reich. Dann würde ich Mutti eine neue Schrankwand kaufen und für Luzie Schminke, die allerbeste. Immerhin hatte Luzie nach mehreren Anläufen ihr Abitur bestanden. Sie ging nach Bonn, um Jura zu studieren, denn das konnte noch jeder, Zulassungsbeschränkung gab es nicht. Sie besuchte uns selten, aber regelmäßig und brachte mir lustige Geschenke mit.

Einmal brachte sie auch ein paar Freundinnen mit. Das waren zwar keine exaltierten Studentinnen-Zicken, aber doch Mädchen aus gutem Hause. Luzies Bild von ihrem Zuhause hatte sich durch die Abwesenheit anscheinend verklärt, sonst hätte sie nicht den Fehler gemacht, so unterschiedliche Menschen wie Vatta und die feinen Studentinnen zusammenzubringen. Vattas Zustand hatte sich in den Jahren, in denen Luzie in Bonn war, deutlich verschlechtert, was sie vielleicht nicht wissen konnte. Lebte er doch bis zu ihrem Auszug noch nach einer zu Unrecht weniger bekannten Goethe-Weisheit:

Und doch kann dich nichts vernichten
Wenn, Vergänglichem zum Trotze,
Willst dein Sehnen ewig richten
Erst zur Flasche, dann zur Fotze.

Merkwürdig, dass diese Äußerung des Olympiers den Schulbüchern entgangen ist. Wir wollen ihr Gerechtigkeit widerfahren lassen. Solche Zitate könnten die Bildungsmisere lindern helfen und junge Menschen für den Dichterfürsten begeistern. Wenn sie dann anbeißen und unbedingt mehr davon wollen – zack, knallen wir ihnen Wilhelm Meisters Lehrjahre vor den Latz.

Aber was lernen wir in diesem Fall von Goethe?

Hauptgrund für Vattas rasanten Abstieg war, dass er sich nicht mehr für Frauen, sondern nur noch für die Flasche interessierte, sein letztes Lebens-Regulativ entfiel. Dem Interesse an Frauen zu folgen erfordert – auch beim von Natur aus Begabten – eine gewisse Form. Luzie setzte wohl darauf, dass Vatta sich vor Frauen doch meist noch zu benehmen wusste. Nicht weil er sie achtete, sondern, um noch einmal Goethe zu bemühen, aus „Interesse an der Fotze“. Außerdem hatte er ja seinen Bildungskomplex, so dass er sich vor Studenten wohl zusammennehmen würde.

So saßen des Abends also alle gemütlich beieinander, und Vatta benahm sich tatsächlich gut, ja war sogar ungewöhnlich freundlich. Er trank, wie gewöhnlich, recht viel, und so gegen neun Uhr wurde er, wie gewöhnlich, eher ruhig. Er fing an, den Studentinnen nicht mehr ins Gesicht zu schauen, sondern, vor allem einer, in den Ausschnitt. Ihm zugestanden sei, dass nämliches Mädchen in dieser Hinsicht in der Tat eine erfreuliche Laune der Natur war. Zeitgleich setzte das schon zu Anfang beschriebene schabende Kratzen ein. Luzie packte leises Entsetzen. Sie fürchtete, dass er irgendetwas Anstößiges sagen könnte, und wurde selbst immer lauter und unterhaltsamer. Doch nein, Vatta blieb ruhig, trank und trank. Dann, auch ein altes Ritual, stand er auf und sagte: „So, ick jeh ins Bette!“ und begann sich vor den Studentinnen seelenruhig auszuziehen, um sein Negligé, das noch vom Morgen her neben ihm lag, überzustreifen. Man verstummte. Als er seine Hose und schließlich seine Unterhose auszog, schrien Mutti, Luzie und sogar ich in nackter Panik: „Vatta! Nein!“

Doch er stand schon da, in voller Mannespracht, wenn auch nicht mehr ganz so, wie Gott ihn einmal geschaffen hatte, und sagte nur:

„Watt denn? So watt ham doch die Mädels ooch schon mal jesehen, wa?“

Dann lachte er, zog sein Nachthemd über, ging aus dem Wohnzimmer und machte auf dem Weg das Licht aus.

Lassen wir es im schonenden Dunkel, wie sehr Luzie errötete und wie sehr sie sich von diesem Tag an vor ihren Kommilitonen zu schämen hatte.

Vattas Niedergang gestaltete sich so rapide, weil er jetzt ausschließlich die Befriedigung seiner direkten Bedürfnisse lebte. Er wurde feister und röter, und sein Blick trübte sich wie ein umkippender See. Dabei war genau genommen gar keine Dosissteigerung in irgendeiner Hinsicht zu verzeichnen, er hatte einfach die Fähigkeit verloren, auf einen Genuss auch nur kürzeste Zeit zu warten. Auch die Aussicht, dass der Genuss größer wäre, wenn er wartete, brachte ihn nicht mehr dazu, sich zusammenzureißen. Wer weiß, vielleicht ist ja jede Geistigkeit nichts anderes als die Fähigkeit, Genüsse aufzuschieben. Dann wären alle Geistesgrößen wie Hunde, die man vor einen Karren gespannt hat, den sie ziehen, während der Fahrer an einer Angel eine Wurst vor ihrer Nase baumeln lässt, die sie nie erreichen. Sie machen sich solche Konstrukte wie: Ja, jetzt hab ich zwar keine Frau, aber wenn ich einmal Professor bin, liegen mir die Frauen zu Füßen. Deswegen arbeite ich. Das ist so etwa wie von Bonn nach Köln über Australien zu fahren und funktioniert am Ende doch nicht. Die Motivation ganz großer Menschen mag zuweilen eine andere sein, meinetwegen.

Vatta wurde nun immer hässlicher und abstoßender, Mutti hingegen wurde schlanker. Das Geheimnis einer Altersschönheit liegt wohl in einem langen geistigen Leben. Es gibt Greise, die den lieben langen Tag ein apollinisches Lächeln tragen, was immer auch geschieht, und das sind meist solche, die ein geistiges, ein diszipliniertes Leben hinter sich sehen. Aber auch das Gegenteil stimmt: Manchmal haben solche Menschen etwas Verbiestertes und Unappetitliches und erinnern an Dörrpflaumen. Vielleicht ist für die Alterszufriedenheit und Altersschönheit am Ende viel Geistigkeit mit einem Schuss Sinnlichkeit das Förderlichste? Fest steht, dass von rein sinnlichen Alten etwas Angewidertes und Anwiderndes ausgeht. Ihre vollen Lippen sind verknautscht und verbittert. Es ist so, als ob sie ständig neben einem Menschen aufwachen, vor dem sie sich ekeln, und den sie präkoital noch begehrt haben. Oder als hätten sie zu viele Süßigkeiten oder Schweinebraten gegessen, was ja beides in ihrem Leben der Fall gewesen sein mag. Vattas Mundwinkel zeigten nach unten, weil er verbittert war, dass es ihm nicht gelungen ist, den Brand zu löschen, der in ihm tobte. Es ist ihm nicht gelungen, den Brand zu löschen, weil er immer dachte, es sei Wasser, und dabei war es Öl, was er zum Löschen heranschleppte. Er mag, bevor sich die Maschinerie automatisierte, gedacht haben, noch diese Frau, noch jene, noch dieser

Schnaps und dann noch einer, dann ist es gut, dann ist mein Appetit gestillt. Aber es wurde immer schlechter. Während die Gier stetig stieg, ließ der Genuss nach. Er kam nicht mehr ans Ufer zurück, denn er war zu weit hinausgeschwommen.

Im Übrigen möchte ich noch einmal darauf zurückkommen, wie ungeheuer anstrengend solch ein scheinbar faules Leben ist, ja, es ist mit Sicherheit härter als jeden Tag zwölf Stunden Schicht zu arbeiten. Auch frage ich mich, warum Süchte so gerne als Krankheit bezeichnet werden. Heutzutage ist alles eine Krankheit. Ich behaupte das Gegenteil: Vatta hatte die größere Gesundheit, nur deswegen konnte er so saufen, Depressionen oder Seelenqualen waren ihm fremd.

Hier erkennt man den Sinn des Sprichwortes: Wenn ich die Kraft hätte, nichts zu tun, täte ich nichts. Man stelle sich vor: jeden Tag ein Kater! Jeden Morgen die dösige Schwere, abgelöst von Nachmittagsdepression, abgelöst von Abendeuphorie, abgelöst von den entweder melancholischen oder panischen Augenblicken der Nacht, in denen man schweißnass und voller Argwohn aufwacht. Oder die irrwitzige Anstrengung, der es bedarf, viele Lieben oder auch nur viel Sex zu haben. Wer kann dieses Wechselbad der Gefühle aushalten? Wer ist stark genug?

Vatta hatte lange durchgehalten, nun hatte er keine Kraft mehr, er sehnte sich nur noch nach sofortiger Bedürfnisbefriedigung und verlegte den Zeitpunkt des Trinkens auf immer frühere Tageszeiten. Er hatte auch keine Energie mehr, auf Jagd nach Sex zu gehen, sondern ging nur noch ab und an in den Puff. „Das Anstrengende is ja nich der Sex an sich“, so sagte er einmal, „sondern das Reden davor und danach“. Er hatte da ein paar Mädels an der Hand, die „machen allet und reden nüscht!“

Das war sein persönlicher Traum von einer Frau, der zu dem Zustand passte, in dem er sich nun wiederfand, es war eine konsequente, eine literarische Weiterführung seines Lebens. Er mochte auf Sinnlichkeit nicht verzichten, doch er wollte keine Anstrengung mehr dafür aufwenden. Natürlich geschah das nicht von heute auf morgen. Es gab Rückschläge, so zum Beispiel als Mutti zur Kur ging. Da Vatta nicht allein zu Hause bleiben wollte, zog Muttis Schwester, Tante Hildegard, bei uns ein, um Vatta die Wirtschaft zu führen. Tante Hildegard war, wie Luzie sagte, „ein geiles Stück“, und auf Vatta hatte sie es schon lange abgesehen.

Und so geschah es. Sie kochte ihm Erbsensuppe, das mochte er, und schließlich konnte Mutti das weniger gut. Und dann machte sie ihm ein bisschen mehr die Wirtschaft als zu Gebote stand. Wie im schlechten Film kam Mutti früher aus der Kur zurück und erwischte beide im Bett. Auf Muttis sofortige und spätere Vorwürfe sagte Vatta: „Watt denn? Sie hat mich doch nur Erbsensuppe jekocht!“

Das war etwa die Zeit, in der Mutti aus Vattas Schlafzimmer auszog, um im früheren Zimmer Luzies zu nächtigen. Sie verweigerte sich ihm mit der Begründung, dass er sie ja betrogen habe, aber das war nur ein willkommener Vorwand. In Wirklichkeit wollte sie schon lange nicht mehr und im Grunde war ihr der Zwischenfall mit Hildegard hoch willkommen. Vatta wurde immer grämlicher, denn er musste nun auf regelmäßigen Sex verzichten. Und Mutti feierte jedes Jahr den Auszug aus dem Schlafzimmer mit einer Flasche Piccolosekt. Zu dieser Zeit bildeten sich auch die ritualisierten Streitereien aus, die ich bereits zu Anfang geschildert habe. Manchmal, wenn die Streitereien gar zu schlimm wurden, musste Vatta sich sein Bier und sein Korn selbst holen. Er wusste meist, dass er zu weit gegangen war und dass der Service auf dem Spiel stand, und so fragte er ungewöhnlich milde:

„Erna, hol mich doch noch mal nen Kurzen …“

Mutti schwieg ungerührt und bewegte sich nicht. Dann saß er eine Viertelstunde vor dem leeren Kornglas, in der Hoffnung, ein guter Geist werde es ihm füllen. Verzweiflung packte ihn, dann Wut. Sein Blick pendelte zwischen dem leeren Glas und Mutti. Dabei fluchte er im Krebs:

„Du, du Mistviech, … ja! Mistviech, du, du …"

Danach kam meistens nicht mehr als ein vernichtender Blick. Nicht, dass er sich geschämt hätte, ein besonders unflätiges Wort zu sagen, nein, es fiel ihm nur nichts ein, was schlimm genug für meine Oma gewesen wäre, so dass der Blick beziehungsweise die Auslassungspünktchen variabel für das Schlimmste und Schlechteste stehen, was man sich vorstellen kann, oder besser, was man sich nicht mehr vorstellen kann, weil es eben unsäglich schlecht ist.

Endlich raffte er sich missmutig – in Unterbrechung der Gemütlichkeit – auf und ging, unaufhörlich fluchend, zum in der Küche gelegenen Kühlschrank. Er schenkte sich ein und nahm im Stehen zunächst mal, wie er sagte, einen für den Weg. Dann schenkte er sich wieder ein, aber so, dass das Glas unmöglich zu transportieren war, weil es zu voll gegossen war. Also trank er einen guten Schluck ab und ging ins Wohnzimmer.

„Ragallie!" rief er triumphierend, seine Augen leuchteten cäsarisch, „ick kann ooch ohne dir!"

⁂

Vattas Körperhygiene, mit der es nie zum Besten stand, verschlechterte sich zusehends, es war, als hätte Georg Kreisler persönlich für ihn gedichtet: „Jaja, der Paule, jaja, der Paule, er stank entsetzlich, nicht nur vom Maule!"

Nun wurde er vollends der alte Zoterich, als den mein erwachender Geist ihn kennenlernte. Als ich etwa zwölf Jahre alt war, begann ich mich für Gott und für die Kirche, die ja vor unserer Haustür lag, zu interessieren. Pastor Thomas, ein sehr fähiger, freundlicher und konservativer Mann, hatte allerdings nie die Freude, Vatta in der Kirche zu sehen. Vatta machte seltsame Bemerkungen darüber, dass Pastor Thomas noch mit seiner Mutter zusammenlebte, die ihm den Haushalt führte. Ich verstand durchaus nicht, was er meinte. Ich war fasziniert von Pastor Thomas' Predigten und ging jeden Sonntag in die Kirche. Zur Karnevalszeit ging ich als Cowboy verkleidet in voller Montur und sehr stolz, mit Pistolen und Gewehr bewaffnet, in die Kirche. Das gab einen kleinen Skandal, was ich nicht verstand, wollte ich Gott doch nur mein schönes Kostüm zeigen. Schließlich war ich Karneval immer bewaffnet, auch als ich mit drei Jahren als Fliegenpilz ging, forderte ich lautstark eine „Toole" (Pistole) dazu und wurde schießender Pilz.

Trotz dieses Zwischenfalls blieb ich ein Musterkommunionsschüler und die Freude von Pastor Thomas. Als er die Kommunionsklasse fragte, ob denn irgendjemand hier das entbehrungsreiche Leben eines Missionars führen wolle, um die Botschaft Christi in die dritte Welt zu bringen, war ich der einzige, der sich meldete, und es trat Glanz in Pastor Thomas' Augen: „Ah, Franziskus, mein Junge, ah ja. Das habe ich gewusst!"

Ich war auch wirklich davon überzeugt und glaubte glühend an Gott. So wurde ich Messdiener und durfte ein grün-weißes Gewand während der Messe tragen. Die älteren Messdiener durften schon andere Gewänder tragen und die ganz alten, also die fünfzehnjährigen, durften sogar das violette Gewand tragen. Das violette Gewand war das Ziel meiner Wünsche. Leider konnte ich mir nie merken, an welchen Stellen der Messe geklingelt werden musste und wann der Wein in den Kelch gegossen wurde, aber das war nicht weiter schlimm, denn ich war Pastor Thomas' Liebling, und ich liebte ihn auch. Also fing ich schon mal mit Missionieren an. Ich ging zu Vatta, der war, dachte ich, auch nicht weniger heidnisch als die armen Mohren, und sagte:

„Vatta, man muss an Gott glauben! Glaubst du an Gott?"

Er kratzte sich und sagte:

„An Jott? Ick globe …", Pause, „ick globe, dett een Pfund Rindfleisch ne jute Brühe jibt!"

Ich war entsetzt.

„Dann kommst du in die Hölle!"

„Na Hauptsache, nich mit den janzen warmen Brüdern in den Himmel!"

Meine Oma war immerhin ein bisschen religiös und sagte manchmal, dass sie hoffe, in den Himmel zu kommen. Darauf Vatta: „Ja, du kommst sicher in den Himmel! Und zwar uff die Wiese, wo die Englein kacken jehn!"

Dann starb Pastor Thomas plötzlich und ein anderer Pastor, der eine dicke Brille trug, so dass seine Augen dahinter riesengroß erschienen, übernahm unsere Gemeinde. Es war ein moderner Pfarrer, der sich viel um Jugendliche kümmerte. Er läutete jeden Morgen um sieben Uhr die Glocken, eine halbe Stunde lang, bis das ganze Dorf wach war. Zur Freude Jesu. Er ließ das Pfarrhaus abreißen und neu aufbauen, obwohl es eigentlich noch schön war. Auch den Kirchplatz ließ er aufreißen und mit Mosaiken bestücken. Ich verstand das nicht, denn mit dem vielen Geld hätte man doch viele Mohren vor der Hölle retten können oder ihnen sogar etwas zu essen kaufen können. Ich fragte den Pfarrer, ob es nicht eher im Sinne Jesu sei, die Mohren zu retten, anstatt einen neuen Kirchplatz zu bauen. Er schaute mich daraufhin lange an, und dann sagte er, dass man Jesus mit aller Pracht, die man aufwenden kann, empfangen soll. Das Beste sei gerade gut genug für Jesus. Ich fragte ihn, ob man dann nicht besser eine neue Kirche hätte bauen sollen, oder ob Jesus jetzt nur noch ins Pfarrhaus käme. Da schaute er mich noch länger an und mir wurde ungemütlich. Jedes Mal, wenn ich in der Messe zur falschen Zeit klingelte, zog mich der Pfarrer hinterher an den Ohren, und bald ging ich nicht mehr hin. Der neue Pastor lebte auch mit seiner Mutter zusammen, und nun verstand ich endlich, was Vatta mit den Bemerkungen über die Pfaffen und ihre Mütter meinte. Zwar verfiel Vatta zusehends, doch behielt er seinen Witz und auch ein untrügliches Gespür für zwischenmenschliche Situationen oder den Wert und Unwert mancher Moden.

Luzie, die nun immer seltener zu Besuch kam, entwickelte einen exaltierten Geschmack in Sachen moderner Kunst. Sie besuchte mit ihren Jurafreundinnen Ausstellungen und redete viel darüber. Wenn sie jetzt nach Hause kam, lag in ihrer Rede und ihren Gesten etwas Großartiges, denn sie wusste nun alles über das richtige Leben.

Als Vatta sich wieder einmal vor versammelter Familie mit seinem Allzwecktaschenmesser die Ohren reinigte und dem Leoparden einen weiteren Orden verlieh, brüskierte sich Luzie:

„Vatta, das ist ja eklig! Kannst du dir die Ohren nicht im Bad säubern? Und muss dieses, dieses Tuch da immer neben dir liegen?“

Vatta überlegte. Dann lächelte er und sagte:

„Dett, Luzie, det is in Wirklichkeit keen Rotztuch, det is ne Installation! Die Details sind wichtig! Hier die Kippe, hier dett Bierglas, ick will damit det Elend und die Bevormundung von die alten Männer in der Familie rüberbringen.“

Zufrieden nahm er sein Glas Bier und trank es in einem Zug leer. Ende der Performance.

Die lieben Nachbarn

Wir wohnten in einem Haus mit fünf Mietparteien. Unter uns wohnten Quäckes. Das war eine stehende Wendung, wenn ich zu viel Lärm machte.

„Unter uns wohnen Quäckes!" bedeutete: Hör auf, in der Wohnung Fußball zu spielen oder Platten aufzulegen. Sei leise. Quäckes waren Zeugen Jehovas und hielten permanent Bibelstunde ab. Mutti sagte: „Da beten sie dann."

Vatta sagte: „Die schreien Hare Krishna und greifen den jungen Mädels zwischen de Beene!"

Über uns wohnte Frau Kaszubiak, die sehr nett war. Trotzdem wurde mir streng verboten, sie zu besuchen.

„Es ist eine Schande, in unserem Hause!" sagte Mutti.

Niemand außer Vatta und den Heizungsmonteuren, die öfter im Hause waren, grüßte sie. Ich schlich mich natürlich öfter in ihre bunte Wohnung, dann lachte sie freundlich und machte mir „Stampfkartoffeln" mit Ketchup, ein wunderbares Gericht. Sie roch noch stärker nach Alkohol als Vatta, aber auch nach „französischem Parfum", wie sie sagte, und hatte orangefarbenen Lippenstift.

Als die Heizungsmonteure mal wieder im Keller waren, schrie sie durchs ganze Treppenhaus:

„Zwanzig Mark, 'n Bier und einen blasen!" Genau in dem Ton, wie die Marktfrau „Die Äpfel heute nur 1,99" rief.

Selbst die Bauarbeiter entrüsteten sich.

„Dat is ne Proletin, nee, nee."

Frau Kaszubiak war schlagfertig und schrie zurück:

„Ich bin keine *Prelotin* nicht!"

Obwohl die Heizungsmonteure mit dem Kopf schüttelten, habe ich genau gesehen, wie sie manchmal zu ihr hoch schlichen.

Ich fragte Vatta:

„Vatta, was ist eigentlich ‚einen blasen‘?“

Schweigen.

„Vatta, was arbeitet Frau Kaszubiak?“

„Det is ne Jewerbliche“, sagte Vatta.

„So wie Luzie?“ fragte ich.

„Ach watt, wie kommste denn dadrauf?“

„Hast du selber mal gesagt, dass die sich wie ne Gewerbliche benimmt.“

„Det is Schweinekram, det brauchste nich zu wissen, lern lieber watt für die Schule.“

Mehr war einfach nicht aus ihm rauszukriegen.

„Mutti, was ist einen blasen?“

Mutti verzog vor Ekel den Mund und schwieg.

Gegenüber von Quäckes wohnte Drulevic, ein alter Jugoslawe mit Atemnot, der viele Kinder hatte. Er klaute uns beim Fußballspielen die Bälle, sobald sie in seine Nähe kamen. Stundenlang stand er am Spielfeldrand in der prallen Sonne, unbeweglich, aber gefährlich wie eine Echse. Wenn einer von uns oder ein Ball etwa in die Zone von fünf Metern um ihn herum kam, konnte er blitzschnell stoßen und treten, oder wie erwähnt sich des Fußballs bemächtigen. Es hieß, er habe einen ganzen Schrank voll herrlicher Fußbälle. Sein Sohn, Gagi genannt, war neben Christoph mein bester Freund. Gagi war viel älter als ich, fünf oder sechs Jahre älter, und war der stärkste Junge in der Straße. Er war ein netter Kerl, obwohl auch er mich immer beklaute. Das aber war nicht schlimm, zumal es mir erst Jahre später bewusst geworden ist. Plötzlich fehlte irgendetwas aus meiner Schatztruhe und ich konnte mir nicht erklären, wo es war.

Meistens suchte ich ein bisschen und vergaß den fehlenden Gegenstand dann. Das Einzige, was ich ihm auch heute schwer verzeihen kann, war, dass eines Tages mein Lieblingsindianer fehlte. Dieser Indianer war ganz und gar außergewöhnlich. Er hatte einen Kopfschmuck voll prächtiger Federn, die bis zum Boden reichten, was ihn eindeutig als Häuptling auswies. Vermutlich war er nicht einer von vielen Unterhäuptlingen, sondern der Oberhäuptling eines großen Stammes, ja sogar einer Allianz von Stämmen, die den Weißen endlich den Garaus machten … So stellte ich es mir jedenfalls vor und der Häuptling spielte eine zentrale Rolle in meinen Kinderspielen, weshalb ich ihn lange und verzweifelt suchte. Was Gagi mir nicht klaute, luchste er mir mit dubiosen Tauschgeschäften ab, die mir plausibel schienen, weil ich eben jünger war. Gegen meine besten Spielsachen tauschte er irgendeinen Schund, für den ich mich gerade begeisterte. Sensationell war seine Wasserpistole, die um die Ecke schießen konnte. Man konnte damit so tun, als würde man geradeaus schießen, in Wirklichkeit wurde aber der Nebenmann nass. Ich tauschte mein 120 Mark teures Cowboy-Fort gegen die Pistole ein und erzählte es stolz Luzie und Mutti, die die Hände über dem Kopf zusammenschlugen. Oder er hatte ein blau marmoriertes Stück geschmolzenes Glas, das herrlich anzuschauen war, ein Abfallprodukt aus der Glaserei, in der ein Bruder von ihm arbeitete. Ich fand das so zauberhaft und gab ihm dafür eine Silbermünze von meinem Uropa, und so weiter. Wir spielten meistens bei uns und nicht bei Gagi. Bei Gagi gab es weder zu Essen noch zu Trinken, da seine Eltern ihr Geld für Zigaretten brauchten. Bei uns gab es immer Cola, und Gagi schmierte sich Nutellabrote, auf denen er ein viertel Glas Nutella verstrich. Mutti sagte nichts und Vatta machte Mittagsschläfchen oder war betrunken. Gagis Wohnung war noch heruntergekommener als unsere, überall standen Sachen herum, die seine Mutter eigentlich wegschmeißen wollte und es stank, weil nie gelüftet wurde. Die Fenster waren super isoliert, dadurch wurden Heizkosten gespart. Seine Mutter, Frau Drulevic, war nach außen hin freundlicher als sein Alter. Oft versprach sie uns:

„Morgen mach ich euch Cevapcici, scheen Cevapcici." Cevapcici gab es aber nie. Frau Drulevic hatte von morgens bis abends ein rosa-kunstseidenes Nachthemd an, von dem sie dachte, dass auch Schauspielerinnen es trügen. Sie schien täglich den Moment des Ankleidens soweit zu verzögern, bis es sich nun auch nicht mehr lohnte.

Gagis Eltern saßen meist vor dem Fernseher und redeten so gut wie nie miteinander. Einmal hörte ich sie etwas sagen, als gerade ein Bericht über hungernde Kinder aus Afrika kam. Wie immer, fing sie an zu weinen.

„Oh, das Ejlend, oh wie grausig!"

Herr Drulevic wollte umschalten, weil gerade ein Fußballspiel begann, da schrie sie ihn an.

„Ah, du hast keijn Herz, die toten Kinderchen sind egal fihr dich!"

Da schaltete Herr Drulevic doch nicht um, und Frau Drulevic konnte weiterheulen.

✣

„Francesco, wir müssen richtige Freunde werden!" sagte Gagi.

Also machten wir Blutsbrüderschaft wie Winnetou und Old Shatterhand im Fernsehen. Wir ritzten uns mit einem Messer ein bisschen die Haut an der Stelle der Pulsadern auf, schauten uns feierlich an und gaben uns die Hand, so dass unser Blut sich vermischte. Danach rauchten wir die Friedenspfeife, das war ein Stück getrocknetes Schilfgras, was wir an einem Ende anzündeten. Gagi war, wie gesagt, der stärkste Junge der Straße, und er war ausgewiesenermaßen noch asozialer als ich, denn die Familie lebte von Asozialhilfe. Alle hatten Angst vor ihm, und deswegen tat mir niemand etwas. Vor allem die Jungs am Ende der Straße, deren Eltern eigene Häuser hatten, fürchteten und hassten Gagi.

Auf dem Weg zum Freibad lauerten sie Gagi und mir zu sechst auf.

Ich sehe schon von weitem, dass sich hinter einem Busch etwas bewegt. Sie stürzen sich auf Gagi, er rennt weg. Unglaublich schnell. Sie werden ihn nie kriegen, denke ich. Sie verfolgen ihn, aber er wird nun langsamer, obwohl er doch eigentlich gut rennen kann. Er dreht sich plötzlich unvermutet um und schlägt dem ersten Verfolger mit der vollen Wucht des Laufens ins Gesicht. Dieser läuft mit Tempo in Gagis Schlag und kippt dann wie in Zeitlupe um. Ruckzuck hat er auch die anderen vermöbelt. Alles sehr schnell, kaum Zeit zum Staunen. Wir gehen weiter, als wäre nichts gewesen. Keiner von uns erwähnt den Vorfall, denn Gagi ist „cool“. Es ist einfach nicht der Rede wert für ihn.

Als Gagi noch kleiner war, war er zahlreichen Hänseleien ausgesetzt. Wo immer er hinkam, musste er Demütigungen vorbeugen.

„Sach et nich! Sach et nich!“ bat er.

„Sach nich dat Woart!“

Doch überall sagte man das Wort.

„Asozialer!“

Daraufhin verlor Gagi die Kontrolle und prügelte sich mit buchstäblich jedem. Selbstverständlich verlor er, weil er noch klein war, und die Großen machten sich nur noch mehr über ihn lustig. Dann lag er unten, ein Großer machte Muskelreiten auf ihm und sagte, nachdem er Gagi ausgiebig gequält hatte: „Na, Asi, ergibste dich?"

„Nee, Arschloch, Drecksau, Wixer."

Dann wurde er nicht nur aus Spaß, sondern auch aus Wut weitergegeißelt, bis die Peiniger ermüdet waren.

„Na, Asi, ergibste dich jetzt?"

Gagi sagte ja. Doch kaum wurde er eine Sekunde losgelassen, ging er wieder auf den Großen los. Gagi war ein Krieger.

Ich aber verstand mich gut mit ihm, denn meistens war er ein lustiger Kerl, der gerne feierte. Er machte mit seinen Brüdern und Schwestern jeden Samstag Feste in der Waschküche, die sie mit alten Teppichen und Sofas zu einem gemütlichen Partyraum umgestaltet hatten. Sie tranken Bier und rauchten und hörten „Kung Fu Fighting" und die Lieder von der Gruppe Middle of the Road. Gagi sagte:

„Eh, Kurzer, zieh mal hier an de Zigarette. Wenn de rauchs, bisse ein Mann."

Doch ich blieb standhaft.

„Nö, Gagi, keine Lust."

Er ließ mich in Ruhe und tanzte supercool, mit Zigarette im Mundwinkel, klatschte in die Hände und machte Kung-Fu-Bewegungen. Dabei verengten sich seine Augen zu Schlitzen, wegen des Zigarettenrauchs, gleichzeitig grinste er. Alles in allem eine schwer beeindruckende Vorstellung.

Aus dem Plattenspieler ertönte: „Oh, oh oh oooh, everybody loves Kung-Fu-fighting. Those fists are fast as lightning."

Dann sagte er: „So, jetzt wollen wir mal Möpse fangen spielen!" und schaute seiner Schwester Helga, die, wie er sagte, eine Gesichtsbaracke war, auf den Busen.

„Möpse fangen? Wie geht denn das?" fragte ich.

Helga, sonst stumm wie ein Fisch, sagte:

„Hör auf, Gagi, nicht vor dem Kurzen."

„Halt's Maul! Na, dann pass mal gut auf, Professor!"

So nannte Gagi mich, weil ich mitunter große Reden schwang. Dann krabbelte er mit der Hand unter Helgas Pulli und knetete ihren Busen.

„Da sind sie ja, die Möpse!" Alles lachte. „So, Professor, jetzt bist du dran."

„Ach ne, Gagi, lass mal!"

Ich mochte die Gesichtsbaracke nicht besonders, und irgendwie war mir die Sache nicht geheuer.

„Komm schon Professor, fang den Mops!"

Also gut, dachte ich, wenn ich schon nicht rauche. Ich wollte kein totaler Spielverderber sein und schob unwillig meine Hand unter Helgas Pulli, die teilnahmslos in die andere Richtung schaute und natürlich keinen BH anhatte. Als ich Helgas Busen berührte, änderte sich meine Meinung schlagartig. Ich wusste nicht, dass Helga so … so großartig sein konnte. Ich wusste gar nicht genau, was eigentlich passierte, nur, dass es sich mehr als gut anfühlte und nicht mehr rückgängig zu machen war.

„Na also, der Professor hat den Mops gefangen!" rief Gagi, klatschte in die Hände und machte das Licht aus. Ein Chaos brach los. Ich wurde irgendwie in die Ecke gestoßen, und Helga juchzte: „Nicht, Gagi, du Sau! Nicht die Hose, du Schwein!"

Als ich an diesem Abend, wie an jedem Abend, an mir herumspielte, machte es mir wie jeden Abend Spaß, doch dieses Mal war etwas anders als sonst. Ein panikartiges und doch schönes Gefühl mischte sich gefährlich in das, was vorher nur angenehm gewesen war.

Direkt gegenüber von uns wohnte Kurt Willi mit seiner Frau Agathe und dem Sohn „Puma-Willi". Der Sohn hieß Puma-Willi, weil er ein sauguter Torwart im Verein TuS-Wandhofen war. Außerdem war er ein gefürchteter Schläger.

„Wo Puma-Willi hinschlägt, wächst kein Gras mehr!" hieß es ehrfürchtig.

Puma war schon zwanzig und immer freundlich zu mir.

„Na, Arschi", pflegte er mich zu grüßen, wenn wir uns im Treppenhaus sahen, „alles klar?"

Oder er schrie:

„Alles kla, alles kla, alles klaaa?"

„Alles klar, Puma!" sagte ich stolz. „Und bei dir?"

„Muss woll", sagte Puma.

Alles, was Puma machte, machte er laut. Wenn er durchs Treppenhaus ging, schrie er immer aus irgendeinem Grund. Wenn er guten Tag sagte, schrie er, und wenn er gute Nacht sagte, schrie er auch. Aber im Grunde genommen hatte er ein gutes Herz. Sein Lieblingswort war „korrekt" und er schrie es oft unvermittelt in lang gezogenem Ton durchs Treppenhaus, wenn er gute Laune hatte:

„Korreeeeekt!"

Das Wörtchen hat eine abenteuerliche Historie hinter sich. Beginnend als Ausdruck für einen ordnungsgemäßen Sachverhalt im Amtsdeutschen, endete es als Schlachtruf für Proleten. Pumas Vater Kurt saß gerne vor dem Haus und war zumeist mit einem Unterhemd und einer kurzen Hose bekleidet. Das Einzige, was er dort vor dem Haus unternahm, war Unmengen Bier zu trinken. Er hatte einen leuchtend-dunkelroten Kopf, den er in minütlichen Abständen schräg hielt, um auf sein Auto zu schauen, wobei jedesmal ein kindliches Lächeln in seinem ansonsten unbeweglichen Gesicht aufzog. Auch er konnte nicht mit normaler Stimme sprechen, sondern knarzte mit knarrender, schnurrender Säuferstimme. Er war schon früh in Rente gegangen, weil, wie Vatta sagte:

„... er uff krank jemacht hat! Der is so oft ins Krankenhaus jegangen und hat markiert, dat se ihn zehnmal untert Messer jelecht ham. Der hat sich auf hundert Prozent operieren lassen! Det isn Schlauer, der Kurt."

Etwa einmal im Monat vermöbelte Kurt seine Frau Agathe, dass es krachte. Man hörte es im ganzen Haus scharren und rumsen, und kurz darauf heulte Agathe so laut, dass man noch nicht einmal das Ohr an die Haustüre legen musste.

„Huhuhu! Huhuhu! Hilfe, zur Hilfe ..."

Kurt brüllte: „Ich bring dich uuum!"

Wieder Rumsen, wieder Heulen, wieder Versprechungen, die nicht eingehalten wurden. Die restlichen Mietparteien machten den Fernseher aus und schlichen zur Tür, um noch besser hören zu können. Das war besser als Fernsehen. Nur Vatta blieb sitzen. Einmal, als es gar zu schlimm war, es war schon recht spät, ging Vatta hinüber. Was sich dann ereignete, erzählte Vatta oft und gern. Es war sein kleines Heldengeschichtchen.

„Also ick denke, nee, nee, nu reicht's. Der schlägt se ja wirklich tot heute Abend. Ick nehm de Flasche Klaren mit und jehe rüber und klingel. Kurt macht auf und hat ne Pistole in der Hand. ‚Paul', sacht er, ‚Paul, ick mach meene Alte schräg.' Da sitzt er im Wohnzimmer und fuchtelt mit de Pistole rum. Agathe liegt uf'm Boden unterm Wohnzimmertisch und heult. ‚Nee', sacht der Kurt, ‚ick mach Schluss mit der Alten', und tritt noch mal so richtig zu. Agathe flennt wie bekloppt. Da nimmt er de Knarre und zielt uff ihren Kopf und entsichert. Ick sach: ‚Mensch Kurt, mach keen Quatsch. Willste etwa innen Knast? Mach dir nich unglücklich. Jibb mich de Pistole!'

‚Ick jeh nich innen Knast', sacht er, ‚ne, nehehe. Ick jeh dahin, wo Männer noch richtich frei sein können ...'

Ick jeh langsam uff Kurt zu. Da zielt er uff mir und sacht: ‚Paul, keenen Schritt näher, ick mach jetzt ernst mit der Alten. Det hat se sich jut verdient. Hab se inner Stadt erwischt beim Rumpussieren. Nee, ick lass mir nich mehr verarschen. Ick nich mehr! Neheheee.' Und wieder tritt er zu. Ick jehe noch een Schritt näher, der Schweeß steht mich uff de Stirn. Ick sach, ‚Kurt, jibb mich de Pistole, jibb se her.' Da zielt er wieder uff mir und sacht: ‚Paul, ick hab dir immer jemocht, du bist 'n korrekter Kerl, aber nu bleib, wo de bist!' Ick jehe immer näher, und mit een Ruck nehm ick ihm de Pistole einfach aus der Hand. Da fällt er mich plötzlich in de Arme, und, watt soll ick euch sajen, dann hat er jeweent und jeweent."

Das war also Vattas Heldengeschichte, die wir uns an die hundertmal anhören mussten.

Vatta merkte, dass ich nun in der Pubertät war. Wenn ich auf die Toilette ging, schlug er gegen die Tür und rief lauthals:

„Mensch, der wichst schon wieder, det Schween, det!“

Alle hörten weg, doch mir war das ungeheuer peinlich. Auch deckte er mich permanent mit Weisheiten über Frauen ein.

„Knattskopp, merk dich, haste Jeld, haste Weeber!“

Er nahm prophetisch groß angelegte wissenschaftliche Untersuchungen voraus, die diese erschreckende Erkenntnis irgendwann einmal bestätigen sollten. Leider stehen noch nicht einmal die schlechtesten Frauen auf Männer mit Geld. Vatta hatte nun „keene Weeber“ mehr, außer vielleicht die Gewerblichen, und selbst der Besuch der Gewerblichen sollte sich bald schwierig gestalten.

Eines Abends, er war außerordentlich betrunken, schimpfte Vatta auf die ganze Welt. Es handelt sich hier nur um Nuancen: er war betrunkener als gewöhnlich, während er manchmal auch etwas weniger als gewöhnlich betrunken war. Das waren nur kleine Variationen um das Thema, das immer Vollrausch hieß. Ich wurde „Bastard“ und „Itaka“ genannt, was mich regelmäßig wütend machte, und Mutti wurde mit „Mistvieh“ und „gehässigem Weib“ eingedeckt. Und wenn alles nichts mehr half, kam der Kommunisten-Opa auf den Plan. Also eigentlich ein normaler Abend, und doch müsste ich, wenn dies eine erdachte Geschichte wäre, ein Gewitter erfinden, oder aber erzählen, dass die Uhr stehenblieb. Es geschah nichts dergleichen. Das Wetter war diesig, wie immer, und die Uhr tickte.

„Jetzt will ick mal ins Bette.“ Vatta steht auf, verdunkelt wie gewöhnlich und geht ins Schlafzimmer. Kurz darauf ein dumpfer Knall. Mutti läuft ins Schlafzimmer und ich hinterher. Nichts Dramatisches, Vatta ist wieder einmal auf die Fresse gefallen, liegt da und stöhnt und flucht.

„Mistviech, haste wieder zu jlatt jebohnert!"

Wir schleppen ihn ins Bett und gehen selbst schlafen. Am nächsten Morgen steht Vatta nicht auf, weil er so große Schmerzen hat, und wir rufen Doktor Criens, den Quacksalber des Ortes, welcher ihn ins Krankenhaus überweist. Oberschenkelhalsbruch.

War nun der Abschied aus der Frauenwelt der erste Schritt in Richtung Hölle, dieses Malheur war der zweite. Nun tat Vatta gar nichts mehr oder vielmehr: Er hatte eine Rechtfertigung, um gar nichts mehr zu tun. Er ging nicht mehr vor die Tür, sondern stellte sich nur noch ab und zu ans Fenster, wo er mit aufgestützten Ellenbogen unsere eher ruhige Straße betrachtete, wovon seine Ellen bald ledrig wurden. Am liebsten schaute er sich sonntags die Kirchgänger an und griente dabei in sich hinein wie ein altes Gorillamännchen, ein Silberrücken. Er las immer weniger Zeitung oder Biographien, schaute nur noch Fernsehen. Seine Laune wurde von Monat zu Monat schlechter.

Das einzige Vergnügen, welches er trotz der Mühe, die es kostete, aufrechterhielt, war die alljährliche Autofahrt in die Ostzone. Die Fahrt zurück in die Vergangenheit, dorthin, wo er herkam und wo er einst nichts weniger als ein König gewesen war. Und in der Tat, noch immer wurde er dort wie ein Potentat empfangen, obwohl er humpelnd, dick und abgehalftert war. Die Erinnerung und sein alter Ruf hatten noch Bestand, und außerdem war er ja nun der reiche Onkel aus dem Westen. Wenn er von der Ostzone erzählte, glänzten seine Augen. Die Ostzone, so dachte ich, muss so eine Art Paradies sein. Auch Mutti redete immer gut von der Zone, so, als ob dort, im

Gegensatz zum Westen, richtige Menschen lebten. Etwa zwei Wochen bevor Vatta losfuhr, geriet er schon in Hochstimmung. Er rief Tante Rosel an, eine Verwandte, die uns ab und zu besuchte, Pfifferlinge mitbrachte und hervorragenden Kuchen backen konnte. Bei Rosel wohnte Vatta, wenn er „drüben“ war, sie verehrte ihn. Wenn er anrief, organisierte sie alles, um seine Anwesenheit in der Zone so angenehm wie möglich zu gestalten. Kurz vor seiner Ankunft wurde ein Schwein geschlachtet, und Vatta erkundigte sich schon am Telefon: „Rosel, is die Sau jestochen? Wie war se denn? Schön fett, ja?“ Konzentriertes Zuhören, zufriedenes Grunzen, gefolgt von leiser Sorge: „Aber doch auch saftig und zart?“ – und so weiter.

Ich wurde in den Konsum geschickt, um große Mengen einzukaufen. Vor allem Kaffee, Coca-Cola, Nylonstrümpfe, Kaugummi und alle Arten Süßigkeiten. Gagi und ich machten Witze: „Jetzt geht Vatta in den Osten und spielt wieder ‚Für eine Handvoll Nylons‘!“

In der Zone soff Vatta noch mehr als im Westen. Die Bewirtung war fürstlich, wo auch immer der gefallene König hinhumpelte. Wieder zurück, war er sehr schlecht gelaunt. Er meckerte dann buchstäblich von morgens bis abends. In dieser verkaterten Stimmung war er besonders empfänglich für das, was ich „mein kleines Kabarett“ nannte. Und das ging so: Ich stellte mich gerade außerhalb der Reichweite seiner Krücke auf und spielte, ihn persiflierend und verhöhnend, den Abend nach, an dem er sich den Oberschenkelhals gebrochen hatte. Dabei interpretierte ich die Rolle derart, dass nur allzu deutlich herauskam, was verschwiegen werden sollte, nämlich, dass natürlich nicht Erna schuld war, die „zu jlatt jebohnert“ hatte, sondern niemand anderes als er selbst, der zuviel getrunken hatte und des Geizes wegen im Dunkeln lief. Das ärgerte ihn furchtbar, und er versuchte, mich mit der Krücke zu schlagen, vor allem, wenn ich ihm ein bisschen näher gekommen war. Aber ich war mittlerweile ein geschickter Torero und konnte fast immer den entscheidenden Schritt zurück machen, zumal der Stier ja betrunken und angebunden war.

„Flink wie 'n Wiesel is det Schween …"

Dann schmiss er mit dem Leoparden nach mir – eine furchteinflößende Waffe – doch meistens konnte ich erfolgreich ausweichen. Manchmal bekam er eine so unmäßige Wut, dass er sogar aufstand. Das dauerte aber sehr lange. Krücke weglegen, sich zitternd und mit hochrotem Kopf auf der Lehne hochdrücken, Krücke wieder nehmen, orten, wo ich mittlerweile bin, so dass ich schon längst über alle Berge war. Oft ging ich auch in Schlangenlinien vor ihm her, wie eine Ente angewinkelten Armes mit den Flügeln schlagend und mit hoher Stimme gakkernd. Dann aber nichts wie in mein Zimmer und den Eishockeyschläger unter die Türklinke geklemmt. Für den Abend kam ich dann besser nicht mehr raus und hörte Musik, unterbrochen nur von dem unterschwelligen Geräusch, das der Streit zwischen meinen Großeltern erzeugte.

Je älter Vatta wurde, und je älter ich wurde, umso mehr drehte sich der Spieß um, umso öfter ärgerte ich ihn und umso seltener er mich. Ich wurde stärker, er schwächer. Er hatte die Fackel des Lebens weitergereicht.

Ich baute mit meinem Junior-Elektrobaukasten eine Alarmanlage, die beim Öffnen des Zählerschrankes aktiviert wurde. Vatta drehte gerne Sicherungen heraus, damit wir auch im Winter Heizkosten sparen konnten. Da wir Nachtspeicheröfen hatten, bemerkte man das erst am nächsten Tag, wenn die ganze Wohnung kalt war. Man bedenke, dass wir uns nicht in der Zeit doppelt verglaster Scheiben befanden und es nur wenige Fenster in der Wohnung gab, die relativ dicht schlossen. Wir froren wie die Schneider, nur Vatta merkte nichts und saß im Unterhemd da. Dank meiner Alarmanlage konnte Mutti hören, wenn Vatta den Zählerschrank öffnete, und danach die Ersatzsicherung hineindrehen, die sie sich heimlich gekauft hatte.

Ein anderes Mal, als ihn seine Saufkumpanen besuchten, musste die ganze Wohnung auf Hochglanz gebracht werden. Selbst ich sollte mein Zimmer aufräumen, doch ich weigerte mich hartnäckig. Ich hatte einen Plan. Noch bevor die „Jäste" eintrudelten, versteckte ich mich in meinem Winkel hinter dem Sofa. Als die „jemütliche" Runde komplett beisammensaß und Reden schwang, steckte ich mein Blasrohr durch einen winzigen Schlitz zwischen den Polstern hindurch und schoss dem Mann mit dem Dackel eine getrocknete Erbse genau ins Gesicht. Das tat weh, denn das Blasrohr war lang und war im Durchmesser nur etwas größer als die Erbsen.

„Au!"

„Watt denn?" sagt Vatta.

„Ich glaub, mich hat ne Wespe gestochen."

„Quatsch Wespe, du verträgst nüscht mehr …"

„Gib mir noch 'n Klaren."

„Jib ihn noch 'n Klaren", sagt Vatta zu einem anderen Saufkollegen, der näher an der Schnapsflasche sitzt.

„Aach", macht der Mann mit dem Dackel, nachdem er das Glas in einem Zug geleert hat. Dann verzieht er das Gesicht wie zu einem schmerzhaften Grinsen, weil der Schnaps so schön brennt.

„Geht schon besser." Alle lachen.

„Ja also", sagt Vatta.

Der fiese Dackel knurrt, er liegt nur ungefähr zwei Meter von mir entfernt und wittert mich. Dafür kassiert er eine phantastisch plazierte Erbse genau auf die Nase. Wie vom Blitz getroffen jankt er und verzieht sich aus dem Zimmer.

Ich schieße in großen Abständen aus meinem guten Versteck heraus, so dass es eine Weile dauert, bis sie etwas merken.

„Au! Ja, det iss doch …"

„Da ist was geflogen, … hier", sagt ein anderer und hebt eine Erbse auf.

„Ne Erbse."

Jetzt riecht Vatta den Braten.

„Knattskopp, hör uff!" lacht Vatta, wohl auch ein bisschen amüsiert über meinen kleinen Streich, vor allem, weil es ihn ja nicht getroffen hat. Noch nicht.

Ich antworte ihm mit einer virtuos geschossenen Salve von mindestens zehn Erbsen mitten ins Gesicht.

Ich nannte diese schwierige Schusstechnik „Kalaschnikoff" und war mächtig stolz darauf. Man muss dafür den halben Mund voller Erbsen nehmen, sie gut mit Spucke einölen, dann alle möglichst nahe an die Mündung des Blasrohrs bringen und in einem gewaltigen Luftstoß, wie bei einem schweren Husten, abfeuern. Man kann auf diese Weise tatsächlich etwa zehn Schuss pro einer halben Sekunde machen. Da das Blasrohr, wie gesagt, lang genug ist, um den Erbsen Schwung zu verleihen, war so eine Salve beinahe tödlich.

„Au, Au! Na, warte, ick werd dir … Hörste endlich uff", schreit Vatta.

„Okay, ich höre auf", sage ich, eine Stimme aus dem Nichts.

Ich lasse mich aber nicht beirren und mache den ganzen Abend weiter, mehrmals versprechend, ich höre jetzt endlich auf. Kunstvoll blieb ich unter der Schwelle, die zum Eklat und zu Prügeln für mich geführt hätte. Vatta ist wie ein Dampfkochtopf, man muss von Zeit zu Zeit ein bisschen einlenken, Dampf ablassen, also eine kleine Pause einlegen und versprechen, dass man aufhöre, damit er nicht explodierte. Immer, wenn es gerade richtig „jemütlich" wird, feuere ich eine Salve ab.

„Hör uff!" schreit er mehrmals und tut so, als ob er aufstehe.

Doch er ist ja gewillt, den souveränen Hausherren zu geben,

und so kann er mich schlecht durchprügeln. Außerdem gehe ich zum Schein immer wieder kurz auf seine Ermahnungen ein. Die Männer aber dürfen mich nicht prügeln, weil sie in einem fremden Hause sind, und weil sie sich im Grunde nur für das Bier und den Korn interessieren, die es umsonst gibt.

Da machten sie dann wieder Politik und zeterten über die Sozis. Vattas größte Angst war, dass irgendjemand erfahren könnte oder schon erfahren hatte, dass seine Tochter Luzie in der SPD engagiert war. Das wussten natürlich schon alle, und obwohl es sich niemand traute, offen darüber zu sprechen, wurden doch hie und da leise Andeutungen gemacht, die Vatta ärgerten. Zuweilen stritt er mit Luzie über die Schande, die sie ihm bereitete, doch wenn er abends sehr besoffen war, sagte er zu mir, so ganz im Vertrauen:

„Knattskopp, die Luzie … ick globe, det wird mal de rechte Hand vom Willy Brandt."

„Glaub ich auch, Vatta."

Trotzdem hatte er große Angst, dass einer seiner Saufkumpanen von der Gesinnung seiner Tochter erführe.

Ich tyrannisierte die nette Abendrunde dermaßen, dass sie sich früher als gewohnt auflöste, ja, sogar noch bevor alle vollkommen betrunken waren. Der Tag war ein voller Erfolg für mich. Als Vatta den Letzten verabschiedet und zur Tür gebracht hatte, humpelte er so schnell er konnte zur Sitzecke, doch ich war schon in meinem Zimmer und hatte die Tür gesichert. Vatta tobte und stritt mit Mutti:

„Und du nimmst det Schween och noch immer in Schutz. Ick schmeiß den raus, morjen schmeiß ick den raus!"

Mutti kaufte mir am nächsten Tag zwei Tafeln Schokolade.

Meine Grundschullehrerin Frau Vokt sagte zu Mutti, dass ich auf die Hauptschule gehen solle, da ich allenfalls die Realschule schaffen würde. Mutti aber steckte mich ins Gymnasium, und ich dachte, nun bin ich wer. Ich schrieb gleich drei Fünfen in den ersten drei Arbeiten, dann stabilisierte ich mich auf einer schwachen Vier. Na also.

Vatta sollte mich zu einer schulischen Nachmittagsveranstaltung fahren, doch er hatte keine Lust dazu. Er ging zum Schein darauf ein, fuhr in den Sputnik und sagte: „Endstation!"

Es überkam mich, ich stieß ihm die Brille von der Nase. Zwar kein ausgewachsener Faustschlag, aber auch keine Streicheleinheit. Plötzlich erschrak ich über die Situation. Ich spürte, dass ich mein Blatt überreizt hatte. Er schlug sofort nach mir, doch ich schaffte es, schnell aus dem Auto zu kommen. Seine Haare waren wild durcheinander, er schwitzte stark, das Gesicht noch röter als gewöhnlich. Ich merkte, wie sehr es ihn erbitterte, dass so ein kleiner Rotzbalg ihn, den großen Mann, geschlagen hatte. Ich war aber kein Rotzbalg mehr, und er kein großer Mann.

Sollte hier der Eindruck entstehen, dass ich Vatta nun täglich quälte und er mich hingegen in Ruhe ließ, dann ist das falsch. Es war ein langsamer Prozess und keine plötzliche Wendung in einer scharfen Kurve. War er auch alt und nicht mehr bei Kräften, so war er doch immer noch ein virtuoser Quälgeist, der sich fürchterlich rächen konnte. So schrie er durch die Wohnung, wenn Freunde von mir da waren und ich gerade auf der Toilette saß: „Wichst denn der schon wieder? Neeh, wat 'n Schween! 1000 Schuss, dann is Schluss! Dat jibt Jehirnerweichung!"

Ein andermal, Gagi und Christoph waren da: „Der da, der wird niemals ne Frau haben. Niemals, denn det is 'n warmer

Bruder, det sach ich euch. Brauchste nur den dicken Arsch ankieken!“

Er spielte bei solchen Gelegenheiten auch auf meine Zeit als Messdiener an, die mir mittlerweile hochnotpeinlich war, und erläuterte, was in der Sakristei zwischen Pfarrer und Messdiener so alles passierte. Natürlich traf er damit nicht ins Schwarze, trotzdem verfehlte es seine Wirkung nicht. Womit er ins Schwarze traf, war die Sache mit den Frauen und meiner Jungfräulichkeit, das saß. Ein anderes Mal, wir hörten gerade Rockmusik, sagte er: „Knattskopp, spiel mal ne Platte von Ernst Mosch und sene Egerländer, die wolltest du doch koofen!“

Hier verknüpfte er Eigeninteresse und Quälerei aufs Feinste, denn fortan ärgerten mich meine Kumpels mit dem Gerücht, ich sei ein Fan von Ernst Mosch und seinen Egerländern. Vatta war tatsächlich ein großer Fan von dieser Combo. Er erhoffte sich wohl, dass ich irgendwann solch eine Platte kaufte und sie auf dem heiligen alten Plattenspieler spielte, den ich von Luzie geerbt hatte.

Auch wenn meine Kollegen nicht zu Besuch waren, nervte er mich damit.

„Ernst Mosch! Ernst Mosch! Det is Musik, nich det Niggergejaule, dette da hörst!“

Ernst Mosch und seine Egerländer waren für mich das Schrecklichste und Peinlichste, was Musik hergab. Die Fernsehauftritte von Ernst Mosch und seinen Egerländern übten trotzdem eine Faszination auf mich aus, der ich mich kaum entziehen konnte. Vor allem, wenn die Kamera in das Publikum schwenkte und hochgerötete Gesichter in schunkelnder Bierseligkeit zeigte oder stramme alte Herren, die militärisch mit der Faust den Takt mitdirigierten. Ich konnte nicht abschalten oder aus dem Zimmer gehen. Ernst Mosch hat neulich ins Gras gebissen. Bevor er starb, hat er gesagt: „Unser sanfter Gesang muss über dem ganzen Saal liegen wie ein Fettauge!“

Ich träumte eine Version des jüngsten Tages. Ernst Mosch und James Last spielen mit ihrer gemeinsamen Combo so richtig auf. Der Alte hat sie geweckt, und sie glauben an ihr großes Comeback, doch in Wirklichkeit, das ist der Trick des Alten, ist das die fürchterliche Untergangsmusik, die die Toten weckt. Die Toten winden sich, so erschrocken, wie sie nie erschraken. Vor allen Dingen Beethoven und Jimmi Hendrix drehen sich so lange im Grab, bis sie wach werden und bis sie sich nach oben freirotiert haben. Sie sehen überhaupt nicht amüsiert aus. Jimmis Gitarre gleicht einem großen Beil, auf dem man auch Gitarre spielen kann. Und in und aus Beethovens Ohren fließen rote und dunkelrote Lavaströme hinein und hinaus, biegen sich weitläufig, um mit seinen wilden Haaren, die nun auch aus Lava zu sein scheinen, ineinandergleitend zu kämpfen wie ein Schlangenrudel. Sie gehen zu James und Ernst, welche erfreut sind, als sie die „lieben Kollegen“ sehen. Es ergeht ein Angebot und eine Aufforderung zum Mitspielen, doch die apokalyptischen Genies schweigen nur.

„Ihr habt die Kunst verraten“, sagt Beethoven mit Grabesstimme.

„Fuck, yeah“, sagt Jimmi, der jetzt ein bisschen lacht, keiner weiß, warum. Dann fangen seine riesigen Pupillen an, buntmäandernd zu rotieren, er nimmt wie elektrisiert sein Gitarrenbeil und spielt ein Riff, das die gesamte Combo mit Napalm überzieht. Das Geschrei ist entsetzlich und plötzlich merke ich mit Grauen, dass auch ich auf der Bühne neben den schreienden und sich windenden lustigen Musikanten stehe.

„Und du hast Ernst Mosch und seine Egerländer auf deinem Plattenspieler gespielt“, sagt Jimmi mit stark amerikanischem Akzent und zeigt dabei auf mich. Ich will weglaufen, doch Vatta hält mich fest: „Vatta hat mich gezwungen, ich wollte das nicht, bitte, ich schwöre.“

Schon zeigt er mit seiner fürchterlichen Gitarre in meine Richtung, da klopft es an die Tür: „Die Toasts sind fertig!“

Schweißgebadet wache ich auf, gehe ins Wohnzimmer und setze mich erst einmal. Ich vergesse, das Gebläse der Heizung und den Plattenspieler anzuschalten. Ich fühle mich wie von Monstern der Nacht durchgekaut und ausgespuckt. Erleichtert esse ich meine Nutella-Toasts, köstlich rinnt die eiskalte Cola meinen Hals hinunter, der noch ein bisschen vom Napalmdampf brennt.

Die Schule verlief oft ereignislos. Wenn ich mich daran zurückzuerinnern suche, sehe ich durch einen dumpfen Nebel des Vergessens auf nur wenige Einzelereignisse. Es war lähmend, langsam und unmerklich wurde man erstickt.

„Obwohl ich große Kräfte habe, bin ich doch nichts als ein Gefangener“, sagte der Silberstürmer. Ich verträumte alle Schulstunden von morgens bis mittags oder störte. Oder ich schaute Carolin an, denn Carolin war wunderschön. Ich hatte es im Kunstunterricht glücklicherweise hinbekommen, so zu sitzen, dass ich sie leicht anschauen konnte, ohne dass sie es allzu deutlich merkte. Ihren Körper hätte man sofort in Bronze gießen können, aber das war nicht der Punkt. Ihre Mutter war Sizilianerin. Leider gelähmt, aber gütig und stolz. Carolin war also eine halbe Sizilianerin und sie hatte etwas, das man im Norden nicht finden kann. Ihre Haare waren so schwarz, dass sie blau leuchteten, und ihre Augen so blau, dass sie noch blauer leuchteten als das Meer Siziliens in der Mittagshitze. „Das ist in Sizilien normal", sagte sie bescheiden. Sie machte kein großes Aufsehen um ihr grandioses Gesicht, war überhaupt nicht zickig oder arrogant. Dabei waren ihre Züge wie aus einem Renaissance-Gemälde gestohlen, und ich hätte mich nicht gewundert, wenn seit Carolins Geburt in einem Botticelli-Gemälde eine Frau ohne Gesicht leben musste. Ihre Züge waren alabasterblass und geradezu unerträglich edel. Sie anzuschauen war wie trinken, war Labung und Letzung meines geschundenen Daseins. Der Schmerz in der Welt war kleiner, solange ich sie anschauen konnte. Dabei war sie auch noch ein sehr warmer und schüchterner Mensch, es schlug ein süditalienisches Herz in ihr. Es war zum Verrücktwerden. Carolin, wo immer du jetzt bist, ich gedenke deiner, ich singe dein hohes Lied, nie hat dich jemand so schön gefunden wie ich! Schüchtern warst du – und doch die wahre Königin der Schule.

Wenn es aber keinen Kunstunterricht gab, sackte ich auf meinem Stuhl zusammen und entfernte mich in andere Welten. Ich surfte mit dem Silberstürmer oder stellte mir vor, ich sei in einem Shaolin-Kloster erzogen worden und könnte mordsmäßig Kung-Fu. Erst rettete ich die Welt, oder eine Stadt, oder die Klasse, und dann verliebten sich alle Mädchen in mich. Die Choreographie war einfach, im Prinzip immer gleich, aber gut. Irgendwann wurde es dann doch langweilig und ich sehnte das Schulende herbei.

Von drögen Träumereien ganz müde, besteige ich um viertel nach eins den Bus zur Heimfahrt, jetzt will ich nur noch meine

Fertigpizza und zwar mit dick Käse verfeinert. Ich bin hungrig und ein wenig genervt, der Bus zum Bersten überfüllt von lärmenden Grundschülern und großredenden Gymnasiasten. Alle hungrig und genervt, aber auch wie in einem fatalen Nebel gefangen, einem Schleier, der jede Bewegung, jeden möglichen Ausbruch im Keim erstickt. Am hinteren Ausgang werden ein paar Kleine zu Tränen geärgert, indem man sie nicht an den Bushaltestellen herauslässt, an denen sie aussteigen wollen. Die Schüler sind geschichtet wie Sardinen und vor mir steht, mir den Rücken zugewandt und sich mit einer Freundin unterhaltend, Jenny Ackerhorn. Jenny Ackerhorn wohnt eine Straße weiter als ich und ist, wie Vatta trefflich formuliert, schon ein „kulantet Weib“, wiewohl erst fünfzehn. Ich habe ein neutral-freundliches Verhältnis zu ihr und wir wechseln ein paar Grußworte. Was andere Mädchen als „Schmetterlinge im Bauch“ bezeichnen, nennt Jenny „Hummeln inne Furt“. Sie geht immer mit den großen Jungs aus, solchen, die schon Bartflaum haben und also richtige Männer sind. Bevorzugt trifft sie sich mit Handballern, was zu ihrem fast offiziellen Spitznamen „Siebenmeter“ führte. Da steht sie. Ihre strotzenden Rundungen beugen sich weder dem Diktat des Büstenhalters, noch dem ihres Höschens. Sie geht zur Zeit mit Dieter Cania, einem zwei Meter großen, schon achtzehnjährigen Handballer, dessen eindrucksvoller Spezialtrick darin besteht, mit angezogenen Beinen in die Mauer zu springen, um dann, zwei, drei Leute mitreißend, im Fallen dieses Menschenknäuels, noch ein Tor zu werfen. Dieter Cania ist der männlichste Mann, den ich kenne. Er trinkt auch sehr viel und wird schon mit zwanzig sterben, doch das ist eine andere Geschichte.

Gleichmäßig ruckelnd fährt der Bus die Landstraße entlang, ich merke, wie eine Gruppe von einer anderen Schule, die ich flüchtig kenne, sich über mich lustig macht. Berti, einer von ihnen, verzieht die Mundwinkel nach unten, um meinen Gesichtsausdruck nachzuahmen. Die anderen lachen.

Plötzlich macht ein Fahrradfahrer, auch ein Schüler, der schlecht gelaunt und gedankenverloren nach Hause fährt, einen Schlenker, der den Busfahrer zu einer Vollbremsung zwingt. Ein Kreischen geht durch den Bus, einige Schüler purzeln übereinander, andere können sich an den Haltestangen oder ihrem Nachbarn festkrallen. Ich werde fest gegen Jenny Ackerhorn gepresst, und sie drückt mit ihrem großen und prallen Apfelhintern dagegen. Nichts Besonderes eigentlich, nur dass sie *nach* der Vollbremsung eigentlich kein Grund mehr zum Dagegendrücken hat, und trotzdem drückt sie weiter, presst ihren Prachthintern gegen meinen Schoß und fängt nun auch noch an reibende und langsam kreisende Bewegungen zu vollführen, obwohl sie doch merken muss, dass ich einen verzweifelten Ständer habe. Ich halte dagegen. Im Bus merkt niemand etwas, weil es zu voll ist und die holprige Straße uns derart durchschüttelt, dass unsere Bewegungen nicht auffallen. So holpern wir Richtung Heimat, in steigender Lust die Becken aneinanderreibend. Ich denke, nein, ich fühle nur noch Jennys Pobacken oder besser, bin ein Medium zum Wahrnehmen ihrer Pobacken, löse mich ganz in ihnen auf und kann wohl nicht mal mehr auf Anfrage meinen Namen sagen. Nach einer endlos langen, aber viel zu kurzen Busfahrt, steigt sie aus und mir dämmert, dass auch ich aussteigen muss. Wir haben ein Stück gemeinsamen Weges und reden belangloses Zeug, wobei sie die ganze Zeit über leicht grinst. Dann kommt der Punkt an dem sich unsere Heimwege trennen, und sie bleibt stehen und sagt irgendetwas, wobei sie mich herausfordernd anschaut. Ich weiß, dass ihre Eltern arbeiten und sie sturmfreie Bude hat. So reden wir noch fünf Minuten, und ich bereite während des große Hirnkapazität freilassenden Gesprächs unaufhörlich die eine

Frage vor, die mich zu ihr nach Hause bringen wird. Ich überlege und überlege, dann entscheide ich mich für das Einfachste.

„Wollen wir noch zu dir gehen …“, will ich sagen und sage: „So, jetzt muss ich nach Hause, Ciao.“

Ich fliehe, verstört und böse verzaubert gehe ich in unsere Straße. Ich steige die Treppen des Treppenhauses hoch und spüre jede Stufe so schwer wie ein alter Mann. Ich lege mich auf mein Bett und höre „So lonely“ von Police. Ich fühle mich wie ein geprügelter Hund, der immerhin einmal am Knochen lecken durfte. Gequält denke ich an meine Jungfernschaft und an Jennys Apfelhintern. Mir wird klar, dass dies die einzige Salbe ist, die meine Wunden erträglich machen könnte. Ich brauche sie. Ich brauche das. So muss das Höllenfeuer brennen, von dem Pastor Thomas immer geredet hat, denke ich, auf jeden Fall hat der Teufel es so eingerichtet, wenn er umsichtig war …

Ich verträumte den Nachmittag und schlief unruhig in der Nacht, ich träumte viel und wachte so auf, als hätte ich gar nicht geschlafen und träumte gleich mit offenen Augen weiter. Es war, als hätte dieses hyperreale Ereignis mich verbrannt und als ob ich nun zum Ausgleich oder zur Strafe oder, um mich davon zu erholen, ewig in einer Traumwelt leben musste. In der Schule träumte ich weiter. In der Pause sah ich Jenny aus den Augenwinkeln, ich änderte meine Richtung, so dass sich unsere Wege kreuzten. Ich fieberte ihrem Gruß entgegen, doch sie ignorierte mich mit einem heiteren, vielleicht auch etwas verhöhnenden „Hallo“. Niedergeschlagen und gelähmt ging ich in den Klassenraum zurück. „Hallo“, das war alles und dabei würde es auch bleiben. „Hallo“ meinte eigentlich: „Hallo, du Versager, du Loser, der die Chance nicht ergriffen hat, der zu blöd war, eine schwache Stunde von mir auszunutzen, und der bestimmt keine Gelegenheit mehr kriegen wird.“

Sie hatte mir eine goldene Brücke gebaut und ich war nicht hinübergegangen. Rübergetragen wird man nicht auch noch. So einfach ist das.

⁂

Ich spürte, wie schwer die Mathestunde nun zu ertragen sein würde, so schwer, schwerer noch als die schlimmste Zwangsarbeit ist diese Tyrannei der Langeweile, vor allem, wenn man einen Korb zu verdauen hat. Mir wurde klar, dass diese Mathestunde nicht nur schwer werden, sondern dass ich sie schlicht nicht ertragen würde. Und so ging ich wie jemand, der zum Galgen geführt wird, sich willenlos und gebeugt in sein Schicksal fügend, ins Schulgebäude. Doch, Gnade der Unberechenbarkeit des Lebens, wenn ich gewusst hätte, welch herrliche Kurzweil die Mathestunde bereit hielt, ich wäre in den Klassenraum hineingesprungen, wie ein junges Fohlen aus der Koppel heraus.

Unsere Klasse galt als die wildeste und bösartigste der gesamten Schule und so wurden uns die unbeugsamsten Lehrer quasi als Widerpart entgegengestellt. Wir waren respektlos, zynisch und vor allem laut. „Die lauteste Klasse der Welt" nannten wir uns in Anlehnung an Motörhead. Wir waren stolz auf die Demontage und das verzweifelte Weinen von Lehrerinnen und sogar Lehrern.

Mathe gab Herr Grill, Grill aber quälte uns. Virtuos und ohne jedes lästige pädagogische Feingefühl, wusste er auf der Klaviatur des Machtgefälles zu spielen, welches zwischen ihm und uns bestand. So gefiel es ihm bei besonders indiskutablen Leistungen so genannte Achten zu verteilen, eine Zensur, die weit schwerer als eine Sechs wog, zumal er sie streng mathematisch verrechnete und der Träger einer Acht es selbst bei nachfolgenden guten Leistungen schwer hatte, auch nur in den Bereich einer Fünf aufzurücken.

Grill pflegte schlechte Klassenarbeiten, die über und über mit roten Strichen und sarkastischen Kommentaren übersät waren, dem Delinquenten mit stillem, ja andächtigem Lächeln auf den Platz zu legen. Der Arme riss dann das Arbeitsheft an sich, blätterte die Seiten durch, um endlich ans Ende der Arbeit zu gelangen, wo Grill dann seiner Gewohnheit gemäß die Zensur derartig winzig in eine unscheinbare Ecke des letzten Blattes geschrieben hatte, dass der Schüler in verzweifeltem Krampf und dicht über das Heft gebeugt, behindert noch durch seine Nervosität, die Note suchte, um dann in Tränen auszubrechen. Ich meldete mich im Unterricht nie, und die meisten Lehrer hatten sich daran gewöhnt, mich einfach in Ruhe zu lassen. Es war ein gegenseitiges Einvernehmen, denn meine seltenen Äußerungen zum Unterricht zielten nur darauf ab, einen guten Witz zu machen und waren damit nicht im Sinne der Unterrichtsgestaltung. Grill jedoch wendete sich in regelmäßigen Abständen an mich: „Und, was meinen Sie dazu, als Außenstehender in Sachen Intelligenz?“

Von Zeit zu Zeit ließ Grill Spiele veranstalten, so in den jeweils letzten Stunden vor den Ferien. Er beteiligte sich daran nicht ohne krampfigen Humor. Bei einem sehr beliebten Spiel, dessen bezeichnender Name „Hängemännchen“ war, durfte sich eine Person einen Begriff ausdenken und dann die Anzahl der im entsprechenden Wort vorkommenden Buchstaben als Querstriche an die Tafel schreiben. Danach wurde der Begriff durch ein oder zwei Worte, manchmal auch durch einen kurzen Satz umschrieben, woraufhin die Schüler der Reihe nach verschiedenste Buchstaben nannten, die der Geheimnisträger dann an die entsprechenden Stellen im unbekannten Wort schrieb, wenn sie vorhanden waren. So füllte sich langsam das Mosaik des Wortes und dem Wortschöpfer wurde für jeden richtig genannten Buchstaben ein Strich zu seinem Galgen hinzugefügt oder eben für jedes falsch geratene Wort ein Punkt gutgeschrieben. Grill beteiligte sich ganz gern an diesen Spielen und wusste originelle Begriffe und Umschreibungen vorzubringen.

Und doch wunderten wir uns eines Tages, als er ein achtbuchstabiges Wort mit der Umschreibung „gefälliger Sprengkörper" versah. Wir rieten einige Zeit herum, bis wir, nach vielen Buchstabennennungen und verschiedenen Rateversuchen nicht mehr umhin konnten, an ein Wort zu denken, das der prüde Grill unmöglich gemeint haben konnte. Während dieser ungewöhnlich langen Rateeinheit wurde Grill immer röter und sein Grinsen wurde immer schiefer, bis ein Schüler endlich wagte, auf „Sexbombe" zu tippen, worauf Grill, dem vor innerem Druck fast die Stimme versagte, ein gepresstes „Korrekt" krächzte. In der Klasse war eine unerträgliche, ungläubige Stille, die in ein nicht mehr zu unterdrückendes Prusten überging.

Grill hatte einige Absonderlichkeiten und Unstimmigkeiten in seinem Charakter, die ihn im Nachhinein zu einem interessanten Menschen, ja überhaupt erst zu einem Charakter machen. Er war klein, etwas korpulent und hatte eine Glatze, außerdem trug er eine Brille mit rotem Rand, was damals modisch war. Mit diesem Accessoire hatte sich seine modische Aufgeschlossenheit allerdings erschöpft. Er trug alte, abgewetzte Anzüge, deren Hosentaschen mit allerlei ausgestopft waren, namentlich mit ungewaschenen „Rotzfahnen", die er gerne herausholte, um seine Brille zu putzen oder sich die Nase zu schneuzen. Minileoparden sozusagen. Grill hatte trotz aller Steifheit und Konservativität eine Schwäche für Reggaemusik und er hatte, das wussten wir alle, eine jamaikanische Frau geehelicht, die wahrscheinlich im Katalog bestellt worden war. Das beschäftigte uns, und war natürlich Anlass zu wilden Spekulationen und Spöttereien. Manchmal ließen wir wie zufällig Bob Marley auf einem Ghettoblaster laufen, wenn er, steif und in Henkerslaune, das Klassenzimmer betrat. Dann stutzte er kurz. Nachdem er ein kleines Lächeln, das wir ganz genau registrierten, nicht unterdrücken konnte, verbat er sich die Musik, damit der Unterricht beginnen konnte.

Die Stunde fing mit einer so genannten Hinrichtung oder peinlichen Befragung an. Er holte sich jemanden an die Tafel, vorwiegend einen schlechten Schüler oder jemanden, der ihn provoziert hatte, und examinierte ihn bis aufs Blut, was in einer Sieben oder Acht sein unwürdiges Ende fand.

Grill war empfindlich und leicht zu provozieren, was zur Folge hatte, dass selbst hartgesottenste Störer wie beim Appell stramm standen, wenn er den Klassenraum betrat. Wenn dann schon mehrere Schulstunden hinweg unsere Klasse mustergültig, beinahe streberhaft eingestellt war, begann Grill, die so genannten „Grinser“ zu bestrafen, solche Schüler also, die über irgendetwas – er dachte sofort: über ihn – gelächelt hatten. Die Grinser täten nämlich, so seine Argumentation, ihre Überlegenheit gegenüber dem Unterrichtsstoff kund, weshalb sie also an die Tafel geholt wurden und der Stoff des nächsten Halbjahres von ihnen verlangt wurde, was unweigerlich zu saftigen Achten führte.

Erbaulich war auch die halbjährliche Notenbesprechung, die derart ablief, dass er die einzelnen Schüler aufrief und sie zunächst schätzen ließ, wie denn ihre Zeugnisnote ausfiele, um dann korrigierend, natürlich immer in eine gewisse Richtung, einzugreifen. Das führte dann zu meist ergebnislosen Bitten, Beschwörungen und Diskussionen. So war es wieder einmal soweit, das Jahreszeugnis nahte und Marion kam an die Reihe. Die Diskussion um Noten wurde besonders scharf geführt, denn es ging ja um das Versetzungszeugnis. Doch Marion, ein in Schlabberklamotten herumlaufendes Mädchen, das eine Art Gesinnung aus allem machte, auch daraus, sich nicht zu waschen, war recht locker gestimmt, denn alles, was sie zur Versetzung brauchte, war eine Fünf und geschrieben hatte sie zwei Fünfer und eine Vier.

„Und, Marion, was bekommst du dieses Jahr?" lächelte Grill scheinbar gutmütig.

„Na ja, ich weiß nicht, ich war ja mündlich ganz gut, vielleicht eine Drei?" sagte Marion mit schläfriger Stimme.

„Nein, Marion."

„Eine Vier?"

„Nein, Marion."

„Ist mir eh wurscht, dann geben Sie mir halt ne Fünf, Sie glauben gar nicht, wie scheißegal mir das ist!"

„Nein, Marion."

Jetzt wurde es unruhig in der Klasse: Marion schaute entsetzt, mehrere Freundinnen von ihr brachen Lanzen für sie, unter anderem Jule Koch.

Jule hielt einen längeren Monolog. Ich konnte sie nicht leiden. Sie war eine ausgemergelte Körnerfresserin, eine dürre Hündin mit Zitzen dran. Zwar sehr bewusst, aber immer bissig.

„Die Jule, die Jule, die ist nur was für Schwule", rief ich laut in ihren Vortrag.

Mein Spontanpoem machte Furore und verursachte großes Gelächter. Selbst Grill schmunzelte und rief mich nur halbherzig zur Ordnung. Er argumentierte:

„Weißt du, Marion, du hast zwar Vier, Fünf, Fünf geschrieben, aber mündlich kann ich dir selbst mit gutem Willen höchstens eine Sieben geben, zumal du im Test eine Acht hervorgebracht hast. Die absteigende Tendenz deiner Noten ist im übrigen auch nicht zu übersehen."

Nun heulte Marion, doch Grill blieb hart.

Patricia

Es sollte ein neues Mädchen in unsere Klasse kommen, ihr Name war Patricia Bettighoff. Morgen würde er sie uns vorstellen, sagte Grill. Wir sollten sie freundlich in unsere Gemeinschaft aufnehmen, denn ihre Eltern seien aus Österreich zugezogen, somit sei die Arme ein wenig allein.

Patricia, Patricia, ich sagte den Namen mehrmals leise vor mich hin und er gefiel mir.

Patricia, Kaprizia, dachte ich, wird mit ihren Kapricen die Klasse aufmischen, und Patricia, Patrizier, wird ein prätentiöses, ein adliges Geschöpf sein, eine überzüchtete, sensible Afghanenhündin aus dem fernen Österreich, mit hohen Wangenknochen und halbasiatischen Augen. Patricia, sagte ich vor dem Einschlafen, und es schmeckte wie ein gefrorener Kristall aus Champagner in meinem Mund. Gespannt saß ich am nächsten Morgen in der Klasse, ich war schon eine Viertelstunde vor Unterrichtsbeginn da und starrte aus dem Fenster zum Schultor, doch niemand, der einer Patricia würdig gewesen wäre, kam. Niemand geheimnisvoll Unbekanntes oder Auffälliges. Ach nein, Namen sind eben Schall und Rauch. Enttäuscht setzte ich mich und wartete auf den Unterrichtsbeginn. Die Klasse füllte sich und die üblichen Kreideschlachten und ritualisierten Quälereien der Klassenletzten begannen. Ich nahm nur lustlos daran teil. Immerhin war es lustig, als Manni von Lippe den Aktenkoffer von Oliver Schwarzer, dem fettesten Jungen der Schule, unter den Wasserhahn hielt, öffnete und wartete, bis Oliver vom Klo käme. Dabei feixte er und war sich der Aufmerksamkeit der Klasse sicher. Wir alle warteten nun auf Oliver, der jeden Tag gequält wurde, wenn auch aus sicherem Abstand, denn er war sehr cholerisch und hatte einigen schon übel weh getan, indem er sich einfach auf sie setzte oder sie mit seinem dicken Bauch mit Wucht gegen die Wand drückte. Olivers größte Schwachstelle war aber nicht sein Wanst, an Hänseleien darüber hatte er sich stoisch gewöhnt, sondern sein grauer Aktenkoffer, den er von einem Onkel, einem Versicherungsvertreter, geschenkt bekommen hatte, und den er wie seinen Augapfel zu hüten versuchte. Alles in diesem Köfferchen, das voller Fächer und Zwischenfächer war, hatte seinen Platz und Oliver verschloss ihn normalerweise sorgfältig, wenn er aus der Klasse ging. Dieses Mal jedoch hatte er es vergessen. Oliver erschien im Türrahmen und sah Manni, dessen linke Hand langsam am Wasserhahn drehte.

„Hallöchen, Oliver", flötete Manni spöttisch, dann, als Oliver einen Ausfallschritt in seine Richtung machte: „Keinen Schritt weiter!"

Oliver, der normalerweise einen roten Kopf mit feisten Apfelbäckchen hatte, wurde bleich wie das Stück Kreide, das als letzter Irrläufer der vorigen Schlacht die Stille und eingefrorene Bewegungslosigkeit der Klasse durchschnitt, um, sein Ziel verfehlend, leise, doch hörbar gegen die Wand und dann auf den Boden zu fallen. Oliver blieb stehen, Manni grinste und drehte langsam auf. Ein Tropfen bildete sich, wurde größer, Oliver stürzte aufs Waschbecken zu, Manni drehte auf, vor Angespanntheit doch wohl weiter als beabsichtigt, ein voller Strahl floss in Olivers „Tonne". Manni floh, Oliver stürzte zu seinem Koffer, doch es war nichts mehr zu retten. Oliver nahm seinen Koffer, drehte den Hahn zu, schüttete langsam das Wasser heraus und setzte sich auf seinen Platz. Er stützte den Kopf auf die Hände und schluchzte, heulte. Er schaute von Zeit zu Zeit in den Koffer, nahm ein Schulheft heraus und wrang es aus. Sein

Platznachbar Tobias, eigentlich ein „Freund" von Oliver, gab diesem jetzt alle paar Minuten noch eine schallende Ohrfeige. Oliver konnte sich nicht mehr wehren. Natürlich war Tobias kein echter Freund, sondern ebenfalls ein Klassenarschloch, neben dem niemand sitzen wollte. So saß der arme, dicke Oliver da, gänzlich außer sich, weinend, den Kopf schüttelnd, seine triefenden Hefte und Stifte aus der Aktentasche fischend.

Nebenbei donnerten noch so an die zwanzig Ohrfeigen auf ihn herunter, bis Grill endlich die Klasse betrat. Hinter sich her zog er ein Mädchen mit langen blonden Locken, blauen Augen und allem kapriziösen Zauber dieser Erde. Erstaunlicherweise war sie dunkelhäutig, nicht wie eine Mulatta, aber vielleicht wie eine Italienerin. Ihr Mund war voll und hatte lachende Winkel. Das war Patricia. Es war, als wollte die Natur sich nach dem unvermittelten Erscheinen Grills entschuldigen, als wolle sie ein Gleichgewicht wiederherstellen. Als hätte sich plötzlich aus dem Nichts eine ungeheure Konzentration uncharmant hässlicher Materie gebildet, aber eben auch die entsprechende Menge Antimaterie. Diese Urzeugung der Schönheit wurde neben mich gesetzt, denn auch neben mir wollte keiner sitzen. Der Platz war frei.

✣

Folgende Szene sah ich im Fernsehen:

In den Wäldern Kanadas, zur Zeit der Ankunft des weißen Mannes, wohnt der Zauberer Mestigoi. Er ist der Medizinmann eines großen Stammes. Mestigoi ist ein verkrüppelter Zwerg, und so blieb ihm nichts anderes übrig, als Medizinmann zu werden. Sein Ruf hallt weit über die Wälder hinaus zu anderen Stämmen. Ein Jesuiten-Pater tritt als Missionar auf. Eines Tages betritt dieser Weiße das Dorf des Stammes, um es zu bekehren. Und so lässt er sich gleich zum Medizinmann führen, um die Erlaubnis zu erhalten, ein wenig unter den Indianern zu leben. Wurzelkrumm, mit Muschelglocken und Schellen behängt, kommt ihm der kleine Medizinmann entgegen. Sein Gesicht ist mit Erdfarben scheußlich gelb angemalt, die Falten rechts und links des Mundes sind schwarz. Mestigoi sieht böse aus.

„Sei gegrüßt, großer Mestigoi", sagt der Priester devot. Da verfinstert sich Mestigois Miene noch weiter, was kaum mehr möglich schien. Die scharfgefalteten Mundwinkel senken sich noch tiefer, die Augen funkeln zornesrot.

„Du, du, … woher weißt du meinen Namen? Du sollst ihn nicht sagen", knurrt Mestigoi, wobei er mit dem Fuß auf den Boden stampft, so dass seine Glocken und Schellen zu bimmeln anfangen und gar nicht mehr aufhören wollen, weil der kleine Mann vor Wut zittert.

„Weißt du meinen Namen vielleicht …", und Mestigoi legt den Riesenschädel schräg nach hinten, argwöhnisch und doch langsam „… weil du ein Dämon bist?"

„Ein Dämon! Ein Dämon!" schreit Mestigoi und beginnt sogleich mit einer Art Dämonen-Austreibung, zeigt immer wieder mit seinem Zauberstab auf den armen Priester, den nun auch die anderen Indianer misstrauisch betrachten, und schreit: „Tschimindu, tschimindu, tötet den Dämon!"

Etwa dreihundert Meter von uns entfernt gibt es einen Bäcker, der immer geöffnet hat, auch sonntags, um die Geldgier des Besitzerehepaares vollends zu befriedigen. Längst haben sie mehr, als ihre Phantasie verbrauchen kann, haben eine Kette von Bäckereien aufgebaut, doch noch immer stehen sie hinter der Verkaufstheke oder schleichen um ihr Geschäft herum. Sie sind so geizig, dass sie ihr Aussehen im Laufe der Jahre angeglichen haben, dem Geiz entgegen. Beide haben große, kretinöse Augen, die nur leuchten, wenn die Münzen in ihren Händen klingeln. Sie haben auch ein großes Haus mit einer großen Hecke drumherum, wohinter sie sitzen und denken: wir haben es geschafft!

Sie begrüßen jeden mit Namen, der in die Bäckerei kommt, selbst Halbwüchsige werden mit „Guten Tag Herr Soundso, Guten Tag Frau Soundso“ begrüßt, und das freut die Leute sehr.

„Hallo Herr Francesco, wieder Brötchen für den lieben Opa?“

„Woher weißt du meinen Namen?“ fragte ich, eine halbirrsinnige Wut in meine Stimme legend.

„Aber Herr Francesco, Sie kaufen doch seit Jahren …“

„Du sollst ihn nicht sagen!“

„Wie Sie wünschen, Herr Francesco“, sagte die Geizfrau spitz.

„Weißt du meinen Namen vielleicht“, ich machte eine argwöhnische Pause, bei der mir die schreckliche Wahrheit dämmerte … „weil du ein Dämon bist?“

Entsetzt schaute mich Frau Geizhals an, während ich indianische Kriegsflüche und Zauberformeln kunstvoll in Heia-Heia-Gesänge packte und mal auf dem einen, mal auf dem anderen Bein herumhüpfte, um schließlich den Laden zu verlassen. Draußen lachte ich mich krank, doch leider hatte ich die Brötchen vergessen.

Namen sind Beschwörungen, Namen sind Zauberformeln. Wer den Namen eines Menschen kennt, hat in den Vorstellungen der Indianer Macht über diesen Menschen. Spricht man jemanden mit Namen an, so stellt man ein unmittelbares Vertrauensverhältnis her. Denn der Name, das ist der Klang, den man seit Säuglingstagen am meisten gehört hat, den die Mutter einem zärtlich über der Wiege hunderttausendmal zugeflüstert hat. So entstehen beinahe automatisch Gefühle der Geborgenheit und der Nähe, wenn der eigene Name erklingt, und man fasst Vertrauen. Was, wenn ein Mensch den scheußlichen

Namen Detlef trägt? Zum Untergang verurteilt ist Detlef, denn niemals wird eine Frau sich in einen Detlef verlieben, niemals zärtlich seinen Namen in Gedanken um- und umdrehen oder in einer Liebesnacht hauchen.

Patricia, Patricia, wäre ich ein spanischer Matador, ich nennte dich Feuer meiner Lenden, doch bin ich keiner und darüber hinaus mag ich spanische Matadore nicht besonders. Wäre ich ein Indianer, ich nennte dich Frühlingsstrahl, der den Winter tötet. Oder Freudenfeuer an der Biegung des Flusses oder pelzige Haselnuss oder, weil du ja sicher tollpatschig und über deine eigene Tollpatschigkeit wütend bist, zorniges Löwenbaby. Patricia, immer wieder sage ich deinen Namen. Er klingt wie ein Streichholz, das sich erst beim zweiten Reiben entzündet.

In der Schule also saß Patricia neben mir, ich konnte mein Glück kaum fassen. Ich war geschockt von ihrer Schönheit. Verstohlen betrachtete ich sie aus dem Augenwinkel. Im Profil sah sie fast noch besser aus. Nun konnte man sehen, dass ihr sanft geschwungener und saftig-voller Mund eine halbversteckte Delikatesse bereithielt. Zwischen Unterlippe und Kinn bildete sich eine zauberhafte Mulde, eine kleine Enge, die vielleicht durch einen längst korrigierten Überbiss entstanden war. Die perfekte Schönheit wird durch einen winzigen Makel zum Maximum getrieben. Der winzige Makel mag ihr groß erscheinen und das ist rührend. Wir möchten sie herzen und ihr sagen: Nein, mein Baby, du bist schön! Gräme dich nicht. Ich will dich hundertmal küssen auf die Stelle, die dir Kummer macht, denn die liebe ich ganz besonders.

Nun ertappt sie mich, und ihre lachenden Winkel lächeln noch mehr. Ich schaue sofort weg. Dann lächele ich zaghaft zurück. Neidisch schaut Manni von Lippe in meine Richtung und höhnisch grimassiere ich in seine. Neidisch schauen bald alle

Jungs auf meinen Tisch, doch ich höhne nicht mehr zurück, sondern lehne mich zurück und lächle still in mich hinein, so wie jemand, auf den ganz sicher große Freuden warten, der es aber nicht eilig damit hat, sondern, im Gegenteil, den Moment des großen Genusses noch ein wenig hinauszögert.

Tja, Erdlinge, ich bin der Erwählte, nicht ihr. Ich werde mir dieses Kind hier zueigen machen und was mein größtes Glück ist, wird euch gleichzeitig und quasi nebenbei vernichten. Mein Triumph wird euch ein Säurebad des Neides sein. Ich fühle mich wie ein Lehnsherr, ein Besitzer großer Fürstentümer. Mein Gesicht drückt Adel aus, mehr noch, man muss fast französisch werden, um das ganze Ausmaß gelangweilter Großkotzigkeit, welches mich durchströmt, in Worte zu fassen: Noblesse ist mir ins Gesicht geschrieben. Ich werde mit ihr einkaufen gehen. Bei Cartier in Paris hänge ich ihr, die sich natürlich sträubt, die dicksten Klunker um.

„Oh, nein, Francesco, das geht doch nicht, das ist doch viel zu teuer!“

Ich schmunzele und sage wie nebenbei zu meinem Diener: „Farnsworth, begleichen Sie diese lächerliche Petitesse aus meiner Schatulle.“

Dann passiert etwas. Ich nehme ihre Witterung auf. Ein satter Schwaden ihres Duftes zieht aus ihren Haaren oder ihrem Pulli in meine Nase. „Sie riecht gut“ ist leider eine Kapitulation des Wortes vor einer höheren Macht. Versuchen wir es trotzdem. „Sie riecht gut“ trifft gar nicht den Kern, sie riecht richtig. Sie riecht so, dass man sofort denkt: Ja! So, dass jede Faser des Körpers und der Seele begeistert zustimmen und sich geschlagen geben. So, dass jede Faser des Gehirns eben auf „gut“ geschaltet wird. Sie riecht nicht leicht und blumenhaft wie ein erster Frühlingswind, sondern schwer und verführerisch süß wie ein arabisches Öl, dem wohl auch eine kleine Portion Schlangengift beigemischt ist. Sie riecht so, dass man für ewig die Augen schließen will, um sie besser zu riechen, ja, dass man sein Augenlicht dafür verpfänden würde.

Manni glotzt unaufhörlich in unsere Richtung. Manni, der Schöne, der Schul- und Klassenstar, Manni, die lokale Tennisgröße, Manni, das Arschloch. Mehr gibt es eigentlich nicht über ihn zu sagen. Oder doch. Manni ist der Sohn des Rechtsanwaltes, was Vatta mächtig Eindruck macht. Er sieht haargenau aus wie der junge Mick Jagger. Jetzt grinst er und während ich ihn grinsen sehe, sein schleimiges und schönes Grinsen, wird mir schlecht vor Entsetzen, denn in seinem Grinsen kann man sehen, dass es auf Resonanz stößt. Kann es möglich sein? Ich traue mich kaum aufzuschauen, so, wie man bei einem Horrorfilm die schrecklichsten Fratzen nicht sehen möchte und sich die Hand vor Augen hält, um dann doch zwischen den Fingern hindurchzublinzeln. Also drehe ich den Kopf und sehe, dass Patricia zurücklächelt. Ich nehme das Algebrabuch und starre hinein.

Patricia, Malizia.

Nach der Schule ging ich wie automatisch nach Hause. Ich spürte jede Treppe des Treppenhauses und spürte andererseits fast nichts, wusste nicht einmal richtig, wo ich mich befand, das heißt, wusste natürlich, dass ich zu Hause war, aber realisierte es nicht. Ich ging in unsere Wohnung, deren Tür wie immer geöffnet und für jedermann durch einen außen steckenden Schlüssel zugänglich war. Schließlich gab es ja die Barriere, unüberwindlich für Einbrecher und andere Mutwillige: schließlich gab es ja

Vatta. Letztlich und endlich: Welcher Geisteskranke hätte bei uns etwas zu klauen gefunden? Er hätte sich damit ja nur Entsorgungskosten für Sondermüll aufgehalst.

Ich laufe den Flur entlang, doch bleibe ich unentschlossen stehen, schaffe es nicht mehr bis in mein Zimmer. Ich setze mich mitten in den Flur und lehne mich an die Wand. Fieber packt mich. Liebe packt mich. So mächtig, so unbezwingbar ist mein Sehnen, dass ich nicht mehr sprechen, nur noch stammeln kann: „Oh nein, das halte ich keine Sekunde länger mehr aus, unter keinen Umständen."

Hier ist Höllenfeuer, das noch unerträglicher brennt als der Hintern von Jenny Ackerhorn. Alles an mir, in mir, über, unter und neben mir schreit nach Patricia. Meine Seele will sie riechen, meine Arme sie umarmen, mein Geist sie sprechen und mein Körper will sie umschlingen, solange und ausdauernd, dass sie mich wie ein weidwundes Rehkitz nach dem Fangschuss anschaut.

Ich bin nichts ohne sie und mit ihr alles, eine unendlich komplizierte Gleichung mit einer einzigen Lösung. Ich spüre die Rebellion der ganzen Welt in meinen Adern. Wut gegen diese schreiende Ungerechtigkeit, dass sie nicht bei mir ist. Ich könnte morden, um sie zu bekommen.

„Nein, das halte ich nicht aus ..."

Ich habe Fieber, lege mich ins Bett. Ich schlafe ein und als ich nach zwei Stunden aufwache, weiß ich nicht, ob es morgens oder abends ist, wo ich bin, oder wie ich heiße. Inmitten der totalen Verwirrung, die nur ein Nachmittagsschlaf erzeugen kann, nehme ich automatisch den Silberstürmer zur Hand, der neben meinem Bett liegt und blättere darin herum. Er sagt zu seiner Zigeunerkönigin: „In einem geschenkten Paradies ist ein Mann nichts als ein Schatten."

Da wird mir alles klar. Der Silberstürmer hat Recht. Ich muss kämpfen. Ich muss um Patricia kämpfen. „Kann ich nicht siegen als Held, will ich doch fallen als Streiter" oder „Hab ich auch das Ziel verfehlt, kühn war doch die Fahrt". Hat irgendjemand Berühmtes mal gesagt. Ich setze mich an den Schreibtisch und denke an Manni von Lippe.

Ich stehe zwei Stunden nicht auf. Ziemlich sicher die ersten zwei Stunden meines Lebens, an denen ich ununterbrochen am Schreibtisch sitze. Folgendes kommt dabei heraus:

Portrait von Patti B

Mit Augen süß und dunkel lockend
wie Kirschen, die verboten sind.
Mit Blicken wild und zärtlich rockend
noch wilder als ein Wüstenwind,

die Männer brennen scharenweise,
wenn bloß ihr Feuerauge blickt,
immun und gänzlich ungekickt
sind nur Impotente oder Greise.

Wer erst den Mund sieht, der wird toll
und denkt dabei sofort ans Küssen.
Die Lippen lachend, rot und voll,
weil Engel immer lachen müssen.

Gibt es Schöneres als dies?
Ja, woran ich noch mehr hänge,
ist zwischen Kinn und Lippen
eine Meeresenge.
Das ist das Paradies.

Ich schrieb das Gedicht auf ein veilchenblaues Blatt Briefpapier, feinsäuberlich, und legte mich wieder ins Bett. Ich war nun ruhiger. Das mächtige Drängen war keine Urgewalt mehr, die mich zerstört, sondern eine Waffe. Ich hatte meine wilden Hunde für eine Weile abgerichtet. In Zukunft werde ich sie öfter mit Geschirr versehen und meinen Schlitten ziehen lassen. Was sollte schon passieren? Ich würde Patricia solange umwerben, bis es klappte und wenn es Jahre dauern sollte. Mir wurde in diesem Augenblick klar, dass es kein Glück und kein Pech auf dieser Welt gibt. Es gibt nur Menschen, die zäh und inspiriert arbeiten, und solche, die es nicht tun. Statistisch gesehen hat jeder Mensch genauso oft Glück wie Pech, beides mittelt sich heraus. Wenn man etwas wollte und die Wahrscheinlichkeit, dass man das Gewollte erreicht, gering ist, so müsste man nur die Frequenz der Versuche erhöhen, bis es funktionierte. In der Zeit zwischen den Niederlagen müsste man darüber nachdenken, wie man es das nächste Mal besser machte. Entweder kämpfen oder das Schwert schleifen. Das ist es, was man das Glück des Tüchtigen nennt.

Und noch etwas fiel mir ein: Nur vordergründig denkt man von jemandem, dass er Glück hat, in Wirklichkeit verhält er sich einfach richtig, hat unbewusst an den richtigen Stellen die Netze gespannt. Warum hat Gerd Müller so viele Tore gemacht? Weil er immer an der richtigen Stelle stand. Warum haben sich andere nicht dahin gestellt? Weil er mehr Glück hatte als die anderen? Nein, sondern weil er mehr Talent zum Glück hatte als die anderen und weil er immer draufschoss. Hohe Schlagzahl und Begabung. Das war alles.

Ich wurde immer ruhiger und dachte an das Meer, an kleine Wellen, die in süßer Monotonie alles zersingend gegen den Sand plätschern. Ich synchronisierte mein Atmen mit den Wellen. Beim Einatmen zog das Wasser sich zurück, kleine Strudel bildeten sich, wenn es durch die Kiesel wie zwischen seine Zähne fuhr, und verursachten ein gedehntes, ziehendes Rascheln. Beim

Ausatmen platschte eine winzige Welle gegen den Strand, wie ein Sektkorken, der in Geräusch-Zeitlupe vorsichtig entfernt wird. Gischt bildete sich. Ich schlief ein.

∴

Ich wartete gespannt auf den Unterrichtsbeginn, doch Patricia kam zu spät, wie eigentlich immer. Sie hatte eine Tigerhose an, manchmal trug sie auch Zebrahosen. Gelb oder weiß, je nachdem, mit schwarzen Streifen. Mit einem reizenden Lächeln der Entschuldigung schlich sie raubkatzengleich zu ihrem Platz, also zu mir. Die Lehrer würden bald angesichts ihrer Disziplinlosigkeit resignieren. Nach anfänglichen Ermahnungen gewöhnten sie sich an ihre Verspätungen. Man dachte irgendwie, dass Patricia nichts dafür konnte und so war es wohl auch. Es kostete sie einfach zehnmal mehr Kraft, sich dem Schlummer zu entreißen als andere. Es würde sie in ihrem späteren Leben auch zehnmal mehr Kraft kosten, acht Stunden zu arbeiten. Dafür war dieses Wesen einfach nicht gemacht. Vielleicht hätte sie in einem Blumenladen arbeiten sollen, als Dekoration, draußen, mit einem Band im Haar an einem Tisch sitzend, zwischen Blumenbouquets. Sie setzte sich neben mich, sagte freundlich „Hi“, und erleichtert schlief sie beinahe wieder ein, jedenfalls wurden ihre Lider so schwer, dass sie mit einem Schlafzimmerblick vor sich hin döste. Wenn der Lehrer sie unvermutet aufrief, so dauerte es immer eine kleine Weile, bis sie sich gefangen hatte und von wer weiß woher zurückgekehrt war. Erstaunlicherweise gab sie dann meistens die richtige Antwort. Es dauerte aber immer, bis sie antwortete, auch wenn sie vollkommen wach war. Ich gab ihr das Gedicht, das ich in einen weißen

Umschlag gesteckt hatte. Darauf stand in veilchenblauer Schrift: Erst zu Hause öffnen! Sonst giftig!

Sie öffnete sofort und las. Erst lachten ihre Augen, dann ihr Mund und dann machte sie einen Giekser. Grill stand vor ihr.

„Patricia, gib mir den Zettel."

„Nein."

„Patricia, gib mir den Zettel." Seine Stimme wurde lauter.

„Nein, das geht nicht."

Grill hatte sich zu weit vorgewagt. Seine Autorität vor der Klasse stand auf dem Spiel:

„Du gibst mir jetzt sofort den Zettel!"

Ich riss ihr das Blatt aus der Hand, zerknüllte es und schmiss es aus dem Fenster. Das dauerte bloß zwei Sekunden. Grill war in Rage, aber es war der einzige Ausweg. Er machte mich gebührend zur Sau und ich ertrug das in heldischer Pose. Dann sagte Patricia: „Du schreibst es mir aber noch mal auf, oder?"

„Klar ", sagte ich, genauso stolz wie aufgeregt.

Nach der Schule kellnerte Patricia in einer Kneipe, in der viele Schüler und sogar Studenten verkehrten. Am Tresen saßen Männer, die sie permanent angafften, vor allem, wenn sie sich umdrehte, um Flaschen aus dem Regal zu holen oder die Musik zu wechseln. Sie konnte das im Spiegel genau beobachten. Auch luden diese Männer sie zu Getränken ein, und sie lehnte freundlich dankend ab.

Regelmäßig kam ich wie zufällig an der Kneipe vorbei und trank einen Kaffee. Noch öfter fand ich nicht den Mut hineinzugehen, sondern versuchte im Vorbeilaufen einen Blick auf Patricia zu erhaschen. Einmal im November, als ein schmutziger Schneeregen das Elend meiner Existenz verdoppelte, ging ich langsam an dem Lokal vorbei. Es dämmerte schon, obwohl es erst vier Uhr nachmittags war. Noch bevor ich die Scheibe der Kneipe passierte, sah ich, wie ein warmes Licht daraus hervorwummerte und sich in den ersten Zentimetern des Schneeregens verfing. Ich ging vorüber und sah für vielleicht zwei Sekunden den blonden Zopf Patricias, die sich gerade am Regal zu schaffen machte. Ihre Haare leuchteten wie eine Goldgrube und verursachten mir so heftigen Schmerz, dass ich beinahe vor der Scheibe stehen geblieben wäre. Wie jemand, der an einer elektrischen Leitung kleben bleibt. Ich ging langsam weiter, denn sie stand soweit über mir, ich konnte sie unmöglich erreichen. Wie eine ferne Sonne hatte ihr Zopf geleuchtet.

„Die Würde des Menschen steht und fällt damit, sich Ziele im Unendlichen zu suchen", hatte ein alter Lehrer neulich gesagt.

„Die Würde des Menschen steht und fällt damit, sich Ziele im Unendlichen zu suchen", murmelte ich oft vor mich hin, immer wieder, in einer Art Selbstbeschwörung.

Die Macht dieses Satzes, gebetsmühlenhaft wiederholt, treibt mich schließlich in die Kneipe hinein. In der allerersten Sekunde, wenn ein Mensch einen anderen Menschen überraschend erblickt, kann man alles erfahren, danach erst wird die Maske aufgesetzt. Genauso ist es mit dem ersten Ton am Telefon. Ich konzentriere mich, um jedes Tröpfchen der allerersten Sekunde mitzubekommen, atme zweimal tief ein und aus und gehe in die Kneipe. Ja, es ist unbestreitbar: Sie freut sich, mich zu sehen. Es ist nachmittags und noch nicht viel los, genau genommen ist niemand anders in der Kneipe, und Patricia sitzt nun selbst am Tresen und liest in einem Buch. Ich setze mich fast direkt neben sie. Nur ein einziger Hocker steht zwischen uns.

„Das ist ja nett!" sagt sie und „Was möchtest du trinken, komm, ich lad dich ein."

„Auf keinen Fall", antworte ich ein wenig steif. „Bitte einen Milchkaffee."

„Kommt sofort", sagt sie mit gespielter Geschäftsmäßigkeit.

Sie macht sich an der Kaffeemaschine zu schaffen und ich habe Zeit durchzuatmen.

Dann bringt sie den Milchkaffee und setzt sich direkt neben mich! Kein Hocker mehr zwischen uns. Ein junges Mädchen duftet nach frischen Äpfeln, hat Dostojewskij mal geschrieben. Und so ist es.

„Was liest du da Schönes?" frage ich artig.

„‚Wir Kinder vom Bahnhof Zoo'. Bücher sind ja meistens langweilig, aber das ist hammerhart."

„Ja, hab ich auch gelesen."

„Liest du viel?" fragt sie, den Kopf nach hinten geneigt und sich ein Löckchen drehend. Ein Goldlöckchen, eine Kreole, eine Preziose aus reinem Gold, aus Rheingold, ja, wenn man sie im Rhein ertränkte, wäre sie ein auf dem Grund liegender Schatz und besser auszuhalten als jetzt.

„Es geht so", meine ich. „Ich schreibe viel, Gedichte und so 'n Zeug" und hätte beinahe gesagt: und so 'n Scheiß.

„Ich hab es auswendig gelernt!" sagt sie.

„Was?"

„Das Gedicht."

Das war das bestmögliche Dankeschön.

„Und, was machst du am Wochenende?" frage ich, weil ich rot werde, schnell, um das Thema zu wechseln.

„Ich fahre zu meinem Cousin nach Hamburg", sagt sie mit einem vorfreudigen Lächeln.

„Der macht ein großes Fest. Ich weiß nur noch nicht, was ich anziehen soll." Gespielte Sorgenfältchen laufen über ihr Gesicht. Keine Frage, sie kokettiert.

„Ist doch egal", sage ich.

„Was?" sagt sie.

Was? denke ich, und mein Gehirn beginnt fieberhaft zu arbeiten.

„Oh, ich bin überzeugt, dass du auch in einem Müllsack die Königin des Abends wärest."

„So, meinst du!"

Gut gerettet, Alter, sie kann ein Strahlen kaum unterdrücken. Das war ein super Finale, mach, dass du raus kommst, bevor du alles wieder versaust!

„Ich muss gehen", sage ich.

„Oh", sagt sie, „na dann mach's gut."

Sie umarmt mich, und mein Herz ist voller Jubel. Ich bemühe mich, nicht raus zu rennen. Doch draußen angekommen renne ich zur Verwunderung eines älteren Passanten etwa zwanzig Meter, um dann die Arme hochzureißen und „Yeah, Yeah, Yeah, to the Harlem shuffle" zu singen.

Ich gehe in einen Blumenladen und schicke Patricia zwanzig weiße Rosen mit einer roten mittendrin und schreibe auf eine Karte: Mir träumt von einer Märchenfee, in ihrer Hand ein Milchkaffee.

Ich lag in der Badewanne und dachte nach. So glorreich meine Begegnung mit Patricia war, irgendetwas störte mich. Aber was? Auf dem Weg nach Hause kam ich bei einem Buchhändler vorbei. In der Auslage, die spärlich dekoriert war, stand ein Satz von einem gewissen Thomas Mann. Ein unscheinbarer Satz, allerdings nicht gerade kurz, der mit Filzstift auf ein Stück weißer Pappe geschrieben war. Daneben war ein Bild von diesem Thomas Mann, der gleichzeitig amüsiert und streng dreinblickte. Ich blieb wie angenagelt stehen und musste den Satz zweimal lesen, dreimal, fünfmal. Der Satz war beeindruckend. Ich kann mich nicht einmal erinnern, worum es darin ging, ich glaube, dass es eher ein allgemeines Thema war, was mich im Normalfall nicht sonderlich interessierte. Trotzdem hatte Thomas Mann es geschafft, vor ein paar hundert Jahren – was weiß ich denn, wann der gelebt hat! – dreißig Runen, die wie Ameisenkacke aussahen, auf das Papier zu werfen. Diese Runen haben dann ein paar hundert Jahre geschlafen und mich schließlich an das Schaufenster gefesselt. Irgendwie hatte er sein Feuer in diese Runen gebrannt, war gestorben, lag tot herum, seine Runen lagen auch tot herum, und dann, dann plötzlich, wurde das Feuer wieder entzündet, nämlich in mir. Das war Magie. Ich staunte wie ein Eingeborener aus Papua Neuguinea, der mit einer Sofortbild-Kamera fotografiert wird, nur umgekehrt. In technischer Zeit hat mich ein archaischer Zauberspruch ergriffen. Nur ein Satz. Aber was für einer. Der Satz tanzte, da war Musik drin und gleichzeitig, und das war das Phantastische, sprach der Satz mit wissenschaftlicher Genauigkeit und Akribie. Wissenschaft und Musik, die sich sofort in meinen Schädel brannten.

Thomas, Mann, wie hast du das gemacht? Man hätte das lange probieren können, man hätte das selbst nicht geschafft. Ich begriff plötzlich, dass ein Satz einen Wert an sich hat, dass es eine unsublimierte, eigene und reine Freude der Geistigkeit gibt.

Die Kunst mag irgendwann einmal für die Frauen entstanden sein, genauer, um die Frauen ins Bett zu bekommen, aber sie hat sich zum Teil entkoppelt. Ich dachte nicht an Frauen, als ich diesen Satz las. Keine Sekunde.

„Bücher sind meistens langweilig", hatte Patricia gesagt. Mich irritierte nicht die Aussage an sich, auch nicht die Tatsache, dass ein von mir so geliebter Mensch das sagt, sondern eher, dass ein immerhin intelligenter Mensch so etwas sagt. Etwas so Anstößiges. Patricia war intelligent, das war mir nicht erst seit einigen unvermuteten Äußerungen klar, die sie im Unterricht gemacht hatte. Dabei hatte sie gar keine Lust, ihren Verstand „mehr als nötig" zu gebrauchen. Sie war ein schönes Tier. Es gibt also, dachte ich, intelligente Menschen, die Bücher langweilig finden, und was mich wurmte war, dass diese Menschen auf eine gewisse Art Recht hatten. Bücher sind langweilig, sie sind nicht das richtige Leben. Schon klar, ein Sonnenuntergang, ein Fest, flirrende Blicke, ein Kuss packen einen tiefer und stärker als ein Buch es je kann. Ja, insofern hatten sie Recht.

Aber Bücher schärfen doch mindestens die Sinne für das richtige Leben. Zum Leben, zu den aufregenden Dingen, die passieren, gehört das Erleben, bei dem ein geschärfter Geist nicht nur sehr hilft, sondern unerlässlich ist. Spätestens beim Erinnern braucht man Buchkraft. Außerdem kann man nicht immer seine andere Kraft, sein Leben verpulvern, dann genießt man irgendwann gar nichts mehr, wenn schon Genießen das oberste Gebot ist. Manchmal muss man sich aufsparen, um das Leben umso mehr zu feiern. Der Kontrast erhöht den Wert der sinnlichen Dinge. Je höher und länger man geistig gelebt hat, umso stärker empfindet man den Genuss. Dem Asketen ist eine Backpflaume ein Festmahl so wie dem lange Ungeküssten ein Kuss. Das Paradies hatte ich am eigenen Leib erfahren, als Patricia mich in einem hitzigen Traum küsste. Nichts konnte intensiver sein als diese Umarmung, und nie würde ich sie vergessen, obwohl nur geträumt. Der tausendste Kuss bedeutet gar nichts mehr und wer immer feiert, feiert nie. Bücher helfen wenigstens, die zwangsweise nötigen Pausen im Leben zu überstehen: Sicher, die Schönheit eines Satzes und eines Gedankens ist nicht so sensationell und unmittelbar zu Sinnen gehend wie ein kurviger Arsch. Aber wer fährt rasanter auf diesen Kurven als jemand, der gerade aus einer anderen Welt, nämlich der

Bücherwelt kommt? Und ist das wirklich alles? Ist die Schönheit eines Satzes oder Gedankens nicht viel ergiebiger? Der zwanzigste schöne Satz wird immer schöner, der zwanzigste Hintern immer prosaischer, ist nur noch ein Stück Fleisch. Es gibt Menschen, die so viele Partner „gehabt" haben, dass es für sie ist, wie ein Stück Fleisch beim Metzger zu kaufen:

„Ja, bitte, ich hätte gerne einen stehenden Arsch aus Afrika, aber in weiß, bitte und noch sechs Pfund Titten dazu, nicht abgehangen und, ach ja, tun sie noch was von den frischen Lendchen rein ... Danke, Wiedersehn, bis nächsten Monat."

Dem Popstar ist das hundertste Groupie wie eine angenehme, kleine Freude, sagen wir, wie für unsereins ein Eis essen zu gehen. Das tausendste ist wie eine Aspirin. Nur im Moment der Ejakulation ist er schmerzfrei. Dem heimlichen und verschrobenen Poeten ist schon der Flug einer Mücke durch sein sommerliches Zimmer einen Orgasmus wert. Dieser hat große Innerlichkeit aufgebaut und braucht nur einen kleinen Reiz, jener ist halbtot und braucht den stärksten Reiz, um noch einen Kitzel zu fühlen. Die Summe aus Außenreiz und Innenreaktion ist fast gleich, denn das Leben wirkt ausgleichend. Am stärksten fühlte ein heimlicher Poet, der Popstar würde. Aber nur einmal, es sei denn, er brächte die übermenschliche Kraft auf, zwischendurch freiwillig wieder als Poet zu leben. Das, und nicht die Reue oder das Gewissen, ist der wahre Sinn der Buße, die bedeutet, nach einer rasanten Schlittenfahrt den Schlitten zu nehmen und ihn den ganzen verdammten Berg wieder hochzuziehen.

Das Problem des schönen und gleichzeitig sinnlichen Mädchens ist, dass es in einer gänzlich anderen Welt lebt als alle anderen Menschen. Kurz gesagt, in einer Welt, die die Preise verdirbt. Wir lasen in der Schule ein ausnahmsweise exzellentes und spannendes Buch: „Der Verdacht" von Dürrenmatt. Patricia sagte selbst, dass es spannend sei, aber sie hat es trotzdem nicht zu Ende gelesen. Vermutlich ist so ein Buch im Vergleich zu den Ereignissen auf einem Fest, auf dem sie immer der Mittelpunkt war, einfach dürr und matt. Der Witz ist, dass sie stattdessen Fernsehen schaute. Die Unfähigkeit, etwas zu Ende zu bringen, was einem auch nur das Geringste abverlangt oder etwa drei Sekunden kein Vergnügen macht oder nicht spannend ist, scheint mir charakteristisch für den schönen sinnlichen Menschen. Zu viele Sensationen werden zu billig angeboten, und dadurch werden eben keine seelischen Muskeln trainiert. Am Ende werden in immer kürzeren Abständen willkürlich immer größere Sensationen umsonst verlangt. Daher gehen diese Menschen früh zu Grunde. Sie verbrennen. Die spektakuläre Welt eines schönen sinnlichen Mädchens ist etwas vollkommen anderes als die eines Durchschnittsmenschen, aber es ist die zerstörerischste Welt überhaupt, weil er einerseits kein Durchhalten trainiert, andererseits aber eine starke Genussfähigkeit und Erwartungshaltung hochzüchtet. Und wehe, wenn die Schönheit schwindet. Die Erkenntnis, dass zur Erreichung eines großen Zieles tausend Schritte gehören, die unangenehm sein können, ist ihnen unendlich fremd. Sie kommen gar nicht über den ersten Berg.

Paul Nurse, ein berühmter Biologe und ziemlich „cooler" Typ, sagte einmal sinngemäß: „Wenn man eine Sprache lernt, gibt es viel Vergnügen. Aber hinterher!" Erst müssen Vokabeln gepaukt werden. Das Drama, die Bürde des schönen Menschen ist das silberne Tablett, auf dem ihm alles serviert wird. Merkwürdigerweise hatte ich das Gefühl, dass Patricia sich all dessen bewusst war. Vielleicht mochte Patricia mich aus diesem Grunde. Konnte ich doch ihr Gegenmensch sein, einer, der immer erst über den Berg muss, um zum Vergnügen zu gelangen. Sie fühlte wohl, ich wäre ein guter Bergführer, weil ich kein Vergnügen geschenkt bekam. Mir blieb nichts übrig, als durch Geist und Willen zu erreichen, was sie durch Schönheit erreicht hatte.

Sie saß in einem schönen Tal, in dem Milch und Honig fließen, die irgendwann zur Neige gehen. Dahinter gab es andere, vielleicht schönere Täler, doch die anderen Täler würde sie nie sehen. Das war meine Chance. Ich schrieb einen Brief.

Liebe Patricia,

weißt Du noch vorgestern Nacht? Wie, Du weißt nicht mehr? Du erinnerst Dich nicht an meinen Traum? Wie komisch. Jedes Kind denkt bis zu einem gewissen Alter, dass die Dinge, die im Traum geschehen, wahr sind und dass die anderen Menschen, die darin vorkommen, doch am nächsten Tag unbedingt Bescheid wissen müssen, was sie in der Nacht versprochen hatten. Indianer sehen das ähnlich: Es muss wahr sein, denn ich habe es geträumt. Das ist eine indianische Beweisführung, gegen die keine Einwände erlaubt sind. Ja, ja, nicken die Stammesältesten, wenn er es geträumt hat, muss es wohl so sein. Kennst Du das auch? Ein Traum ist so real, dass man schwören könnte, es passiert und man braucht nach dem Aufwachen noch lange, um in der Wirklichkeit zu landen. Und ich frage mich im Ernst: gibt es überhaupt einen Unterschied zwischen Traum und Wirklichkeit? Gibt es irgendein zuverlässiges Kriterium dafür, wann man träumt und wann nicht? Die objektive Tagwelt entsteht ebenso erst in unserem Kopf, ist ja auch nur eine Art Abbildung dessen, was um uns herum geschieht. Es gibt Tiere, die sehen mehr und andere Farben als wir. Wie ist die Welt wirklich, so wie die sie sehen – oder so wie wir? Wer hat Recht? Die Wirklichkeit wird umgebogen in unseren Köpfen, soviel steht fest. Ebenso wie im Traum. Kennst Du das Schmetterlingsgleichnis des Tschuang-Tse? Ich kann die Chinesen wirklich nicht leiden, aber hör Dir das mal an.

Ich, Tschuang-Tse, träumte einst, ich sei ein Schmetterling, ein hin und her flatternder, in allen Zwecken und Zielen ein Schmetterling. Ich wusste nur, dass ich meinen Launen wie ein Schmetterling folgte, und war meines Menschenwesens unbewusst. Plötzlich erwachte ich und da lag ich: wieder ich selbst. Nun weiß ich nicht: war ich da ein Mensch, der träumt, er sei ein Schmetterling, oder bin ich jetzt ein Schmetterling, der träumt, er sei ein Mensch? Zwischen Mensch und Schmetterling ist eine Schranke. Sie überschreiten ist Wandlung genannt.

Tschuang-Tse

So etwa ging es mir als ich vorgestern Morgen aufwachte, nachdem Du meine im Traum ausgesprochene Einladung ins Kino angenommen hattest. Es läuft „Ferris macht blau", morgen Abend. Was meinst Du?

Dein Francesco

Mist als Rosenboden

Patricia war in der Steiermark geboren. Sie hörte ihren Namen selten zärtlich über ihrer Wiege flüstern, denn ihre Eltern waren sehr beschäftigt. Der Vater handelte von morgens bis abends Gebrauchtwagen. Die Mutter, Bettina Bettighoff, war eine interessante Frau, ein echter Archetypus. Grünäugig, schwarzhaarig und insgesamt gar nicht übel aussehend, lebte sie vorzugsweise als Parasitin, indem sie ihre Schönheit einsetzte, um Männer auszubluten. Ihre Haupttätigkeiten bestanden darin, sich um diese Schönheit zu kümmern oder zu telefonieren. Das war wichtig und das war die erste Tat des Morgens. Sie schwang sich ans Telefon und machte Seelsorge für ihre Freundinnen, die sie für eine große Psychologin hielten. Ihre Weisheiten waren wirksam. Praktische Winkelzüge, die darauf abzielten, den jeweiligen Männern der Freundinnen das Fell abzuziehen. Immerhin studierte sie die Psychologierubriken aus Frauenzeitschriften. So konnte sie überall mitreden und jedes Heiligtum mit den Griffeln ihres unscharfen Geistes befingern. Ihre dümmliche Besserwisserei wurde lediglich von ihrem Dünkel übertroffen. Außerdem konnte sie geradezu als Definition für Geltungssucht dienen. Narzisstisch bis zum Autismus, war das Wichtigste ihre Wirkung auf andere und gleisnerisch verstand sie sich darauf, einen guten Eindruck zu machen. Sie war beliebt, wurde viel eingeladen und beschäftigte sich ausgiebig mit der Kunst der Wohnungseinrichtung. Ihr wohlausgewähltes Interieur war eine Mischung aus Kitsch und Klein-Mädchen-Träumereien, die sie durch Kälte in Geschmack umzuwandeln versuchte. Alles in allem hielt man sie für eine Philanthropin.

„Das Rechte für mich wär ja schon die Kunst gewesen. Hab halt zu früh das Kind gekriegt und mich immer für alle ein wenig aufgeopfert. Dabei hatte ich schon ein Angebot auf Promotion. Das hätt ich schon gekonnt!" sagte sie mit einem Seufzer. Zumindest hatte sie in einigen Vorlesungen zur Kunstgeschichte gesessen, allerdings ohne je eine Prüfung abgelegt zu haben oder je daran zu denken. Sie war also in dem Gebäude, in dem diese Vorlesungen abgehalten wurden, physisch anwesend. Mit dem gleichen Recht hätte der Hausmeister behaupten können, dort zu studieren. Vor allem moderne Kunst hatte es ihr angetan. Direkt gegenüber ihrer Haustür, im Flur also, hing ein großes Bild, schwarze Kleckse auf weißem Grund. Sicher bedeutend.

Nach dem Besuch von Vernissagen redete sie sich mit ihren Freundinnen in hysterische Rage. Wobei mit kitzligem Geschmack viel kritisiert wurde. Die höchste Auszeichnung für ein Werk, die Bettina Bettighoff zu vergeben hatte, war ein streng und doch emphatisch, mit lauter Stimme vorgetragenes:

„Nein! Also das Bild von Pollock, das war *wirklich gut*!"

Woraufhin ihre Freundinnen in begeistertes Gegacker ausbrachen. Sie mühte sich ab mit dem Hören klassischer Musik, nur um so zu tun, als würde sie dabei etwas empfinden und um Tiefe zur Schau zu stellen. Das war auch ein probates Mittel, ihren Mann zu demütigen. Immer, wenn sie gerade eine Platte aufgelegt hatte, fragte sie ihn, wer der Komponist sei, was der arme Mann nicht leicht erkannte.

„Um Gottes willen, das ist natürlich Mozart, das hört man doch nun wirklich …!" sagte sie entrüstet und sprach danach den ganzen Tag kein Wort mehr mit ihm.

Dieser Mann, der Vater von Patricia, war im Grunde ein gutmütiger, ruhiger Zeitgenosse, dicklich, hässlich, groß, vielleicht früher einmal stattlich, und gänzlich von seiner Frau regiert.

Unermüdlich trieb sie ihn zur Arbeit und so hatte er seinen Betrieb bald bis zur Unübersichtlichkeit vergrößert. Zunächst war geplant: Wir werden reich und dann führen wir ein anderes Leben, dann lassen wir arbeiten, reisen, bekommen einen Stall Kinder, und so weiter. Doch bald merkte der Vater, dass seine Firma ihn mehr interessierte als seine Frau, und schon das erste Kind Patricia reichte den Eltern vollkommen aus. Nicht etwa, dass Patricia ein unangenehmes Baby oder gar ein Schreihals gewesen wäre, nein, man fand es schlicht und ergreifend mühsam, die Windeln zu wechseln oder das Baby zu baden und zu füttern, es war den Eltern langweilig. Also wurden mehrere Kinderfrauen eingestellt, die sich um Patricia kümmerten. Oft war Patricia alleine, doch das störte sie nicht sonderlich, nur abends, etwa beim Schlafengehen, da war es unheimlich. Da niemand ihr eine Geschichte erzählte oder sie in den Schlaf wiegte, wiegte sie sich selbst in den Schlaf. Sie legte sich hin, schloss die Augen und bewegte ihren Körper langsam hin und her. Die Eltern straften ihre Tochter Patricia mit geballter Egozentrik und machten sie damit zur Güte in Person.

Schon früh bekam Patricia Engelslocken und blaue Augen, so dass man sie für ein nordisches Kind gehalten hätte, wäre da nicht noch ein anderer Ton hinzugekommen. Ihre Haut war nämlich nicht weiß, sondern merkwürdig dunkel, fast olivfarben und erinnerte somit an eine alte Familiengeschichte über den Vater ihrer Mutter, den niemand je gesehen hatte, außer natürlich ihrer Großmutter, welche zu diesem Thema hartnäckig schwieg. Dieser Vorfahr soll ein waschechter Zigeuner gewesen sein. Patricias Mutter schämte sich dafür und verdrängte Gedanken daran soweit, bis sie selbst glaubte, was sie nicht wissen wollte. Schließlich war sie recht hellhäutig, Beweis genug dafür, dass ihr Vater, so die offizielle Version, ein im Krieg gefallener deutscher Soldat war, vermutlich sogar ein Held, wer weiß es denn? Nun aber wurde durch Patricias Geburt die wahre Familienherkunft ruchbar, brach gewissermaßen heraus und das war unangenehm.

In den meisten Familien gibt es ein paar Grundmotive, die den Charakter der Familie ausmachen. Es sind zentrale Eigenschaften oder Bedürfnisse, die manchmal gehasst und unterdrückt werden, die aber umso stärker in der folgenden oder in der dritten Generation wieder auftauchen. Es sind Prinzipien, Gencluster, musikalische Motive, die sich unendlich wiederholen und die, wenn sie lange nicht erschollen sind, wieder eingefordert werden. Meistens ist ein paar Takte bevor das Motiv ausbricht schon ein Raunen zu hören, eine Spannung, eine Andeutung, die sich ins Unerträgliche steigert, so dass alles auf die erlösende Melodie wartet, wenn sie auch schrecklich sein mag. Die wahre Familienherkunft der Bettighoffs wurde im Geheimen nämlich noch früher ruchbar. Als Patricias Mutter älter wurde, nahm ihre Bosheit genau um das Maß zu, um das ihre Schönheit abnahm. Sie hatte ein markerschütterndes Organ, das unaufhörlich Keuschheit und Gutmenschentum predigte, womit sie leugnete, dass sich etwas Zigeunerhaftes in ihren Kopf und vor allem in ihre Hose geschlichen hatte. Jeden Sonntag ging sie in die Kirche, mit stolzen Schritten und sehr fein zurechtgemacht. Auch das Beten war irgendwie kleidsam und gab ihr außerdem das angenehme Gefühl, mit höheren Mächten im Bunde zu sein. Mit der christlichen Ethik nahm sie es allerdings nicht so genau. So hatte sie sich durch plötzliche rührende Pflege einer moribunden Tante ein Ferienhaus erschlichen, sehr zum Zorn der rechtmäßigen Erben. Da Teilen nicht ihre Stärke war, durfte in diesem Haus nie jemand wohnen, außer sie und ihr Mann.

Vielleicht weil sie ihrer selbst so unsicher war, wollte sie unbedingte Kontrolle über ihre Umgebung haben. Sie dominant zu nennen, wäre eine Untertreibung, denn trotz des ungeheuer einschmeichelnden, freundlichen, beinahe kindlich-naiven Tons ihrer Stimme, war sie eine unerbittliche Despotin. Patricia musste genau das tun, was ihre Mutter forderte, wenn ein bisschen Liebe für sie abfallen sollte. Mit überlauter Stimme demonstrierte sie dann ebendiese Liebe zu Patricia. Aber, aber, hatte sie nicht auch gute Seiten? Hat nicht jeder Mensch auch gute Seiten? Nein. Machen wir uns nichts vor. Sie war nicht bösartig, weil das Leben ihr übel mitgespielt hätte, sondern einfach aus unschuldiger Freude an der Bösartigkeit. Wir glauben, dass sie ein schlechter Charakter war.

Nichtsdestotrotz schlief Patricia ruhig und aß viel, gedieh prächtig und schien die seltene Anwesenheit der Eltern selbst dann kaum wahrzunehmen, als sie langsam zu einem Menschen wurde. Gerade in der Nacht vor der Hinrichtung sollen Menschen ja hervorragend schlafen. Sobald Patricia laufen konnte, entwickelte sie eine große Leidenschaft für Schlamm und Matsch. Jedes Kind kennt diese erste Liebe, doch bei Patricia war es beinahe eine Zwangshandlung, sich auszuziehen und in den Matsch zu schmeißen, sobald sie eine Pfütze sah. Hinter dem Gebrauchtwagenhandel der Eltern befand sich ein weiträumiges Grundstück mit einem kleinen Tannenwäldchen darauf. Inmitten des Wäldchens war Patricias Paradies gelegen, denn dort gab es eine Lichtung, an deren Rand sich eine Senke befand und dort gab es immer Schlamm. Wenn es geregnet hatte, konnte man bis zur Hüfte in herrlichem Schlamm eintauchen und mit anderen Kindern darin herumbalgen oder Schlammschlachten machen. Leider durften die anderen Kinder nur selten teilnehmen, denn deren Eltern sahen die vergnüglichen Schlammbäder nicht gerne.

Wenn Patricia nach diesen Spielen den Heimweg antrat, war sie glücklich und unbeschwert und störte sich auch nicht an den entsetzten Blicken, mit denen potentielle Autokäufer den kleinen Waldschrat bedachten, der mit nichts als Lehm bekleidet war, dafür aber von Kopf bis Fuß. Selbst die Haare waren dunkelbraun eingefärbt, nur manchmal schaute noch eine blonde Locke heraus, die das Bad zufälligerweise unbeschadet überstanden hatte. Wie Goldstaub im Dreck. Vor dem Haus musste Patricia sich mit einem Gartenschlauch von oben bis unten abspritzen, das wusste sie, denn sonst gab es Ärger … Schade eigentlich, denn sie liebte den Geruch des Schlamms und der Erde. Schade auch, weil auf dem Weg vom Wäldchen zum Haus der Schlamm ein bisschen eingetrocknet war, so dass an verschiedenen Stellen des Körpers haftschalenartige Abdrücke entstanden waren, ein Kleid, vom Wäldchen selbst für Patricia gemacht, als Geschenk für sein liebstes Kind. Ein Panzer freilich auch, denn die verkrusteten, wie angegossen haftenden Lehmplatten machten sie unverwundbar. Sie war eine Ritterin und den Unholden des Waldes wäre es unmöglich, ihre Zauberplattenrüstung zu durchdringen und sie zu verletzen. Sie wäre stundenlang in der Rüstung herumgelaufen, hätte nicht brennender Durst sie irgendwann ins Haus getrieben.

⁂

Wir trafen uns an der Bushaltestelle. Während ich unsicher zögerte, umarmte sie mich. Da war es wieder, Kirschparfum und würziges Gift, Koriander, Zimt und, ach, was auch immer, eine Million gut riechender, unsichtbarer Schmetterlinge flogen in meine Lungen, in meine Seele, Patricia eben.

„Hmm, du riechst so gut“, stammelte ich.

„Ach, das ist bloß Cherry Dream.“

„Ich meine gar nicht dein Parfum, sondern den Geruch darunter. Das ist Pätrischa-Pühr."

„Danke!" lachte sie rot werdend.

„Ob wir wohl reinkommen?" fragte sie.

„Habe Karten reserviert."

Oh Mann, dass ich alter Chaot und Spontanversager mal eine Sekunde im Leben vorausgeplant und etwas reserviert hatte, sagte schon alles.

Der Bus kam. Ein quietschgelber Doppeldecker. Wir gingen gleich nach oben in die letzte Reihe. Es war ein nigelnagelneuer und schneller Bus. Er hatte einen Turbo, was der stolze Busfahrer bei jeder Gelegenheit demonstrierte. So flitzten wir den Weg nach Hagen und wurden sanft durchgeschaukelt. Es ging so schnell, dass man die Aussicht auf rußgeschwärzte Häusermauern und Bürgersteige gar nicht würdigen konnte.

Patricia erzählt, dass ihre Mutter sich Sorgen mache, weil ich kein Umgang sei. Ich glaube, sie findet das aufregend.

„Klar bin ich Umgang, nur eben schlechter!" wir lachen.

So schaukeln wir, der Straßenkater und die Tochter aus gutem Hause, nach Hagen. Dann reibt sie sich das Auge. Eine Wimper hat sich verfangen.

„Oh je, da ist was im Auge, kannst du mal schauen?" Sie hält ihr Gesicht nahe an meins. Ich schaue in ihr tränendes, halbgeschlossenes Auge und versuche die Wimper aus dem Rand zu fischen. Der Bus wackelt und wir berühren uns manchmal. Es ist nicht leicht. Dann habe ich die Wimper endlich auf der Zeigefingerkuppe. Ihr Auge öffnet sich und strahlt mich an. Ich erschrecke, denn sie ist viel zu nahe. Ihre Saphiraugen scheinen und ich will sie küssen, doch drehe ich langsam den Kopf zur Seite, um auf die Wimper hinzuweisen. Es ist unaushaltbar.

„Da, schließ die Augen, puste sie weg und wünsch dir was."

Sie lächelt, schließt die Augen und pustet die Wimper weg. Dann schaut sie in die andere Richtung aus dem Fenster, betrachtet ihre Fingernägel und nestelt in der Tasche herum, um einen Kaugummi herauszuholen. Obwohl sie selbst dringend einen Kaugummi will, bietet sie mir ihren letzten an. So ist Patricia.

„Hier, musst du unbedingt probieren. Wildkirsch."

„Nein, danke, ich mag gar keine Kaugummis."

Das stimmt wirklich. Und wenn ich doch welche gemocht hätte, hätte ich natürlich dasselbe gesagt.

Wir waren dann plötzlich am Bahnhof in Hagen, dem Asozialenzentrum des Universums. Man kann dort keine halbe Stunde zubringen, ohne eine „Proletengeschichte" zu erleben:

Deutschland ganz unten, Pack schlägt sich, Pack verträgt sich. Wixkabinen. Das Traurige und Lustige ist, dass die Proleten nicht mehr soviel arbeiten müssen wie früher. Ganze Familien stehen in trauter Eintracht, Eltern und Kinder, beisammen und saufen Dosenbier. Ein untersetzter Farbiger, genannt der Krieger, steht immer an derselben Stelle am Bahnhofseingang. Er ist vollkommen unbeweglich, verzieht keine Miene und hält eine Riesendose Bier im Anschlag wie einen Speer. Als wir den Bahnhofsplatz überqueren und am Taxistand vorbeilaufen, sehen wir einen etwa Achtzigjährigen auf Krücken um ein Taxi herumhumpeln. Er bleibt nur stehen, um drohend mit einer Krücke in der Luft zu wackeln, wobei er beinahe umfällt. Er jagt einen Taxifahrer, der gelangweilt sicheren Abstand hält.

„Fah minna Hauuse, du Sauhuund!"

„Nää, komm, du hast doch wieda eingeschissen. Und ich kann wieda die ganze Sauerei vonne Sitze kratzen …"

„Bleib stehn, du Sauhuund. Fah minna Hauuse. Wenn ich dich erwische, Sauhuund!"

Der Bahnhofsplatz ist seit Jahren wegen unterirdischer Arbeiten aufgerissen. Krater, provisorisch verlegte Kabel und Rohre glotzen uncharmant auf den Hagen-Besucher. Vor allem aber ist alles grau. Der Himmel milchig-grau von Abgasen und undurchdringlichen Wolken, der Asphalt grau-schwarz vom Ruß der Schlote und Autos, die Gesichter gelb-grau wegen der Luft, der Zigaretten und des Alkohols. Es sah aus wie direkt nach einem Atomschlag. Durch diese Düsternis schritten Patricia und ich, lachend und leuchtend.

Im Kino laufen wir in die letzte Reihe und lassen uns in roten Kunstsamtsesseln nieder. Vor uns stehen Aschenbecher und Schnapsgläser für die Miniflasche Weinbrand, die jeder an der Kasse zusammen mit der Kinokarte bekommt, ob er will oder nicht. Ich stecke den Weinbrand für Vatta ein. Wir sinken tiefer in die Sessel und schauen die wunderbar bunte Werbung an. Der Film ist lustig.

Ich lege vorsichtig den Arm auf das Sitzende über dem Rücken von Patricia. Ganz vorsichtig, ohne sie zu berühren. Von weitem müsste es so aussehen, als ob ich den Arm um sie gelegt habe. Ich warte. Nichts geschieht. Ich warte darauf, dass sie den Arm nimmt und freundlich doch bestimmt weglegt. Dann schiebe ich meinen Arm einen Zentimeter tiefer, jetzt berühre ich sie genau an einer Stelle der Schulter. Wie gelähmt bleibe ich in dieser Position, eine halbe Stunde lang. Mein Arm und mein Rücken tun weh, doch ich merke das gar nicht. Wieder lasse ich meinen Arm einen halben Zentimeter weiter niedersinken. Doch nicht auf einmal! Halbe Millimeterweise. Ich berühre sie jetzt an zwei Stellen. Mein Herz rast, sie wehrt sich nicht! Jetzt bewegt sie sich plötzlich. Nun ist alles verloren. Sie nimmt die Hand des Armes, der sie fast umarmt, also meines Armes, meine Hand, und zieht sie weiter runter, kuschelt sich in meinen Arm und hält meine Hand. Ich atme nicht, bewege mich nicht und bekomme einen Krampf. Bewege mich immer noch nicht und der Krampf geht wieder weg.

⁘

Eines Morgens betrat Grill den Klassenraum, setzte sich wie gewöhnlich ans Pult, schlug wie immer das Klassenbuch auf und blieb dann einige Minuten regungslos und wie durch das Klassenbuch in die Tiefe starrend sitzen.

Während bei jedem anderen Lehrer der Geräuschpegel und das Gelächter nun deutlich angeschwollen wären, blieben wir ebenso regungslos. Selbst die Pausenschwätzereien verstummten und es wurde noch stiller.

„Machen Sie“, sagte er nach einer Weile tonlos, „machen Sie irgendetwas …“

Wieder saß er einige Minuten einfach da. Wir rührten uns nicht und ahnten instinktiv, dass seine Stimmung etwas mit seiner Frau zu tun hatte. Es kursierten Gerüchte, dass sie bei einem Lehrerfest ein Verhältnis mit einem anderen Lehrer, Herrn Schmid, angefangen haben soll.

Es gab sogar Stimmen, die den Einzug von Grills Frau bei Schmid meldeten. Pikanter wurde die Geschichte noch dadurch, dass Herr Schmid von jeher ein Intimfeind Herrn Grills war. Wir ahnten diese Dinge zwar wie gesagt, doch waren wir andererseits weit entfernt, einen Lehrer als Privatperson zu sehen und konnten uns nur schwer vorstellen, dass er eine Frau, Kinder, eben ein Privatleben haben könne. Undenkbar war auch, dass zwischen Frau Grill, die zwar schwarz, aber trotzdem hässlich wie die Nacht war, Herrn Grill, der ebenfalls keiner Figur aus einem Schnulzenroman nahekam, und Herrn

Schmid, der beide in dieser Richtung noch übertraf, so etwas wie Erotik oder Liebe eine Rolle spielen könne. Und doch wurden wir eines besseren belehrt.

Langsam, entsetzlich stockend vergingen weitere Minuten. Dann sagte Grill, indem er uns wieder siezte, was er sonst bei Zehntklässlern nie tat:

„Sie wissen ja vielleicht ... Sie haben ja vielleicht gehört ... Sie kennen ja, den Herrn Schmid, diesen Menschen, der ..."

Hier brach sich seine Stimme zu einem tiefgequälten Schluchzen, das gegen Ende laut wie ein Schrei wurde, „... der ... mein Leben zerstört hat!"

Grill ließ seinen Kopf auf das Klassenbuch knallen und weinte hemmungslos. Keiner von uns wagte, etwas zu sagen oder zu lachen, denn das hätte gefährlich werden können, zumindest hätte es schnell eine der gefürchteten Strafprüfungen geben können. Aber auch aus einem anderen Grund schwiegen wir. Grill tat uns leid. Er kam danach aufgrund einer Erkrankung, wie es hieß, für drei Monate nicht mehr in die Schule.

Perlendes Blut

Man glaubt es kaum, doch Sabine von Bingen hatte mich zu ihrer Geburtstagsparty eingeladen. Es sollten viele Mädchen dorthin kommen, munkelte man, und ich spürte, aus irgendwelchen Gründen, dass es dort passieren würde.

Es ist schon passiert, im physikalischen Sinne, dachte ich. Nur die Zeitachse musste noch ein wenig weiter verschoben werden. Als nun endlich der besagte Abend herangerückt war, machte ich mich so richtig schick. Ich badete ungestört, weil Vatta die Sicherung in der Fassung ließ. Ein gutes Vorzeichen. Dann zog ich meine knallrote „Gas"-Popperhose an, die karottenförmig geschnitten war, sowie meine nagelneuen weißen „Adidas"-Turnschuhe. Ich trank eine eiskalte Dose Cola und ging pfeifend auf die Party. Sabine hatte ihre Gäste sorgfältig ausgewählt, es waren genau neun Jungs und neun Mädchen da. Es wurde schon getanzt. Heiße Scheiben rotierten auf dem Plattenteller und die Stimmung war angeheitert. Besonders stolz war Sabine auf eine echte Lichtanlage, die ihr Vater gebastelt hatte und die durch wechselndes Anspringen von roten, gelben und grünen Lichtern die Rhythmen der Musik unterstützte.

Nichts ist sonderbarer, als nüchtern auf eine Party zu kommen, auf der sich alle schon betrunken zur Musik bewegen. Man hat dann etwa zehn Sekunden lang einen unverstellten Blick auf das Seltsame, das Wahnsinnige solch einer Veranstaltung. Alles Menschengetier zuckt wie selbstverständlich und macht Verrenkungen zum Rhythmus der Musik. Was ist denn daran selbstverständlich und in irgendeinem Sinne normal, dass vernunftbegabte Wesen in tranceartige Bewegungen verfallen und sich dabei an sich selbst ergötzen? Nichts. Es ist ja offenkundig zwecklos. Durch dämonische Musik verfallen sie in einen Zustand, der zu einer früheren, unbewussten Stufe der Menschheit gehört und der, das ist ganz eindeutig, zum sich Auflösen in der musikgeschwängerten Luft, zur Aufgabe des Bewusstseins und so also zum Vergessen führt. Es geht um Seelenreinigung. Und mehr. Der Tanz war ein Vorspiel des Sexuellen, ein Balzplatz, das wurde mir klar, als ich Patricia tanzen sah. Niemand konnte so tanzen wie Patricia, und niemand liebte es so sehr, ihr dabei zuzusehen, wie ich. Ich erfreute mich an ihren göttlichen Bewegungen, die fleischgewordene Musik zu sein schienen. Patricia schaffte es tatsächlich, sich so in der Musik aufzulösen, dass man plötzlich wusste, wie eine Melodie oder ein Rhythmus gemeint war. Dabei baute sie zwischendurch allerlei Kapricen, allerlei Kokettes in ihren Tanz ein, was aber gar nicht störte, sondern die Sache im Gegenteil eher noch reizvoller machte.

Sie tanzt einen Jungen an, der, nach anfänglichem Zögern, begeistert mitmacht. Nach einer Weile dann zu begeistert, er versucht dauernd, sie zu umarmen. Sie stößt ihn weg, belustigt über ihren Erfolg. Das war nicht beleidigend, denn er lacht auch, beide lachen darüber, dass er sich nicht im Zaum hat. Ein unwiderstehlicher Wunsch überkam mich, sie übers Knie zu legen und ihren rasanten Hintern zu versohlen, als freundschaftliche Strafe für ihre Luderhaftigkeit sozusagen. Noch lieber hätte ich sie auf ein Bett gedrückt, ihre Hände festgehalten und sie ganz hart genommen. Denn das war es, was ihr Tanz herausforderte und alle Männer wurden noch verrückter nach ihr. Der Ausdruck ihrer Bewegung war: schaut, wie schön ich bin, schaut, wie ich euch necke, ich aber gehöre keinem von euch, weil ihr nicht Manns genug seid, mich hart auf ein Bett zu drücken und unbedingt zu nehmen. Sie verlangte nach Dominanz, sie wollte beherrscht werden, wollte dienen. Aber nicht irgendjemandem, sondern nur einem echten Mann, einem Alphatier. Mir jedenfalls nicht.

Selig stand ich etwas versteckt hinter der Tanzfläche und schaute Patricia zu. Zerrinnende Irrlichter des Festes, die Augen, die bunte Beleuchtung, alles *scheint* und macht doch einen stärkeren Eindruck als die Wirklichkeit. Die Musik ging zur Neige und ich lief zum Plattenspieler, um Patricia am Tanzen zu halten. Vor allem liebte sie schwarze Musik und deswegen spielte ich „Rappers delight" von der Sugarhill Gang. Das war etwas ganz Neues, ein neuer Musikstil, man nannte es Rap oder Hip Hop, eine aggressiv-schräge Art Sprechgesang, die sich sicher nicht durchsetzen würde. Patricia johlte und tanzte weiter, ich legte sicher eine Stunde lang auf, und die Meute dankte es mit ausgelassenem Jubel bei jedem neuen Lied. Obwohl ich nicht tanzen konnte, hatte ich ein gutes Gefühl für Musik und wusste genau, was sie jetzt hören wollten, vor allem, was Patricia hören wollte. Alle bewegten sich nach dem Rhythmus, den ich bestimmte. Nicht nur das Gebaren des tanzenden Mobs war archaisch und geistlos. Ich verwandelte mich in einen schamanischen Eintänzer, der mit Leopardenfellen und kostbaren Muscheln behängt ist. Meine Krone ist ein Leopardenschädel aus dessen aufgerissenem Maul mein Gesicht hervorlugt. Die beiden Eckzähne des Leoparden beißen sanft in meine Stirn und sehen aus wie Teufelshörner. Darunter blitzen machthungrig und zorneslüstern meine Augen. Ich gebe den Rhythmus an und der Mob tanzt. Wenn möglich, hätte ich mit Menschenknochen auf rohe Schweinehälften getrommelt.

Ich lege Grandmaster Flash auf und der singt:

„It's like a jungle, sometimes it makes me wonder how I keep from going under, aha, ha, ha …"

Patricia kommt hinter die Bar, um etwas zu trinken, ihr Gesicht glüht. Sie umarmt mich.

„Du machst so tolle Musik!"

„Du tanzt unglaublich, du bewegst dich nicht wie eine Deutsche, du tanzt wie eine weiße Schwarze."

Sie lacht und sieht mich lange an.

„Ich verrate dir ein Geheimnis. Du darfst es aber niemandem weitersagen!"

Sie macht eine Pause, dann zieht sie mich heran und flüsterte in mein Ohr.

„Mein Großvater war Zigeuner. Und weißt du, wie meine Mutter eigentlich heißen sollte?"

Sie kommt immer näher zu mir, unsere Gesichter berühren sich, ich sauge ihren Duft ein und halte ihn lange in der Lunge. Dann lasse ich ihn langsam aus der Nase wieder raus. Gutes Dope. Ich vergesse einzuatmen und mir wird schwindelig.

„Nein, wie?" der Boden schwankt.

„Perlendes Blut, so nenne ich mich jetzt still und heimlich, perlendes Blut. Du darfst mich auch so nennen, wenn es niemand hört."

Sie sagt das direkt in mein Ohr hinein, einmal, weil die Musik noch spielt und dann, weil niemand anderes es hören soll. Plötzlich spüre ich einen sanften Stromschlag, sie hat ihre Zunge kurz, aber deutlich in mein Ohr geschoben, lacht einen irren Giekser und ist wieder auf der Tanzfläche.

„Perlendes Blut", denke ich, und eine Gänsehaut breitet sich wie eine Schockwelle von meinem Ohr über meinen ganzen Körper aus. Zitternd lege ich die nächste Scheibe auf.

Sabine beschloss, dass nun die Spiele beginnen sollten. Ich drehte die Musik leiser und setzte mich gespannt in den Kreis, der sich in der Mitte des Raums gebildet hatte.

Es ging los mit Flaschendrehen, dann Kirschenküssen, Jahr 2001, und dergleichen. In den Spielen drehte es sich letztlich nur darum, sich in irgendeiner Form näher zu kommen.

„Auf den die Flasche zeigt, der muss zwanzig Sekunden mit Patricia in der Besenkammer rumknutschen. Mit Zungenschlag."

Zeigte die Flasche auf ein Mädchen, wurde noch mal gedreht, bis der glückliche Junge eruiert war. Diese Spiele führten am Ende dazu, dass jeder mindestens einmal mit jedem herumknutschte. Gewagtere Aufgabenstellungen waren: Unter den Pulli gehen, an den Hintern fassen und – selten – zwischen die Beine fassen, eventuell sogar „in die Hose gehen". Ich erinnere mich einer unsterblichen Szene auf der Party meines Freundes Jens Walecki, von dem später noch zu reden sein wird. Eingeladen war unter anderem Jensens Cousin aus dem Dortmunder Norden, ein kleiner, rothaariger Bandit, dem die Verwegenheit schon im Alter von fünfzehn Jahren anzusehen war. Dieser geriet nun vermittels eines dieser neckischen Spiele an Yvonne Flaum, die Klassenstreberin, die zum ersten Mal auf einer solchen Party war und vermutlich auch zum letzten Mal. Jensens Cousin, Kläuschen hieß er, glaube ich, konnte nun in Absprache mit Jens die Dinge so drehen, dass er Yvonne im Laufe eines Spieles leider für dreißig Sekunden „in die Hose gehn" musste. Was er dann also vor unser aller Augen tat. Ziemlich ungerührt und zielstrebig. Yvonne Flaum, die eine Schwäche für Jens hatte, wurde puterrot, wagte jedoch nicht, die Spielverderberin zu sein, um nicht Wasser auf die Mühlen derer zu gießen, die sie sowieso für eine spießige Streberin hielten. Also ließ sie sich, über und über rot und hyperventilierend, von Kläuschen die Hose aufknöpfen. Kläuschen grinste obszön und verhöhnte sein

Opfer dazu: „Wolln mal sehn, wie das kleine Pfläumchen heute drauf ist, was? Ha, ha!" Yvonne verzog den Mund. Sie sagte den gesamten Abend kein Wort mehr.

Da wir uns alle mehr oder weniger inmitten der Pubertät befanden, waren diese Partys und die damit verbundenen Spiele sehr beliebt, obwohl sie auch ein Quell absoluter Grausamkeit sein konnten. Man fieberte den Festen mit ähnlich aufgeregter und ängstlicher Geilheit entgegen wie einem Horrorfilm. Beliebt und gefürchtet war das Spiel „Kirschen Küssen". Die Mädchen saßen dabei nebeneinander wie Hühner auf der Stange und die Jungs warteten draußen vor der Tür. Der erste Junge wurde hineingerufen und musste die Reihe der Mädchen entlanglaufen, wobei er jede Einzelne fragte:

„Wie süß sind die Kirschen?"

Darauf gab es etwa fünf Antwortmöglichkeiten, die verschiedene Handlungen nach sich zogen:

Erstens: Zuckersüß mit zuckersüßer Sahne, was bedeutete, dass der Junge nun 60 Sekunden mit dem Mädchen zungenküssen durfte. Ein beliebter Junge knutschte also der Reihe nach je eine Minute mit jedem Mädchen.

Zweite Möglichkeit: Zuckersüß mit Sahne, bedeutete 30 Sekunden Zungenkuss.

Drittens: Zuckersüß. Kuss auf den Mund, ohne Zunge.

Viertens: Süß. Kuss auf die Wange.

Fünftens: Sauer. Ohrfeige.

Voll süßer Erwartung stürmte ich ins Zimmer und die Mädchen lachten. Ich fragte die erste:

„Wie süß sind die Kirschen?"

Sauer, patsch. Aber die zweite:

„Wie süß sind die Kirschen?"

Sauer, und das ging so weiter, bis ich zu Patricia kam, die ich liebte und die mir, so dachte ich nach unserem Kinobesuch, doch wenigstens ein bisschen zugetan war. Patricia war hinreißend. „Ne echte Buttacremtoate", wie Gagi sagen würde.

Sie sah wieder aus wie ein blonder Engel und entsprach durch ihren dunklen Teint doch keinem Klischee. Auch ihre Haare waren nicht klischeeblond, sondern goldgelb, mit dunkel und hellgold mäandernden Mustern drin. Es waren auch nicht gewöhnliche, kuhblaue Augen, sondern es war eine spezielle Farbe, nämlich genau das Blau, das Saphire haben, wenn sie besonders teuer sind. Das wusste ich als Mineraliensammler und sagte es ihr auch einmal. Kein wässriges Hellblau, sondern ein durchdringendes, leuchtendes Mittelblau, das aus dunklen Tiefen zu leuchten schien. Aus den Tiefen ihrer Seele? Ich fragte also mit Herzklopfen:

„Wie süß sind die Kirschen? "

Patricia zögerte und fragte:

„Hast du denn deinen Kirschlabello drauf?"

Ich rannte raus, schmierte mir Kirschlabello auf die Lippen, rannte unter Gelächter zurück und erwartete die Antwort. Bebend. Ihr Urteil war: „zuckersüß", woraufhin die anderen Mädchen protestierten, weil sie offenbar vereinbart hatten, mich alle mit Ohrfeigen zu dekorieren. Ich bekam also von Patricia einen Kuss auf den Mund, ohne Zunge. Merkwürdigerweise verbitterte mich dieser Kuss mehr, als es die Ohrfeigen taten. Ohne Zungenschlag. Ich ging geschlagen aus dem Zimmer. Die anderen Jungs prahlten mit ihren Kusserlebnissen und ich prahlte ein bisschen mit, um nicht aufzufallen.

Gegen später dann löste sich das strenge Reglement der Spiele auf und es wurde Klammerblues getanzt. Acht Pärchen vollzogen dieses herrliche Ritual, bei dem, eng aneinander geschmiegt, einer des anderen Vorzüge mal sanft, mal fest gedrückt spüren kann und sich dabei selig langsam zum Takt der Musik dreht. Ich sagte, acht Pärchen tanzten, was soviel bedeutet, dass ich wieder einmal leer ausging. Selbst das unschöne Mädchen, das übrig blieb und mir in Sabines Partyplanung wohl zugedacht war, wollte nicht. Allmählich löste sich der Reigen des Klammerblues' auf und die acht Pärchen lagen nun auf Matratzen, die den Raum säumten und küssten und befummelten sich in schöner Selbstvergessenheit. Rod Steward sang „Sailing", ich saß am Ende der Kellerbartheke, am anderen Ende saß das hässliche Mädchen. Ich fragte mich, warum niemand mich küssen wollte, obwohl ich mich so heiß danach sehnte, dass mein Gefühl den Nordpol hätte schmelzen können.

Die Diskrepanz zwischen meinem starken Sehnen und den Gefühlen der Mädchen war mir unbegreiflich. Ich schaute auf das Matratzenlager. Patricia knutschte mit Manni von Lippe, dem Star der Schule. Ich beschäftigte mich damit, Platten aufzulegen, nicht, um den Pärchen eine schöne musikalische Untermalung zu bereiten, sondern um wenigstens die Musik zu hören, die ich liebte. Dabei konnte ich eine Weile nachdenken, ohne mich ausgestoßen zu fühlen. Diese Tage waren übrigens der Beginn einer Karriere als DJ, die ich viele Jahre später, quasi in einem anderen Leben, weiterverfolgen sollte. Ich grübelte vor mich hin und zerfloss in Selbstmitleid. Im Grunde war es klar. Niemand küsst mich, weil ich der Asoziale vom Ende der Straße bin, weil ich hässlich bin und weil ich schüchtern bin. Drei verdammt gute Gründe, es den Mädchen nicht zu verdenken. Manni von Lippe ist schön, er ist frech, er ist der Sohn des Anwalts und er wohnt in einem großen Haus. Ja, eigentlich war alles in der Ordnung der Dinge. Was macht es, dass er keine Seele hat? Das sieht man ja mit sechzehn noch nicht. Mit sechzehn sieht jeder so aus, wie seine Gene ihn geschaffen haben, erst mit dreißig und noch mehr mit fünfzig jeder so, wie er es verdient. Im Laufe der Jahre übernimmt die Seele vermittels der Gedanken und Gefühle, die zur Gewohnheit werden, das Regiment über die Physiognomie und schreibt ihre Linien in das Gesicht. Durch die Gedanken und Gefühle, die zur Gewohnheit werden, wiederholen sich ganz bestimmte, damit verbundene Gesichtsausdrücke so oft, dass sie langsam in unsere Haut graviert werden wie Flussbetten in die Landschaft.

Patricia knutschte mit Manni herum, denn Manni war schön, so schön, wie er später hässlich wäre, wenn seine Geistlosigkeit mit der einzigen spitzen Feder, die sie hatte, ihre Unterschrift unerbittlich in sein Gesicht setzte. Seine Schönheit versprach, was Frauen an Männern schön finden: Verwegenheit, Witz und geistige Originalität. Dabei täuschten nur die verdammten Gene mittels einer Physiognomie, die zufällig diese Ausstrahlung hat, eben diese Eigenschaften vor. Ein Mann von fünfunddreißig Jahren, der aussähe wie Manni, wäre sicher verwegen, witzig und geistvoll gewesen. Manni war das alles nicht, er war dumm, langweilig und bequem, man konnte es nur noch nicht sehen. Es war ein neckisches Spiel der Biologie, ein Verwirrspiel, was schon in wenigen Jahren seine Auflösung finden würde. Wie so viele Schulstars, sollte er bald an Übersättigung verblühen, und sollte der Unterschied zwischen seinem Inneren und Äußeren verschwinden. Doch heute noch nicht, heute war er der König, denn Patricia lag in seinen Armen. Mein einziger Trost war, dass er sie durch seine Stumpfheit im Grunde nicht richtig erkennen oder genießen konnte. Was konnte er schon mehr empfinden als eine Art säuischer Gemütlichkeit?

Ich saß an der Theke, trank Bier und legte Platten auf, während das hässliche Mädchen mir über indignierte Blicke einen Korb bedeutete, den ich doch weit entfernt war, durch eine Annäherung einzufordern.

„Ich bin traurig. Ich glaub ich hab ne Depression“, sagte ich zu meinem Freund Jens.

„Wieso?“

„Na hör mal, Jens, Patricia hat mit Manni rumgeknutscht“, sagte ich leise empört.

„War ja nicht zu übersehn“, sagte Jens.

„Jetzt ist alles aus.“

„Na na, aus ist gar nichts, es war ja auch nichts an. Vielleicht hat es außerdem sein Gutes!“ sagte Jens in beruhigendem Ton, so, als ob er mit einem Kind oder einem Pferd spräche. Ruhig, Brauner, ruhig.

„Scheiß drauf, okay! Ich kenne das Gesülze von alles hat auch sein Gutes. Man kann aus allem was machen. Erzähl mir nicht so ne Scheiße. Eine Minute vor der Hinrichtung ist wohl ne ziemlich beschissene Situation, oder?“

„Geb ich zu“, sagte Jens, „es gibt auch objektiv schlechte Situationen. Okay, ein behindertes Kind zu kriegen ist beschissen. Fünf Minuten vor der Hinrichtung ist zugegebenermaßen auch ziemlich beschissen. Obwohl, wer weiß, was für Drogen einem da durch den Kopf schießen? Oder Krebs zu haben ist auch beschissen …“

„Na, dafür gibt's als Ausgleich ja tolle Ärzte“, entgegnete ich sarkastisch. „Hey, kennste den: ‚Ja, der Dr. Criens, der macht Lahme sehend und Blinde gehend.‘ Hör mal Jens, was wäre das Schlimmste, was dir passieren könnte?“

„Blind sein vielleicht, oder gelähmt.“

„Ja, aber, weißte Jens, vielleicht hat das auch sein Gutes, das Leben ist immer ausgleichend. Wusstest du, dass ein Blinder viel besser hören kann als ein Sehender? Der kann alles hören, der kann selbst ne Mauer hören. Wie eine Fledermaus, die kann mit den Augen hören, wie im Comic ‚Der Dämon‘.“

„Klar, der riecht nen Furz sogar im Dunkeln.“ Jens kratzte sich am Kopf und roch genüsslich daran.

Da fiel mir ein:

„Und neulich, da hat eine den Ärmelkanal durchschwommen, der erste Mensch überhaupt, der das geschafft hat. Aber die hatte ein Bein ab, verstehste, ihr Antrieb war das abbe Bein, die ist mit Prothese geschwommen als wäre es 'n Turbo. Das heißt, dass Menschen im Grunde Wunder vollbringen können und Mordskraft haben, sie kommen nur nicht ran, sie kommen erst ran durch einen Schicksalsschlag. Man müsste es irgendwie schaffen, an diese Kraft, an diesen Willen zu kommen, ohne ein abbes Bein zu haben."

„Manche haben ein abbes Bein, aber man sieht es nicht. Ein psychischer Schaden ist wie ein abbes Bein. So 'n Psychokrüppel wie du ist der schlimmste Krüppel", lachte Jens, „und außerdem, nicht jeder Krüppel vollbringt Höchstleistungen, manche kriegen auch ne Depression."

„Hör mal", entgegnete ich, „jeder Arsch, der heute ein bisschen schlechte Laune hat, hat gleich ne Depression. Andere haben von mir aus auch Grund, schlechte Laune zu haben, das ist nicht gleich ne Depression. Ich meine, wenn eine Frau ein behindertes Kind kriegt und schlecht drauf ist, dann ist das keine Depression, sondern sie hat verdammten Grund dazu, traurig zu sein."

„Aber behinderte Kinder können einem doch so viel geben … Man muss das nur annehmen, sich darauf einlassen …", sagte Jens, lustig und böse.

„Alles, was ich sagen will, ist: Eigentlich ist es fast egal, was im Leben passiert, Hauptsache es passiert etwas und man tut was. Wenn man nicht aufgibt, stellt das Leben dir einen Ersatz an die Seite."

„Hab ich doch gleich gesagt", lachte Jens und schmiss ein dickes Kissen nach mir.

Sabine von Bingen sah gut aus, lebte aber vollkommen im Prosaischen. Sie erzählte stundenlang ihren Tagesablauf, wobei nur zählte, was tatsächlich passiert war.

„Und dann bin ich aufgestanden und dann gab es Erdbeermarmelade, die ich so gerne esse zum Frühstück, weißt du, und dann hab ich die neue Spange in die Haare gesteckt, weißt du, die herrlich blaugestreifte, die meine Mutter mir geschenkt hat, und dann bin ich einkaufen gegangen und im Bus hat mich ein Typ so angeglotzt, weißt du, und dann hab ich dieses todschicke Teil gefunden, die Verkäuferin hat gesagt, da passt kaum eine rein und dann …“ Bla, bla, bla, bla, bla.

Was macht man nur mit solchen Frauen? Wenn man es nicht schaffte, sie in der ersten halben Stunde zu begatten, hatten sie einen impotent gelabert. Es war ein Rennen zwischen dem Natur- und Gottesgeschenk meiner Geilheit und der zersetzenden Wirkung ihres Geschwätzes. Das ewige Paradoxon: Man musste mit ihnen reden, bevor man an sie ran kam.

Bla, bla, bla, bla, bla.

Ich wurde immer schwächer, ich würde bald zusammensacken oder beim Weggehen auf die Fresse fallen. Schon wurden die Knie weich und ich konnte nur noch undeutlich sehen. Ich hörte auch nichts mehr, sondern sah nur noch ihren Mund sich bewegen, auf und zu, wie im Stummfilm, aber ohne eindrückliche Gesichter.

„Und du?“

Ich schwankte schon.

„Und du, wie war dein Tag?“

Was? Wie? Sie hatte mir eine Frage gestellt, mühsam sammelte ich mich ein. Dann wurde ich wütend.

„Hallooho, wie war dein Tag, Francesco“, sagte sie bereits genervt.

„Ich wurde geweckt von einem Engel, der goldene Haare

hatte und Flügel aus geschmeidigem Glas. Dann kam der Teufel vorbei und frühstückte mit mir. Er mag Toast mit roter Marmelade. Das schmierte ich ihm und dafür schenkte er mir lebensechte Visionen von lauter nackten Leibern, die mich gierig umschlangen. Dann verwandelte ich mich in einen Schmetterling, den du, liebe Sabine, gefangen, getötet und zur Ausstellung an den Flügeln aufgespießt hast."

„Hää? Was habense denn dir heute in den Kaffee getan? Na, auch egal, was ich dich eigentlich fragen wollte: Wie findeste eigentlich Gerda?"

Die Frage kam ein bisschen unvermittelt. Klang nach Auftragsarbeit.

„Hmm, geht so."

„Ist sie nicht eine tolle Frau?"

„Ja, ja."

Gerda war die Hässliche, die auf der Party übrig blieb. Sabine und Gerda waren so etwas wie Freunde, – sagt man Freundinnen dazu?

„Gerda möchte sich gerne mit dir treffen."

„Keine Lust", knurrte ich.

„Warum denn nicht?"

„Keine Lust eben."

Das war doch, fand ich, der beste Grund irgendetwas zu tun oder zu lassen überhaupt! Keine Lust eben. Warum verstand sie das nicht und ließ mich einfach in Ruhe.

„Warum denn nicht?" insistierte sie noch einmal.

„Weil Gerda hässlich ist", stöhnte ich genervt.

Sabine atmete schneller, sie pumpte wie ein kleiner Käfer, der gleich losfliegt.

„Aber, das kannst du doch nicht sagen, jeder Mensch ist doch irgendwie schön! Jeder Mensch hat etwas zu geben. Gerda ist so eine klasse Frau, Frauen sind überhaupt so genial!" entgegnete

Sabine, erst empört, dann begeistert. Typisch Sabine. Durch die letzte Wendung schaffte sie es immer, sich in dümmliche Emphase zu reden.

„Was 'n Quatsch. Jeder Mensch ist doch irgendwie schön", sagte ich, wobei ich eine Grimasse schnitt und ihre Stimme nachmachte.

„Doch! Früher, vor hundert Jahren oder so, galten etwas rundlichere Frauen wie Gerda als schön!"

„Ja, hmm, vielleicht wäre ich vor hundert Jahren mit Gerda ausgegangen, wer weiß?" entgegnete ich. Das war einen Gedanken wert. Rundlich und trotzdem mit ohne Titten, dachte ich schließlich in Ruhrpottmanier, war aber selbst vor tausend Jahren nicht schön.

„Es gibt gar keine hässlichen Menschen. Sicher finden andere Menschen Gerda schön, das ist doch alles Geschmackssache …"

Sabine lachte selbstzufrieden über ihr Argument.

„Ach ja? Die haben dann eben einen *schlechten* Geschmack. Außerdem, wenn es das Wort hässlich gibt, dann muss es wohl auch hässliche Dinge oder Leute geben, oder? Sonst gäbe es nur noch das Wort schön. Ich meine, von hundert Männern würden neunundneunzig auf Patricia fliegen und einer, der mit dem schlechtem Geschmack eben, auf Gerda."

Das kapierte Sabine nicht, sie psalmodierte empört:

„Aber nein, es kommt doch auf die inneren Werte an, auf die Ausstrahlung! Ausstrahlung, das ist es, was zählt!"

„Ach ja? Hast du deswegen mit Tuli auf deiner Party rumgeknutscht?"

„Tuli ist süß!"

„Eben, und eine linke Bazille", sagte ich.

„Nein, so kann man das nicht sagen …", meinte Sabine.

„Geschenkt!"

„Aber du kennst Patricia doch gar nicht, wie kannst du sie denn dann so toll finden?“

„Eben deswegen“, antwortete ich.

„Besonders gut in der Schule ist sie auch nicht, vielleicht ist sie ja sogar ein bisschen dumm?“

„Das wage ich kaum zu hoffen.“

„Hääh? Aber trotzdem! Vielleicht findet jemand Gerda schön. Der muss doch keinen schlechten Geschmack haben, nur weil er ein Einzelner ist. Es gibt gar keinen schlechten Geschmack! Nur unterschiedliche Geschmäcker!“

„Pass auf, Sabine, jemand sagt, Mozart ist gut und Ernst Mosch ist schlecht, und jemand anderes sagt es umgekehrt, wer hat denn dann den schlechten Geschmack, he, wer?“

„Aber man kann doch jede Musik schön finden, die Musik, bei der man sich wohl fühlt, ist doch schön, Francesco, Verständnis und Toleranz musst du lernen!“

„Oh Gott“, entgegnete ich verzweifelt.

Sabine fiel wieder etwas ein, ihr Mondgesicht leuchtete triumphierend.

„Außerdem: Schönheit ist vergänglich!“

Nun lächelte sie milde und fummelte in ihrer glitzerblauen Wimperntusche herum. Das war die Lösung.

„Vielleicht ist Patricia ja in zwanzig Jahren gar nicht mehr schön!“ Sie nickte zweimal, wie um sich selbst Recht zu geben.

„Ja, und bald darauf ist sie ein Skelett, und trotzdem würde ich heute lieber mit ihr … ausgehen als mit Gerda.“

Sabine dachte nach oder machte ein nachdenkliches Gesicht.

„Also, hör zu, Sabine, du hast da zwei Backbleche voll mit Pommes vor dir stehen, eines ist schon kalt, eines ist schön warm. Welche Pommes isst du?“

Sabine, strahlt.

„Die warmen! Ich liebe Pommes!“

„Aber sie werden doch bald kalt sein!“

„Hääh?“

„Ach komm, vergiss es.“

„Patricia kriegste sowieso nicht, die ist ne Nummer zu groß für dich. Du solltest dich vielleicht mit Gerda zufrieden geben. Lieber den Spatz in der Hand als die Taube auf dem Dach.“

„Lieber würde ich mich von tausend Teufeln braten lassen.“

„Denk dran, Francesco, lieber den Spatz in der Hand als die Taube auf dem Dach.“ Sie liebte diesen Spruch.

Lieber nichts in der Hand, als einen verdammten Spatz in der Hand, dachte ich, jedenfalls solange noch irgendwo eine Taube herumfliegt.

„Und übrigens: du bist ja auch nicht gerade der Schönste!“ Jetzt wurde Sabine wütend und das saß!

„Bei Männern ist das nicht so wichtig …“

„Ach nee, Mister Oberschlau und was ist bei Männern wichtig?“

„Das Geld und der Charakter, vor allem der schlechte.“

„Der Reichste biste auch nicht gerade, oder?“

„Dann werde ich eben ein Arschloch.“

Ich hatte keine Lust mehr auf das Gespräch, Sabine war wirklich zu blöde.

Und doch musste ich lange über das Gespräch nachdenken. Nicht nur wegen ihrer Beleidigungen. Meine Definition des guten Geschmacks besagte etwa: Das, was den meisten gefällt, ist guter Geschmack. Das stimmte natürlich so auch wieder nicht, denn in den zehn meistverkauften Platten finden sich wöchentlich zielsicher die schlechtesten Stücke wieder. Billige Melodien und grölbare Texte für den Plebs. Andererseits weiß Volkes Stimme wohl Auskunft über schön und hässlich zu geben, vor allem über „gut gebaut“ oder nicht. In sinnlichen Fragen ist die Masse kompetent und ihr Geschmack treffsicher, in geistigen oder kulturellen Angelegenheiten zielt die Masse ebenso genau: und zwar auf das Schlechteste. Ihre Instinkte sind intakt, der Geist aber nicht entwickelt. Ist das elitär? Meinetwegen, scheiß drauf.

Eine weitere, sagen wir geschlechterspezifische Variable ist auch noch zu berücksichtigen. Aus einer bunt durcheinander gewürfelten Gruppe von hundert Frauen würde deine beste Freundin, oder eine andere Frau, dir zielsicher das unattraktivste Mädchen mit den Worten auswählen: ist sie nicht wundervoll! Die musst du doch schön finden. Da Frauen sich naturgemäß für asexuelle Typen wie Julia Roberts oder Doris Day begeistern – verzeihlich, denn sie wollen ja mit ihnen nicht ins Bett – würden sie mit dem besten Gewissen eben diese sauberen Mädchen für die Männer auswählen. Dieses als das beste Gewissen zu bezeichnen, mag freundlich formuliert sein. Wohingegen die Männer, obwohl sie die sauberen Mädchen zu schätzen wissen, doch eine Prise Verruchtheit nicht stört, ja sogar im Gegenteil zur Attraktivität dazugehört. Das entsetzt viele Frauen – „Was findest du an diesem Flittchen?“ – und hat dazu geführt, dass Männer sich gar nicht mehr trauen zuzugeben, was ihnen gefällt, da es vom moralischen Bannstrahl der Frauen mit Entrüstung zurückgewiesen wird.

Also, brechen wir eine Lanze für das mittlerweile schwache Geschlecht und klären auf. Männer wollen Huren mit Engelsgesichtern. Alles andere ist geheuchelt. Frauen können gar nicht beurteilen, wann eine Frau schön ist, denn Schönheit definiert immer das andere Geschlecht. Ganz klar, dem Verband deutscher Bauarbeiter würde ich beruhigt die Auswahl meiner Braut überlassen, der Emma-Redaktion hingegen …

In der Schule zeigte ich mittlerweile eine gewisse Kontinuität. Es ging kontinuierlich bergab. Ich schrieb meistens Vierer oder Fünfer und las unter der Bank während des Unterrichts den „Playboy", den ein Kumpel aus der Kaufhalle klaute. Immerhin wurde ich zu der Zeit ab und an auf Partys eingeladen. Und einmal, nach einer Reihe von Ohrfeigen und Wangenküssen, sollte ich beim Kirschenküssen von Patricia meinen ersten, die unendliche Ewigkeit von dreißig Sekunden andauernden Zungenkuss bekommen. Ihre Zunge schlug mich zum Ritter. Es war die Belohnung dafür, dass ich den gesamten Abend die Musik spielte, die sie liebte. Wenn ich in der Schule nicht den „Playboy" las, träumte ich von ihrem Kuss. Wenigstens hundert Mal muss ich ihn in meiner Erinnerung wiederholt haben. Ich stand vor ihr und fragte:

„Wie süß sind die Kirschen?" Bebend erwartete ich ihre Antwort wie ein Mörder das Urteil des Richters. Wieder kein Kuss hätte lebenslänglich mit nachfolgender Verwahrung im Limbo bedeutet.

„Zuckersüß mit Sahne", sagte sie und mir wurde schlecht. Schlecht vor Glück. Das heißt, eigentlich passierte ein paar Sekunden lang gar nichts. Nicht, dass ich rechnen musste, was zuckersüß mit Sahne an Sekunden und Zungenschlägen auf der Richterskala bedeutete, das wusste ich auswendig. Ich reagierte einfach nicht. Wenn eine Brandbombe in einen Benzintank einschlägt, gibt es auch einen Moment der Verzögerung, bevor die Hölle losbricht. So etwa war es, bis mir die Verheißung von dreißig Sekunden Zungenkuss mit Patricia wie siedendes Pech in den Adern kochte. Wenn ein Taucher zu schnell auftaucht, weil ihm die Luft knapp wird, dann stirbt er. Das Kohlendioxid in seinen Adern beginnt zu kochen, aber andererseits: Was soll er denn tun?

Dort saß sie also mit ihren gemeißelten Himbeerlippen und

lächelte, während ich mich fragte, warum ich das nun darf, warum ich diese Lippen küssen darf. Das Geschenk war viel zu groß für mich. Ich war der auftauchende Taucher, der aus ewiger Meeresdunkelheit zur Wasserdecke schoss. Die Luft war schon knapp geworden. Ich schaue nach oben und sehe das erste Mal die goldene Sonne, die wie eine Schatzdukate am Meereshimmel erscheint. Wie in Zeitlupe gehe ich auf sie zu, immer näher, bis ich den Duft ihres wunderbar billigen Kirschparfums in der Nase habe, bis ich so nahe bin, dass ihre Konturen vor meinen Augen verschwimmen, bis alles dunkel wird, weil ich die Augen schließe, bis ich meine Lippen auf ihren Lippen spüre. Himbeerlippen, voll und verboten. Die anderen Mädchen zählen: Eins, zwei, drei, vier … An diesem Punkt bin ich schon aufgelöst und fühle, … fühle, ja was eigentlich? Wohl, dass eine noch größere Wonne unerträglich wäre, dass sie mich in irgendeiner Form verbrennen, schädigen, jedenfalls irreversibel verändern würde. Ich spüre Patricias Zunge erst leise suchend, dann fordernder mit meinen Lippen spielen, bis meine Zunge wie von selbst auch erst leise und dann forscher ihre berührt, streichelt, beide schließlich einen wilden und manchmal zärtlichen, manchmal glasharten Tanz aufführen, der sich anfühlte, als würde eine weiche Art von Strom oder elektrischer Energie durch unsere Münder von ihr zu mir und von mir zu ihr fließen. Ich höre gar nichts mehr, kein Zählen, kein Lachen, keine Musik, die im Hintergrund dudelt. Die Geräuschkulisse der Party, diese Mischung aus Geklirre und Gekicher, verschwindet, kein Bild dringt in mich ein, denn meine Augen sind noch immer geschlossen, meine Beine tragen mich kaum, denn ich spüre auch sie nicht mehr, meine Gedanken sind, ich weiß nicht wo, unrettbar weit hinausgeschwommen. Ich selbst bin nicht mehr da, sondern nur noch ein Instrument, ein Seismograph, um alle Schwingungen und

Beben dieses Kusses zu fühlen, um alle Feinheiten und Stürme zu trinken, die er mit sich bringt.

So geschah also die große Sache, die alles veränderte, die Wonne, die unaushaltbar war, die brennende Freude, die den Bezugspunkt meines Lebens ein für alle Male und unauslöschlich in meine Seele schrieb.

Schon lange muss Grill vor mir gestanden haben, mehrere Male schon, so dämmerte mir, hatte er mich aufgerufen. Langsam wurde Patricias Bild von seinem ersetzt und der Gegensatz war schrecklich. Er hatte mir schon zum zweiten oder dritten Mal mit lauter werdender Stimme eine Frage gestellt, deren Sinn ich vermutlich auch bei wachem Verstande nicht verstanden hätte. Nun klangen in meinem Gedächtnis nur die letzten Worte seiner Frage nach und ich antwortete irgendetwas vollkommen Falsches, was dadurch, dass ich ungefähr den Themenkomplex erahnt hatte, noch lächerlicher wurde. Es war ein Volltreffer, die gesamte Klasse brach in schallendes Gelächter aus.

Jens Walecki, der Goldmund des Ruhrpotts

Eines meiner Hauptprobleme im Unterricht war, dass ich nie widerstehen konnte, einen guten Witz zu machen. Ziemlich egal auf wessen Kosten, selbst der Lehrer oder ich selbst war manchmal Ziel meiner oft grausamen Scherze. Ich konnte das nicht steuern und es war unvernünftig. Oft musste ich vor die Tür oder zum Direx. Vor die Tür ging ich eigentlich recht gerne, denn dort herrschte während des Unterrichts eine weihevolle Stille, so wie bei Pastor Thomas in der Kirche, wenn gerade nicht gepredigt wurde. Nur manchmal drang das angestrengte Gemurmel aus dem Klassenraum. Dort ließ es sich herrlich und vor allem ungestört weiterträumen. Nun durfte ich den Unterricht draußen verpassen und ich freute mich.

Doch diesmal war ich nicht alleine. Vor der Tür der Parallelklasse stand ein anderer Junge, an dem als erstes seine weißblonden Haare auffielen. Ich kannte ihn schon vom Sehen, aber wir, die 10b, und die Parallelklasse, die 10a, waren traditionell verfeindet. Wir ignorierten uns also. Die 10a und die 10b, so sagten die Lehrer, waren die größten Rabaukenklassen der gesamten Schule, während in der 10c, d, und e fast nur brave Schüler waren. Da dieser Blondschopf und ich auf so charakteristische Weise zusammengebracht wurden, zwei einsame Schweiger in einem endlos langen Flur, zwei Desperados, zwei, die aus ihrer Klasse ausgeschlossen waren, interessierten wir uns natürlich füreinander. Instinktiv begriffen wir, dass wir eine kleine Schnittmenge darstellen und vielleicht mehr Gemeinsamkeiten hatten, als unsere Klassenzugehörigkeit es erlaubt hätte. Zuerst grinste Jens, so hieß der weißblonde Junge, und ich drehte mich weg. Dann sprach er mich an:

„Ey, was hast 'n gemacht?"

„‚Playboy' gelesen unter der Bank."

„Echt? Haste den neuen?"

„Klar."

„Kannste mal ausleihen?"

„Sicher … Und was hast du gemacht?" fragte ich, allmählich auftauend.

„Hab im Reliunterricht gesagt, dass Jesus ein Arschloch ist."

„Echt?"

„War gar nicht so gemeint, aber der Relilehrer dreht immer so gut ab." Jens schien die Provokation um ihrer selbst willen durchzuführen.

Nicht unlustig, hätte von mir sein können, dachte ich.

Wir taten wahnsinnig cool. Wir gebärdeten uns wie zwei Gesetzesbrecher, die im Wilden Westen in der Todeszelle sitzen und auf den Galgen warten.

„Jetzt gibts wohl 'n Tadel und dann Schulkonferenz", sagte ich gleichgültig.

Schulkonferenz war das Schlimmste, sozusagen der Adelsschlag für uns Verbrecher. Es war Legende, dass Jens schon zwei Schulkonferenzen hatte und ich bewunderte ihn dafür schwer.

„Verdammt ja, kann schon sein", sagte Jens und spuckte beiläufig einen kleinen Tropfen mitten in den Flur. Ich verengte meine Augen zu Schlitzen und spuckte auch, unbeweglich und ungerührt in die Ferne schauend, wo im Morgengrauen der Galgen, die Schulkonferenz schon auf mich wartete. So standen wir da, dem Untergang geweiht, verdammt in alle Ewigkeit. Wir fühlten uns prächtig.

Jens wurde mein erster richtiger Freund. Obwohl er gut aussah und auf Partys begehrt war, hatte er viele Seiten, die ihn zu mir und mich umgekehrt zu ihm zogen. Seine Eltern waren früh geschieden und seine Schwester hing an der Nadel. Sein Stiefvater war ein alter Achtundsechziger mit einem langen Bart und langen Haaren. Ein Stereoanlagenfanatiker, wie es sie nur Ende der siebziger, Anfang der achtziger Jahre gab. Das Wohnzimmer war vollständig der Anlage geweiht, die in der Mitte thronte und die Wände waren mit Plattenschränken tapeziert. Er konnte stundenlang über die richtige Nadel oder das richtige Kabel zur Box reden, als ginge es um Leben und Tod. Was uns am meisten faszinierte, war seine „Quadrophonie“: Er hatte vier, nicht zwei, riesige Boxen in einem ganz bestimmten Winkel zueinander aufgebaut, so dass es einen Punkt in dem Raum gab, an dem sich die Klangteppiche der vier Boxen auf magische Weise, also quadrophonisch, kreuzten. An diesem Punkt saß er in einem drehbaren, gepolsterten Sessel, verdrehte genießerisch die Augen und sagte:

„So geil, ey, sooo geil.“

Er war ein bekannter Jugendpsychologe, mittlerweile ein Vertreter der eher härteren Schule, und benützte seine vielleicht nicht geringen Kenntnisse, um Jens den Tag zu vermiesen.

Jens machte nie Hausaufgaben und schrieb in Mathe trotzdem Einser. Da er sehr faul war und wie schon gesehen, recht provokant, wurde er in unsere Klasse strafversetzt. Unser Klassenlehrer Grill sollte schon mit ihm fertigwerden. Grill machte natürlich jeden zur Sau, der keine Hausaufgaben hatte. Er ärgerte sich über Jensens Disziplinlosigkeit, bewunderte aber heimlich, das merkten wir alle, seine Begabung. Ich war nicht so gut in Mathe, wurde aber am Ende des Jahres von Grill „König der Hausaufgabenvergesser“ genannt und hatte damit, knapp vor Jens, der zweimal weniger vergessen hatte oder eher zweimal weniger erwischt wurde, die Goldmedaille errungen. Zwar gab das großen Ärger, zum Beispiel wurden meine Eltern einbestellt, doch ich war sehr zufrieden mit mir.

Jens respektierte mich nun, den König der Hausaufgabenvergesser, wie ich fortan in der Klasse genannt wurde. Neben solchen Ehrenkäsigkeiten wurde unsere Freundschaft von echter Zuneigung und Seelenverwandtschaft geprägt. Jens war ein außerordentlicher Mensch, was sich auf seinem späteren Lebensweg noch oft zeigen sollte. Er war voller Urvertrauen und lachte sein mitreißendes Pferdelachen auch wenn es wenig Grund dazu gab. Schlafen konnte er zu jeder Tages- und Nachtzeit wie ein Höhlenbär, man konnte ihn selbst durch laute Musik oder Rütteln nicht wachbekommen. Manchmal schlief er, nachdem er sich verschiedenen Exzessen hingegeben hatte, auf Parties mitten im Gelärme und Geknäuel der Menschen für eine Stunde ein, wobei sich ein seliges Lächeln auf seinem Mund abzeichnete. Selbst wenn er ernst schaute, zeigten die Winkel seines Mundes nach oben. Es handelt sich hier übrigens mal wieder um reine Biologie, ich habe die griesgrämigsten Menschen mit solchen Mundwinkeln gesehen. Zufällig stimmte bei Jens die Lippenführung mit seinem Charakter überein und war nicht etwa die Folge oder gar das literarische Signum desselben.

Wir verbrachten fast jeden Tag zusammen, spielten Fußball oder redeten über Mädels, das heißt, Jens, den ich im Stillen Goldmund nannte, redete über Mädels und ich hörte ihm lernbegierig zu.

„Mann, Alter, neulich auf der Party bin ich beim Bluestanzen Manu untern Pulli gegangen, wir waren beide ziemlich besoffen."

„Und, wie warense?"

„Wie Butter inner Sonne, Alter, vergiss es!"

Jens und ich hatten auch echte Gespräche. Wir redeten immer über Frauen und widmeten uns der Formenvielfalt des weiblichen Hinterns mit ebenso wissenschaftlicher Ernsthaftigkeit wie ihren psychischen Winkeln.

Wir philosophierten also viel, wobei ich meist aus dem Fenster schaute, die Hände hinter dem Rücken verschränkte, die Brust rausstreckte und das Gespräch in professoraler Weise eröffnete.

„Jens, findste das nicht auch komisch?“

„Watt denn“, sagte Jens, der liederlich auf einer Matratze lag und sich sanft zwischen den Beinen kraulte.

„Also“, sagte ich, „Patricia ist schön und alle lieben sie. Gerda ist hässlich und niemand liebt sie.“

„Ja, und?“

„Ich meine, Gerda ist echt nett und doch will keiner etwas von ihr.“

„Kein Wunder bei dieser Pannefresse, oder …?“

Wir lachten.

„Ich meine, Patricia, ihre Augen …, ihr Mund …, man muss sie doch lieben, wenn man sie nur sieht, oder?“

„Ja, klar, auf jeden Fall“, stimmte Jens begeistert zu.

„Worauf ich hinaus will, ist folgendes … Jetzt hör aber mal auf, dich am Sack zu kratzen! Kratz einmal richtig und dann ist gut, ich kann mich sonst nicht konzentrieren.“

„Ist ja schon gut“, sagte Jens ohne eine Spur Pikiertheit.

„Also, worauf ich hinaus will, ist folgendes: Können sich hässliche Menschen überhaupt lieben, wo sie doch gar keinen äußerlichen Grund dazu haben? Können zwei schieläugige Krüppel sich genauso lieben wie zwei schöne Menschen, obwohl sie sich ja gar nicht am Äußeren des andern erfreuen?“

„Hmm“, sagte Jens, „es gibt bestimmt Leute, die würden jetzt sagen, es käme auf die inneren Werte an.“

„Innere Werte am Arsch", sagte ich, „hab ich neulich schon mal gehört. Hast du schon mal ein hässliches Mädchen geliebt, weil sie eine schöne Seele hatte?"

„Nein", sagte Jens.

„Siehst du, alle springen auf Patricia und nicht auf Gerda."

„Hörmal", sagte Jens, „ich kannte mal ein wunderschönes Mädchen, in die hatte ich mich sofort verliebt, ohne je ein Wort mit ihr geredet zu haben. Sie war die geilste Braut auf meiner alten Schule, jeder wollte was von ihr. Irgendwann sah ich sie in der Schulcafete sitzen und hab sie angequatscht von wegen Kaffeetrinken und so, Alter, mein Herz raste …"

„Und?" fragte ich gespannt.

„Ja, wir tranken Kaffee und dann wurde sie mit jedem Wort, das sie sagte, hässlicher, Alter, sie wurde so verdammt hässlich, weil sie eine unfreundliche, eingebildete Zicke war …"

„Ja, sie musste ja nicht nett sein, sie sah ja schon gut aus", sagte ich nachdenklich …

„Und weißt du, was die Härte war … Obwohl mich das Gespräch mit ihr voll angekotzt und sie mich von oben herab behandelt hat, verliebte ich mich noch mehr in sie … Keine Ahnung, warum."

„Also, bedeutet das, dass schöne Menschen keine Seele haben?"

„Das ist vielleicht ein bisschen hart gesagt, aber ich glaube, im Prinzip ist es so."

„Und Krüppel haben eher eine Seele?"

„Ja, sie haben auf jeden Fall viel mehr Innenleben, sie haben auch mehr Leid gesehen und versuchen, nett zu sein", sagte Jens, der es wissen musste, denn er hatte oft im Behindertenheim gejobbt.

„Klar, sonst würde auch keiner den Rollstuhl schieben", sagte ich und wir lachten.

„Frankie, du bist so ein Arschloch“, sagte Jens und wieherte.

„Scheiße, Gott wird mich strafen!“

„Also“, beharrte ich, nachdem wir ausgelacht hatten, „um noch mal darauf zurückzukommen: Hässliche Menschen hätten zwar die Seele zum Lieben, aber sie lieben sich nicht, weil sie so scheiße aussehen und schöne Menschen hätten zwar das Aussehen, um sich zu lieben, aber keine Seele dazu.“

„Ja, alle sind am Arsch“, sagte Jens ernst, „aber warte mal, vielleicht gibt es da eine Lösung ..., am besten wäre, wenn ein schöner Mensch denken würde, er sei hässlich!“

„Genial“, sagte ich.

„Da das Bewusstsein für Schönheit schon in Kindheit und Pubertät entsteht, sollte man allen schönen Kindern die Nase brechen und sie dann etwa mit fünfzehn oder so operieren und die Nase wieder herstellen!“

„Oder man lässt die schönen Blagen sonstwie leiden, ein prügelnder Vater wäre gut, eine heuchlerisch-religiöse Mutter auch, ständig Streit zwischen den Eltern, oder ältere Geschwister, die einen piesacken, oder jüngere, die die gesamte Elternliebe aufsaugen sind auch in Ordnung. Nur so können aus Schönheiten noch irgendwie Menschen werden und nicht gutaussehende Monster.“

Das war es, wieder einmal hatten wir die Lösung gefunden.

Wir hörten Musik von Police und aßen Unmengen an Treets, das waren mit Schokolade überzogene Erdnüsse. Ich wurde nun immer öfter zu den berüchtigten Partys eingeladen, denn ich legte gute Platten auf und Jens legte bei jedem Gastgeber ein Wort für mich ein.

Gerade erinnere ich mich an ein solches Fest, auf dem Jens, nachdem ich bei diversen Spielen wieder einmal ungeküsst blieb, eine Lanze für mich brach.

„Also ich würde lieber mit Frankie knutschen als mit Manni

von Lippe. Von Lippe ekelt voll mit seinen Wulstlippen …“, sagte er in seiner kodderigen Art, wobei er die Oberlippe ein wenig nach oben zog, um durch leichtes Zähneblecken seinem Ekel Ausdruck zu verleihen. Dann wieherte er vor Lachen und tätschelte Tina, einem unverschämt drallen Gewächs der Ruhrpotterde, den Hintern.

Ich fragte mich, was Jens, der Strahlende, der Liebling der Götter, eigentlich bei mir wollte und war unendlich dankbar für seine Freundschaft. Jens besuchte mich fast täglich zu Hause und fühlte sich pudelwohl, denn es ging ja, um es vorsichtig zu formulieren, zwanglos bei uns zu. Vielleicht kam er gerade deswegen so gerne, denn Jens ordnete sich keinem Zwang unter, außer dem, das Leben in vollen Zügen zu genießen und auszuschöpfen. Vor allem mochte er Vatta. Er konnte sich an Vatta nicht sattsehen und, merkwürdig genug, auch Vatta mochte Jens.

„Wo is denn der Weeskopp?“ fragte Vatta in Anspielung auf Jens hellblonden Haare, wenn er mal länger nicht vorbeikam.

Einmal rief er uns, schon gehobener Stimmung, ins Wohnzimmer. Es ging an sein Heiligstes.

„Na, Weeskopp, haste schon mal ’n Kurzn jetrunken?“

„Nö …“

„Willste mal eenen?“

„Ja, klar!“

„Erna, zwee Kurze!“

„Nein, Paul, der Jens ist dafür noch zu jung!“ sagte Mutti.

„Ach watt, komm mit“, flüstert Vatta zu Jens und beide verschwanden in die Küche, wo sie kurzerhand ein paar Kurze stürzten. Schnell war Jens betrunken und Vatta gab fachmännische Kommentare. Jens hatte noch nie zu einem Genuss nein gesagt und er würde es wohl auch in seinem zukünftigen Leben nicht tun.

Jens bewunderte Vatta und am nächsten Tag verkündete er in der Schule: „Francescos Oppa is echt die Härte!"

Wie Vatta war auch Jens ein Genie der Sinnlichkeit, nur dass Jensens Sinnlichkeit stärker aus Begierde nach Frauen und Vattas eher aus Bequemlichkeit entstand. Bei Jens waren der Hang zu Drogen und die damit verbundene Gemütlichkeit ein Beiprodukt der Sinnlichkeit, während bei Vatta die Frauen eher das Beiprodukt waren. Für Jens war der Sinn des Lebens, irgendwie die Zeit zwischen den Orgasmen rumzukriegen, für Vatta die Zeit zwischen seinen Räuschen. Beiden gemeinsam war, dass sie konsequent alles der Befriedigung ihrer Bedürfnisse unterordneten.

Direkt neben dem Gymnasium lagen die Hauptschule und die Sonderschule. Diese liberale Form der Städteplanung wurde vor allem von den Gymnasiasten ausgestanden. Kein einziger Schulweg frei von Angst. Wie Wegelagerer lauerten die Asozialen von der Sonderschule, um uns, die wir ja glaubten, etwas Besseres zu sein, den Garaus zu machen. Der fürchterlichste Schläger und größte Asoziale der Stadt war Didi Jancke. Seine außerordentlichen Muskeln waren eher sehnig als massig und er hatte, obwohl recht gut aussehend, einen harten Zug im Gesicht. Er war häufig mit seinem Rad unterwegs, was viel zu klein für ihn war, und verprügelte jeden, der nach „was Besserem" aussah. Meine erste Begegnung mit Didi verlief so: Ich war in den ersten Wochen der fünften Klasse und somit noch ein Kind, wir liefen etwa zu dritt vom Bus in Richtung Schule, als uns, um eine Häuserfront biegend, Didi Jancke urplötzlich gegenüberstand.

Er war groß und breit und schon mindestens fünfzehn, also ein Mann. Ich kannte ihn im Gegensatz zu meinen Mitschülern noch nicht so recht und hatte deswegen keine Angst. Didi hatte ein verwaschenes Hemd an, das mit Filzstiften gelb-schwarz angemalt war. Auch sein Gesicht war mit gelben und schwarzen Streifen markiert und um den Hals trug er lässig hängend einen sehr langen Borussia Dortmund-Schal, der mit beiden Enden fast den Boden berührte. Wie ein Indianer auf dem Kriegspfad, dachte ich. Überall auf seiner Tasche und auch sonst, wo Platz war, prangte in gelb-schwarz gemalt das Dortmund-Zeichen. Das sah schon ziemlich martialisch aus, doch was am meisten beeindruckte war seine Lederhose. Weiß der Teufel, wo er sie her hatte. Eine Lederhose, das war damals noch kein modisches Accessoire, sondern etwas Ungeheuerliches, die Kluft eines Rockers, eines Wilden, eines Wüstlings. Didi sah uns, lachte höhnisch und versperrte den Weg. Dann steckte er die Daumen in die Gürtelschlaufen seiner Lederhose, rechts und links vom Reißverschluß, ging etwas in die Knie, wogte mit den Hüften hin und her und sang mit proletig verruchter Stimme, die an Udo Lindenberg erinnerte: „Ich bin von Kopf bis Fuß auf Liebe eingestellt. Und das ist meine Welt – und sonst gar nichts!"

Das Wort Liebe sang er flapsig und gedehnt. „Liiiehbää". Etwas an der eigentlichen Bedeutung des Wortes vorbei. Es hörte sich an wie: „Fiiiehckähn" oder „Ich hau dir in die Fresse". Nach beendeter Darbietung schaute er uns selbstzufrieden an. Wir lächelten bescheiden und vermieden es, ihm in die Augen zu schauen. Vorsicht jetzt! Nicht zu sehr lächeln, das könnte als Hohn aufgefasst werden, aber auch nicht zu wenig, denn das ließe Mangel an Applaus und Ehrerbietung vermuten. Ja nicht loben, denn auch das wäre falsch aufgenommen worden, wir waren zu gering, um ihn loben zu dürfen. Wir versuchten auf die demütigste Art und Weise in unsere Gesichter zu schreiben: Didi, du bist großartig, wir sind kleine Würmer, die es nicht wert sind, von dir zerquetscht zu werden.

„Du da", raunzte Didi. Ohne Frage, ich war gemeint.

„Für wen biste?"

„Borussia Dortmund, natürlich!" Ich versuchte soviel ehrliche Begeisterung in meine Stimme zu legen, dass ich Borussia Dortmund auf einmal tatsächlich liebte, was überzeugend war. Dabei war ich doch für Borussia Mönchengladbach! Didi war zufrieden, großzügig sagte er sehr leise, fast flüsternd:

„Verpisst euch."

Didi hatte acht Brüder und eine Schwester, die auf drei unterschiedliche Väter zurückzuführen waren. Er war der Älteste der Rotte. Diese Bande terrorisierte das Städtchen und es gab niemanden unter siebzehn Jahren, der keine Angst davor gehabt hätte, ihnen über den Weg zu laufen. Das ging soweit, dass man jeden Umweg in Kauf nahm, um ihr Gebiet nicht zu kreuzen.

Als ich einmal morgens an der gewohnten Bushaltestelle vor der Schule ausstieg, merkte ich plötzlich, dass die ganze Bande dort herumstand. Gefrorener Schneematsch knarzte unter meinen Moonboots. Popper-Moonboots, dachte ich und stieg blitzschnell wieder in den Bus. Didi Jancke rief:

„Von dir wollen wir ja gar nichts, du kleines Arschloch", schlug aber trotzdem mit der Faust gegen den wegfahrenden Bus. Ich bekam Panik, denn ich war aufgefallen. „Von dir wollen wir ja gar nichts, du kleines Arschloch" war andererseits auch ein Hoffnungsschimmer.

Lag es an meiner alten Freundschaft zu Gagi, oder daran, dass ich eben nicht in sein Beuteschema vom Reichensöhnchen passte? Jedenfalls wurde auch ich nicht immer verschont, sondern von Zeit zu Zeit, wenn auch nicht besonders hart, sondern eher freundschaftlich, verprügelt. Wahlweise wurde ich auch in hohem Bogen in die Rosenbeete geschmissen, die unseren Schulweg säumten. Das konnte, je nach Landung, unangenehm sein, war aber im Grunde nicht weiter schlimm.

Als ich an besagtem Tag mittags zur Bushaltestelle lief, um nach Hause zu fahren, sah ich schon von weitem jemanden quer auf dem Bürgersteig liegen. Ein stadtbekannter Penner, der sich aus einem unerfindlichen Grund vorwiegend an Bushaltestellen herumtrieb. Er hatte eine peinlich genau gestellte Uhr dabei und kontrollierte, ob die Busse pünktlich kamen, obwohl er wohl nur selten Termindruck verspürte und nie den Bus nahm. Kam ein Bus auch nur eine Minute zu spät, veranstaltete er ein Mordsspektakel.

„Tss, Tss, Tss", sagte er kopfschüttelnd, während er auf die Uhr schaute.

„Das ist eine Sauerei!" schrie er so laut er konnte.

Kam der Bus dann und öffnete die Türen, brüllte er den Busfahrer an:

„Ihr sollt arbeiten, nicht faulenzen!"

Dann legte er sich wieder auf den Bürgersteig. Im Grunde war er harmlos. Gut gelaunt und pfeifend ging ich an ihm vorbei. Dabei schaute er mich verächtlich an, offensichtlich ärgerte er sich und rief:

„Ja, ja, das Leben ist ja so schön!" Recht hatte er.

Dann fuhr Didi Janckes Schwester mit dem Rad vorbei, und ich hörte auf zu pfeifen. Was für ein Glück, die ganze Sippe an einem Tag! Schon von weitem sah ich sie in Steigmanier heranwackeln und hoffte, sie würde in eine andere Straße abbiegen, doch das geschah nicht, im Gegenteil, sie steuerte direkt auf mich zu. Oder bildete ich mir das nur ein? Nein, sie fuhr auf mich zu, ja, lachte mich sogar an. Sie hatte längere, rötlichbraune Locken und dunkelbraune Augen, man hätte sie gutaussehend nennen können, wenn nicht ein obszöner Zug ihr

Gesicht verzerrt hätte. Sie wurde langsamer, fuhr an mir vorbei und rotzte mir kommentarlos eine volle Ladung ins Gesicht. Ich wischte die Rotze ab, sie war gelb und grün durchsetzt, wie ein Scherzartikel. Ich war froh, dass Didi nicht in der Nähe war.

Solche kleinen Unannehmlichkeiten gab es viele, doch waren sie harmlos, eben fast freundschaftlich im Vergleich zu dem, was andere durchzumachen hatten. Ein beliebtes Spiel von Didi funktionierte so. Die Bande betrat mit Getöse den Bus und es wurde still. Didi pickte einen heraus, dessen Nase ihm nicht gefiel und sagte nur: „Der da."

Darauf gingen die Schwester und ein kleinerer Bruder auf „den da" los. Sie schlugen und kratzten und bissen genau an den Stellen, die am empfindlichsten sind. Didi drohte mit der Faust: „Wenn du dich wehrst, schlag ich dich tot."

Obwohl man mit seinen kleinen Geschwistern leicht fertig geworden wäre, war man chancenlos einer schmerzhaften Tortur ausgeliefert. Didi genoss die zutiefst entwürdigende Szene wie einen Kinobesuch, sich an den Qualen seiner Opfer weidend. Ganz oben auf seiner schwarzen Liste stand Jens. Jens hat regelmäßig von Figuren wie Didi Prügel bezogen, obwohl er einer der friedlichsten Menschen war, die ich kenne. Seiner Lebensfreude und seinen blonden Locken wollte man es einfach heimzahlen.

✣

Jensens Oma hing als schwarzgerahmtes Bild im Wohnzimmer, obwohl sie noch nicht tot war. Sie hatte einen quadratischen Schädel und ich musste lachen, als ich das Bild zum ersten Mal sah. „Hammerkopfoma" nannte ich sie und das war ein Fehler, denn Jens rastete aus und knallte mir eine. Ich begriff sofort, dass er seine Oma liebte. Ähnlich wie bei mir war die Oma die einzige Person, die ihm als Kind Wärme geschenkt hatte. Die Hammerkopfoma lebte allein, einziger Freund, sozusagen ihr letzter Lebensabschnittspartner, war ein weißblauer Wellensittich, der seine besten Tage auch schon gesehen hatte. Jens war kein sonderlich begeisterter Haustierfreund, seine Cousine hatte ein Meerschweinchen, über das er nicht genug spotten konnte.

„Ey, gib dir das mal, Alter, das Meerschweinchen meiner Cousine ist so blöd, dass du es nicht auf einen Tisch setzen darfst! Dann würde es nämlich über den Tischrand laufen und sich einfach zu Tode stürzen …" Weiter kam Jens nicht, weil er sich über das Meerschweinchen scheckig lachte und wohl auch darüber, wie seine Cousine bei diesem dramatischen Unfall gucken würde.

Schon seit längerem fühlte sich Jensens Oma nicht mehr wohl. Endlich bekam sie eine lang beantragte und noch länger ersehnte Kur von der Krankenkasse zugestanden. Trotz hartnäckigster Versuche konnte die Kurleitung nicht davon überzeugt werden, dass „Hansi", der Wellensittich, mit müsse. Die Oma beschloss, den Kurschatten sausen zu lassen und bei Hansi zu bleiben. Da sprang Jens in die Bresche, versprach Hansi vier Wochen lang zu hüten wie seinen Augapfel. Er hatte sich Kraft seiner ganzen Ernsthaftigkeit geschworen, den Wellensittich gut erhalten durchzubringen. Mehr noch, Jens war fest entschlossen, Hansi eine gute Zeit zu bereiten, und dazu gehörte natürlich auch ein kleiner Spazierflug in die Freiheit.

Zu diesem Zweck hatte er Hansi nach Hundeart eine Leine um die Kralle gebunden und tatsächlich amüsierte sich nicht nur Hansi prächtig und flog tirilierend durch den Äther. Wir waren das Spektakel des Dorfes und stolz auf unseren fliegenden Pinscher. Vatta stand am Fenster und fiel vor Lachen beinahe hinunter.

„Erna, guck dich doch mal den Knattskopp an, nee, nee, so een verrückter Hund …"

Als er sich halbwegs gefangen hatte, feuerte er uns an:

„Jibb mehr Leene! Mehr Leene!"

Übermütig und im Vollgefühl der neuen Freiheit flatterte Hansi schmetterlingsgleich mal in die eine, mal in die andere Richtung, während Jens immer mehr Schnur gab. Dann schoss Hansi glückstrunken in die Höhe. Jens war einen Moment unaufmerksam und der Vogel wurde jäh durch die Schnur gebremst, strauchelte und flatterte wie eine frisch geschossene Tontaube zu Boden. Soweit so gut, ihm war nicht viel passiert, doch landete er mitten auf der Straße, wo er so gründlich unter den Reifen eines Opels kam, dass selbst der geldgierigste Leichenschminker seine Zweifel geäußert hätte. Auch wir waren ziemlich platt.

Eins war klar: stirbt der Wellensittich, stirbt auch die Oma. Jens hatte ein Problem, er bekam eine Panik- und Heulattacke.

„Das ist …", Schluchzen, „keine drei Tage hat der Vogel bei mir gelebt." Wieder Schluchzen. „Meine Oma …!"

Jens war drei Tage zu nichts zu gebrauchen und wir hielten Kriegsrat.

„Sie wird erholt aus der Kur kommen, ein neuer Mensch, quasi, sie wird es überleben …", versuchte ich Jens wider besseren Wissens oder eher wider schlechterer Ahnung zu beruhigen.

„Sie soll sich auf jeden Fall erst mal hinsetzen", fügte ich hinzu.

„Wir könnten ihn ausstopfen", meinte Jens, doch wir verwarfen den Gedanken gleich wieder, denn selbst zum Ausstopfen war Hansi zu derangiert.

Nach drei Tagen intensiver Diskussionen hatten wir immer

noch keine Lösung. Es waren noch genau sechs Tage Zeit, bis Hammerkopfoma zurückkäme. Da hatte Vatta die rettende Idee:

„Koof doch ’n andern Vogel."

Wir gingen in verschiedene Tierläden und suchten einen Wellensittich, der genauso aussah wie Hansi. Nach vier Läden hatten wir „Hansi zwei" gefunden, verblüffende Ähnlichkeit, vielleicht sogar ein Verwandter, eventuell von derselben Wellenstute geworfen? Wir unterließen die Spazierflüge und trotzdem wäre „Hansi zwei" beinahe abgelebt, weil Jens tagelang vergaß, ihm zu trinken zu geben. Egal, am letzten Tag vor Hammerkopfomas Rückkehr wurde der erstaunte Hansi noch mal ordentlich ins Waschbecken getunkt und der Oma mit unsicherem Grinsen überreicht.

„Ja, da ist ja, das ist doch … mein Hansi! Ja, wo ist er denn, ja wo ist er denn?"

Puh, Jens und ich tauschten einen erleichterten Blick. Jens bekam zwanzig Mark und wir gingen gediegen Pommes essen und dazu noch ein Rieseneis. Es gehört übrigens zu den täglichen Wundern des Erwachsenendaseins, dass man täglich soviel Pommes und Eis essen kann, wie man will.

Am nächsten Tag rief die Hammerkopfoma an.

„Du, Jens, ich weiß nicht, der Hansi ist irgendwie so anders."

„Der muss sich erst wieder umgewöhnen", sagte Jens.

Und, tatsächlich, beim sonntäglichen Familienkaffee strahlte die Oma.

„Der Hansi ist jetzt wieder genauso wie früher."

Es sei angemerkt, dass Hansi ein unnatürlich hohes Alter erreichte, ja beinahe doppelt so alt wurde wie ein normaler Wellensittich. Daher wurde auch Hammerkopfoma steinalt.

Ein paar Monate lang waren wir ein netter Zeitvertreib für die Didi-Jancke-Bande. Es war nicht klar, warum, doch mehr oder weniger plötzlich standen wir ganz oben auf ihrer Liste. Die Angst trat so beherrschend in unser Leben, dass wir uns nirgendwo mehr sicher fühlten und uns, egal, wo wir hingingen, sorgfältig umsahen. Vor allem Jens, der unglücklicherweise auch noch in der Nähe der Jancke-Familie wohnte, wurde immer öfter und härter von Didi verprügelt.

Einer der wenigen Orte, an denen wir uns noch sicher fühlten, war unser Schulhof. Wir blieben oft nach der sechsten Stunde auf dem Schulhof, um Fußball zu spielen. Weder Hunger noch Müdigkeit konnten uns davon abhalten. Während wir die sechste und letzte Stunde noch in Langeweile und Entdeckungsangst verbrachten, eine neurotisch-exotische Gefühlsmischung, deren Erzeugung sich einzig die Schule auf die Fahne schreiben darf, während wir also so gelangweilt, gequält und übermüdet waren, dass wir voller Pathos dachten, der Tod sei nicht mehr allzu fern, kehrte das Leben mit dem Schlussklingeln und der obligatorischen Frage „Pöhlste noch?" so stürmisch in unsere Adern zurück, dass die begeisterte Antwort nur „Ja, klar!" lauten konnte.

Sobald wir das Schulgebäude verlassen hatten und auf den roten Tartanplatz stürmten, um mit einem Tennisball Fußball zu spielen, waren wir wie junge Hunde, denen es Freude macht, den doppelten Weg zu laufen. Die erste Ballberührung, das erste Dribbling, ein Tor! Witzigerweise konnte man, unabhängig vom Talent, den Charakter der Jungs an ihrem Spiel ablesen.

Nach zwei Stunden berauschenden Kampfes gingen die meisten nach Hause, Jens und ich liefen noch kurz ins Schulgebäude, um unseren Durst am herrlichen Kranwasser der Mädchentoilette zu stillen. Wie geräuschlos war es an dem sonst so lärmenden Ort, weihevolle Stille, Kirchenatmosphäre umgab uns. Das Zentrum der Magie war die Mädchentoilette, dort zu trinken war für Jens und mich nach dem Fußballspiel Ritual geworden. Mit stolzer Brust und trotzdem ein wenig befangen gingen wir an den Ort, der sonst nur verstohlenen Blickes und im Vorbeigehen durch einen Türspalt zugänglich war, den Zauberort, an dem die Schönen der Schule sich im Spiegelglas betrachteten, sich mit ihresgleichen wer weiß worüber unterhielten, wohl manches Mal an heißen Tagen ihre Kleidung wechselten und auf jeden Fall zuweilen ihr Höschen auszogen. Schon die Graffities an den Toilettenwänden sprachen eine so gänzlich andere Sprache als die auf dem Jungenklo, so dass wir sie noch lange, nachdem wir das köstliche Kranwasser getrunken hatten, studierten. Ich suchte nach Sprüchen von Patricia, fand aber nichts dergleichen und schrieb an eine Toilettentür: „Um Patricia zu schaffen, brauchte Gott nur Milch und Honig."

Wir schauten durch das Fenster der Toilette und ergötzten uns an der ganz anderen Perspektive, die der Schulhof nun bot, als plötzlich Didi Jancke und seine Rotte auftauchten. Sie hatten auf dem Schulhof eigentlich nichts zu suchen, denn sie besuchten die so genannte Klötzchen-Aufbauschule. Sofort bekamen wir furchtbare Angst, eine Angst, bei der man aufpassen muss, dass einem das Herz nicht aus dem Hals springt. „Schissbuxen seid ihr, keen Krieg erlebt", hatte Vatta schon gesagt.

Sie sehen uns, wir rennen, sie hinterher. Jens ist schnell, doch mich kriegen sie, als ich auf der anderen Seite der Schule durch den Hintereingang türmen will. Zwei halten mich, Didi kommt langsam auf mich zu, er täuscht einen Schlag an, den er in letzter Sekunde abstoppt. Ich zucke zusammen und das Gelächter ist groß.

„Lass 'n los", sagt Didi und geht einen Schritt zur Seite, gibt mir den Weg frei.

Ich renne so schnell ich kann. Nach zehn Metern spüre ich einen Tritt in die Beine und fliege auf die Fresse. Blut im Mund. Mein ganzer Mund läuft voll.

„Halt 'n fest!"

Ich liege auf dem Boden, auf Armen und Beinen knien Didis Brüder. Es tut höllisch weh, doch bin ich gleichzeitig wie betäubt. Ich habe Angst zu sterben.

„Eiersalat! Eiersalat!" schreit Didis Schwester. „Eiersalat!" schreien die Brüder.

Didi holt aus und schlägt mit aller Kraft zwischen meine Beine. Dabei schaffe ich es durch einen Reflex, mich ein paar Zentimeter zu verlagern, so dass Didi sein Ziel knapp verfehlt. Das merkt er zum Glück nicht, weil ich vor Panik schreie, nicht vor Schmerzen.

Zwei Tage später zeigte ich Jens einen blauschwarzen Fleck, der sich, so groß wie zwei Fäuste, auf meiner Leiste abzeichnete. Jens bat seine Mutter um Hilfe, was einen Gang nach Canossa, eine echte Verzweifelungstat für Jens bedeutete. Jensens Stiefvater, der auch dabei war, sagte nur:

„Na, ist ja klar, dass solche Popper wie du und Francesco den armen Jungs ein Dorn im Auge sind!"

„Wir sind keine Popper!" sagte Jens und das waren wir doch nun wirklich nicht, auch, wenn wir nicht im klassischen Sinne gegen das Establishment kämpften.

✣

Jeden Mittag wurde ich gezwungen, mit unserem Yorkshire-Terrier Charly spazieren zu gehen. Schließlich hatte ich die Töle ja anschaffen wollen. Ich aber konnte mich daran nicht mehr erinnern. Damals waren Yorkshire-Terrier noch nicht so verbreitet. Charly war stattlich und hatte etwa die Größe eines ordentlichen Pudels. Viele Leute blieben stehen und bewunderten oder streichelten ihn. Mit Contenance nahm Charly diese Ehrenbezeugungen entgegen, denn er war stolz, vielleicht sogar eingebildet und hatte mindestens die Würde eines englischen Gentlemans. Das hinderte ihn nicht daran, sich so ziemlich mit jedem Hund anzulegen. Er bellte größeren Hunden irgendwelche Unflätigkeiten zu, woraufhin diese wie in der Luft explodierten und auf mich und Charly zuschossen. Dann musste ich ihn schleunigst auf den Arm nehmen und mich und ihn mit den Füssen gegen tollwütige Schäferhunde und dergleichen verteidigen. Währendessen schimpfte er weiterhin wie ein Rohrspatz, wobei er vor Wut auch noch versuchte, mich zu beißen.

Lustig allerdings wurde es, wenn uns eine Hundedame über den Weg lief. Dann kam plötzlich Spannung in seinen Körper, die den kleinen, aber muskulösen Stenz federnd auf sie zu tänzeln ließ, wobei der Schwanz leicht wackelte. Er hatte eine deutliche Vorliebe für stinkige Straßenhündinnen, frisierte Pudeldamen ließen ihn kalt.

Missgelaunt ging ich also mit Charly spazieren und als wir am Kiosk vorbeikamen, kam mir die Eingebung, den mühseligen Gang mit ein paar Süßigkeiten erträglich zu gestalten, obwohl ich dafür eigentlich zu alt war. Ich band ihn an einen Fahrradständer, ging hinein und ließ mir eine Riesentüte für eine Mark zusammenstellen, „mit allem", das heißt: Cola-Fläschchen, Kirschohrringe, Salzbrezeln aus Lakritze, Schaumgummierdbeeren, saure Stangen, gefüllte Lakritzröhrchen und Speckmäuse. Damit sollte sich der Spaziergang irgendwie überleben lassen. Gerade besserer Laune wollte ich den Laden verlassen, da sah ich durch die Glastür wie Didi Jancke vor Charly hockte. Mein erster Gedanke war, dass er Charly nun umbringt. Dann sah ich, dass er ihn erst vorsichtig, dann zutraulicher streichelte. Wieder kroch die Angst in mir hoch. Ich entschloss mich, zu warten und mich zu verstecken, bis Didi fertiggestreichelt hatte. Doch was, wenn er Charly einfach mitnahm, er nahm ja alles einfach mit, was ihm gefiel. Schon schaute er sich nach rechts und links um.

Ich ging aus dem Laden und sagte, bemüht, möglichst unbefangen zu klingen:

„Hallo Didi, wie geht's? Alles klar?"

Didi sprang auf und trat einen Schritt zur Seite, er hatte wohl Ärger mit einem älteren Hundebesitzer erwartet.

„Das ist ein Süßer, hm?" sagte ich vorsichtig, während ich Charly langsam losband.

„Ja", sagte Didi.

„Kannst ihn ruhig streicheln", sagte ich.

Scheiße, das war zuviel, dachte ich. Wer bin ich, dass ich Didi Jancke sage, was er darf und was nicht?

Didi guckte mich an, hockte sich wieder hin und streichelte Charly, der artig mit dem Stummelschwanz wackelte. Gut soweit, jetzt ganz ruhig und locker bleiben …

„So, jetzt muss ich aber nach Hause, sonst krieg ich Ärger mit dem Alten. Grüß Adem von mir."

Adem war Didis jüngster Bruder und ich kannte ihn eigentlich gar nicht.

„Alles klar", sagte Didi, schwang sich auf das viel zu kleine Rad und war weg. Ich atmete durch, langsam ging ich nach Hause, während meine Knie immer wieder zitterten.

Am Nachmittag kam Jens zu mir und wir malten mit Steinen ein Feld auf die Straße, um Fußballtennis zu spielen. Ich erzählte nichts von dem Vorfall, denn Jens war froh, dass er heute nicht an Didi Jancke dachte.

„Hee, Frankie, heute haste keine Chance im Fußballtennis."

„Mal sehn, Arschloch", antwortete ich freundlich.

Wir liebkosten uns immer mit Schimpfworten. Es gab ein packendes Spiel, nur zuweilen unterbrochen von Autos, die über die Straße fuhren. Vatta stand am Fenster und schaute uns zu. Er hatte sein Bier auf dem Fenstersims deponiert und gab von Zeit zu Zeit qualifizierte Kommentare.

„Knattskopp, de Anjabe mit mehr Schmackes!" Oder: „Du faulet Schween, den hättste kriejen können!"

Herzlich lachte er, wenn es einen von uns naselang auf die Straße schlug.

Jens hatte gerade Angabe, dann ging er schnell auf den Bürgersteig, ich dachte, weil er hinter mir ein Auto gesehen hätte. Einen Moment später realisierte ich den Schrecken in seinem Gesicht und schon kam Didi Jancke mit seinem Fahrrad herangeschossen und steuerte auf Jens zu. Ich sah ihn und winkte freudig:

„Hallo Didi!"

Didi machte kurz vor Jens eine Vollbremsung, sagte „Hi" zu mir und drehte langsam sein Rad herum, um hinter der Häuserwand zu verschwinden, hinter der er wie ein Blitz vorgeschossen war.

Jens war bleich im Gesicht und fragte nur:

„Ey Francesco, wie hastn *das* gemacht?"

Ich erzählte ihm von der Begegnung mit Didi und war glücklich, endlich einmal etwas für Jens getan zu haben, auch wenn ich nicht besonders viel dafür konnte.

Von diesem Tag an grüßten Didi und ich uns immer, und Jens wurde in Ruhe gelassen, zumindest wenn er mit mir zusammen war.

In der Schule geschah etwas vollkommen Unerwartetes. Während ich gewohnt war, den gesamten Unterricht halb zu verschlafen, halb in verquälter Langeweile zuzubringen, begab es sich, und zwar zuerst in Physik, dass sich so etwas wie leises Interesse in mir regte. Das erste Faszinosum stellten konkave und konvexe Lichtbrechungen an verschiedenen Linsentypen für mich dar, und ich skizzierte die dazugehörigen Strahlengänge säuberlich in mein Heft. Heftführung war ein problematisches Thema für mich. Bei Heftrazzien, das heißt ein Lehrer sammelte urplötzlich alle Hefte ein, wurden diese regelmäßig mit einer schlechten Zensur und darüber hinaus mit einem Kommentar versehen, aus dem aufrichtiges Entsetzen sprach. „Francesco, Francesco, ist das ein schönes Heft? Sechs." Oder: „Deine Heftführung ist katastrophal, weder Tafelbilder sind übernommen noch Hausaufgaben eingetragen. Acht." Gezeichnet: „Grill".

Wenn es irgendjemanden gab, der eine ähnlich verlotterte Heftführung hatte, war das Jens. Kaum zu glauben, Jens, der jeden Tadel mit provozierendem Lächeln quittierte, weinte einmal im Biounterricht, nachdem unsere Hefte wieder die Höchstnoten bekamen.

„Francesco, ich habe versucht, ein gutes Heft zu führen, ehrlich, ich habe es versucht. Ich kann es einfach nicht, keine Schangse."

Physik wurde also plötzlich spannend, nachdem mein Geist in acht Jahren Lethargie fast vertrocknet war. Ich liebte die Strahlengänge verschiedener Linsen, Kameras und des Auges, die einem so viel über die Natur des Lichts sagten, was uns alle umstrahlte und was uns sehen ließ. Ein Lichtstrahl prallt auf Patricia und von dort in mein Auge, mein Gehirn und löst die volle Ladung Glück aus. Das war aufregend. Gierig sog ich jeden Gedanken ein und war fasziniert von dem geistigen Spazierengehen in einem logisch aufgebauten System. Das war schmerzfrei. Außerdem waren diese Dinge weniger willkürlich als die Ergüsse der Deutschlehrer oder die Tafelbilder aus Sozialkunde. Man kann doch nicht das ganze Leben labern.

Ich begann nicht nur, peinlich genau alles in mein Heft zu zeichnen, ich schrieb es sogar zu Hause noch einmal ab, zeichnete die Strahlengänge der Deutlichkeit halber farbig und heftete alles in Klarsichtfolie in ein Extraheft ab. Als dann Grill eines Tages gelangweilt im Unterricht eine Frage stellte, er unterrichtete uns auch in Physik, und niemand eine Antwort wusste, passierte wie von selbst eine Premiere in meinem Leben. Ich meldete mich. Freiwillig. Grill schaute mich an und sagte:

„Was willst du?“

Er erwartete wohl, dass ich stören wolle. Oder auf die Toilette. Ich gab ihm die korrekte Antwort und er schaute mich zehn Sekunden lang ungläubig an.

„Eine Schwalbe macht noch keinen Sommer.“

Ich ließ allerdings noch einige Schwalben steigen und als Grill mal wieder die Hefte einsammelte, schrieb er unter mein Streberheft: „Francesco, nach dem Unterricht zu mir“, keine Note. Er examinierte mich nach dem Unterricht peinlich über den Inhalt des Heftes und als er feststellen musste, dass ich wohl tatsächlich der Verfasser war, gab er mir eine Eins.

„Francesco, reiß dich weiter am Riemen.“

Ich aber musste mich gar nicht mehr am Riemen reißen, denn im nächsten Halbjahr würde Akustik durchgenommen und ich war gespannt auf das Geheimnis, vermöge dessen die Schallwellen so phantastische Dinge wie Police oder Patricias Stimme in mein Ohr tragen.

Ich schrieb alle Physikklausuren „sehr gut“ und blieb in Mathe trotzdem schlecht. Man musste Grill, der uns in beiden Fächern unterrichtete, anrechnen, dass er das problemlos trennen konnte. Mein erstes „sehr gut“ in einer Physikklausur war mein erstes „sehr gut“ überhaupt, ich hatte bis dahin noch nicht einmal ein „gut“ geschrieben. Stolz ging ich nach Hause und rief, kaum, dass ich zur Wohnungstür hereinkam:

„Mutti, ich hab ne Eins!“

Mutti war hoch erfreut und Vatta wurde hellhörig.

„Na, zeig mal her“, sagte er müde, denn es war höchste Zeit für seinen Mittagsschlaf.

Ich gab ihm die Physikklausur. Er setzte seine schwarze Hornbrille auf und las sich die gesamte siebenseitige Klausur vom Anfang bis zum Ende durch, und das, obwohl es längst Schlafenszeit für ihn war. Er studierte ausführlich jede Seite und auch den lobenden Kommentar am Schluss, dann schaute er mich an und setzte seine Brille ab.

„Also, ick sehe hier sehr jut minus, verstehste, mieeenus, det is keene jlatte Eens.“

Ich riss ihm das Heft aus der Hand.

„Nee, aber jut sag ick, jut!“ besänftigte er. „Watt hat denn der von Lippe?“

Aufgrund seines Standesdünkels hatte er Respekt vor Manni von Lippe, dem Sohn des Rechtsanwaltes.

„Ne Fünf.“

Vatta lachte sein schadenfrohes Lachen.

„Jut, Knattskopp, jut.“

⁘

Wir sollten einen neuen Deutschlehrer bekommen und ich versprach mir Besserung, denn viel schlechter als die Beton-Vier, die ich bei Lehnharter hatte, konnte es nicht werden. Lehnharter war schwul. Er hatte vor Geilheit immer leicht gerötete Augen, war aber ansonsten blass. Seine tiefschwarzen Haare ließ er zu der jeweils modischsten Frisur formen und trug dazu Kaschmirrollis. Auch war er ein regelmäßiger Nachrichtenglotzer, immer informiert. Er ging jede Woche einmal ins Theater und erzählte uns von der Vorstellung.

„Es hat freilich nicht jeder Zugang zu so etwas", sagte er streng und schwärmerisch. Die Theaterdauerkarte war zweifelsohne der Beweis seiner Intelligenz. Wer nicht einmal die Woche ins Theater ging, galt für ihn wenig.

Auf der anderen Seite war Lehnharter ein Freund der freien Meinung, solange die sich mit seiner deckte. Politisch gesehen sympathisierte er mit der linken Fraktion.

„Salonkommunist", sagte Jens.

„Bitte! Bitte …", sagte Lehnharter am Ende eines Halbjahres, wobei er die Hände wie zur Umarmung in unsere Richtung streckte.

„Kritisiert mich! Was hat euch nicht gefallen, nur zu, ich möchte ja auch noch lernen", sagte er lächelnd.

Nachdem sich keiner melden wollte, drängelte er so lange, bis einige Schüler zwangsläufig etwas sagten.

Barbara meldete sich:

„Ja, manchmal geht es uns einfach zu schnell, Sie wissen einfach zuviel! Vielleicht, dass wir ab und zu Stundenwiederholungen oder Protokolle zu jeder Stunde machen dürfen?"

„Bon", lächelte Lehnharter verschmitzt, denn er war francophil, „so sei es!"

Ich meldete mich, ein schmerzlicher Ausdruck trat in sein Gesicht.

„Ja, bitte, Francesco?"

„Wir sind doch hier im Deutschunterricht, oder?"

„Ja."

„Warum lesen wir dann nur sozialkritische Texte? Dafür

gibt's doch schon Sozialkunde, oder? Und immer einseitig, ich habe den Eindruck, Sie wollen uns indoktrinieren …"

Indoktrinierung war eines von Lehnharters Lieblingsworten, er verwendete dafür einen Tonfall, der dem Leibhaftigen angemessen gewesen wäre. Indoktrinierung war das Allerschlimmste.

Das sollte eigentlich ein Scherz sein, doch Lehnharters Gesicht versteinerte sich. Jetzt meldete sich auch noch Jens, das Schlimmste war zu befürchten.

„Bitte", sagte Lehnharter bitter.

„Genau", sagte Jens, „Sie indoktrinieren uns mit ihrer alten achtundsechziger Scheiße. Ich kenne euch Brüder, mit 'm Kaschmirpulli Toleranz predigen, aber wehe, jemand hat ne andere Meinung …"

Wir klatschten ab.

„Raus", hauchte Lehnharter im Flüsterton. Es war kaum hörbar, weil er vor Wut entkräftet war.

„Raaaaus", schrie er dann plötzlich, „alle beide raus!"

Er zitterte.

„Ja, ja, schon gut, cool, Mann, cool!"

„Francesco", sagte Jens in stolz und zickig gespieltem Tonfall, „wir gehen!"

Wir wackelten in Rapmanier aus der Klasse, indem wir bei jedem zweiten Schritt spastisch einknickten und die Schultern vor und zurück bewegten.

Das war ein rundum gelungener Auftritt. Trotzdem hatten wir von diesem Tag an in Deutsch nichts mehr zu lachen.

✣

Jens und ich waren also ziemlich erleichtert, als ein neuer Lehrer vor der Tür stand. Bald aber mehrten sich Gerüchte, dass wir den härtesten und reaktionärsten Lehrer der Schule bekommen sollten, weil Lehnharter nach eigener Aussage nicht mehr mit uns fertig wurde. Sein Name war Dr. Seyfarth. Schon der Titel war Respekt gebietend, doch das Auftreten dieses älteren Mannes, der immer im Anzug kam, war noch mehr dazu angetan, hier erst einmal vorsichtig zu sein. Er war sehr ruhig und konnte Sätze sprechen, die andere nicht schreiben konnten. Politisch stünde er rechts, sagte man sich, was ihn mir sofort unsympathisch machte, war ich doch in Opposition zu Vatta und auch durch Luzie „zu einem Linken" geworden. Die Linken, das waren die Guten, soviel stand fest. Dr. Seyfarth machte nichts wie andere Lehrer und was vor allem auffiel war, dass er improvisierte. Gänzlich unvorbereitet kam er in die Klasse, ohne einen Berg Zettel, den andere Lehrer austeilten, ohne Notizbuch, und meistens lief der Unterricht sogar ohne das vom Kultusministerium verordnete Schulbuch ab. Dieses nahm er manchmal zwischen spitze Finger, als ob es ihn beschmutzen könnte, blätterte verächtlich-amüsiert ein wenig darin herum, schüttelte leicht den Kopf oder zog nur etwas die Augenbrauen nach oben, und legte es zur Seite. Oft kam er herein, stets ein Lächeln auf den alten Lippen, und schrieb ein Zitat oder ein Gedicht an die Tafel – auswendig. Dann trug er es gekonnt vor.

Manchmal hieß er uns dieses oder jenes Stück oder Buch kaufen, was wir dann im Unterricht gemeinsam lasen. Am meisten aber beeindruckte er mit seinem unbestreitbaren Enthusiasmus für Literatur. Er liebte die Literatur und – erstaunlicher – er liebte seinen Beruf. Früher soll er ein übler Schwerenöter gewesen sein und wurde deswegen von einer anderen Schule, in der er Direktor war, in unser Kaff versetzt. Manchmal, wenn Patricia seine Rede durch eine Handmeldung zu unterbrechen drohte, nahm er einfach ihre Hand, umschloss sie mit seinen Händen und hielt sie solange, bis er fertig war, zwischen seinen Pranken fest. Und das konnte dauern. Gebannt und mit offenem Mund lauschte ich seinen Worten, die die Musik in der Prosa Thomas Manns oder zu Unrecht vergessener Autoren zum Gegenstand hatten.

Auch Luzie und Seyfarth waren sich zwölf Jahren zuvor begegnet. Sie war hundsmiserabel in Deutsch und bekam „aus humanitären Gründen" regelmäßig eine Vier. Trotzdem begann sie bald, im Schülertheater mitzuwirken, welches durch Seyfarths Regie regelmäßig Erfolge feierte, die auch über unser Kaff hinaus beachtet und besprochen wurden. Luzie entwickelte komödiantisches Talent und wurde nach einiger Zeit zum Star der Truppe. Entdeckt wurde sie, weil sie das einzige Mädchen war, das auf der Bühne in ungenierter Weise auf dem Klo sitzen konnte. Seyfarth gab ihr daraufhin in Deutsch regelmäßig eine Drei, obwohl Luzies Leistungen dort eigentlich noch schlechter wurden. Dabei war er sonst streng wie ein Lageraufseher und seine Notengebung hart.

Er hatte viele Begabungen. Ein Wanderunfall in seiner Jugend soll eine Karriere als Pianist verdorben haben. Als er uns diese Geschichte erzählte, lachte ein Mädchen, Christine hieß sie, glaube ich, kurz auf, weil sie mit ihrer Nachbarin geschwatzt hatte. Dieser Mangel an Ehrerbietung wirkte sich ungünstig auf ihre Zeugnisnote aus. Seyfarth war eitel und verletzlich wie ein Opernsänger.

Eines Morgens kam er in die Klasse, lächelte, ohne uns zu beachten, und schrieb ein Gedicht an die Tafel:

An einen Schmetterling

Du, leicht und schön, aus Gottes Traum geboren,
Du Bote einer tief ersehnten Welt!
Du Sieger, der die Liebe unverloren
und sanft im Segel seiner Flügel hält:

Die Blumen lieben dich. Und wenn ich träume,
so träum ich Deinen selbstvergessnen Flug.
Wie Du mir wiederkommst durch helle Bäume,
versöhnst Du mir der Erde Last und Trug.

Dein goldner Schmelz erschrickt vor meiner Schwere.
Du hebst Dich auf, mir lahmt der wüste Tritt.
Doch hoch und höher jetzt, in seliger Kehre,
nimmst Du den Schmerz auf deinen Schwingen mit.

Dann begann er:

„Dies ist ein Gedicht des leider völlig vergessenen österreichischen Dichters Josef Weinheber. Lest es im Stillen noch mal, Kinder …“ Er nannte uns immer Kinder, was ärgerlich war.

„Warum sage ich, dass dieser Dichter völlig zu Unrecht vergessen ist? Nun, einige von euch werden es schon wissen, nachdem sie das Gedicht gelesen haben, sie werden es fühlen.“

Hier machte er eine bedeutungsvolle Pause.

„Den anderen sei es gesagt. Selten ist die Kunst, Form und Inhalt in Einklang zu bringen, so vollendet verwirklicht worden, wie in diesem Gedicht, und das ist schließlich die technische Meisterschaft in jeder Kunst: Form und Inhalt in völligen Einklang zu bringen. Doch dazu mehr später, worum geht es hier in diesem Gedicht?“

Hier meldeten sich einige, doch Seyfarth sprach weiter, ohne sie zu beachten.

„Worum geht es in diesem Gedicht, frage ich. Es ist ein Lobgesang auf die Leichtigkeit, auf das Flatterhafte, Kurzlebige, Schöne im Leben. Eine Schönheit, die der Autor in der zerbrechlichen Sphäre zwischen Traum und Wirklichkeit ansiedelt. Sich selbst sieht er als erdverhaftet, grob, unschön, menschlich eben, und der Schmetterling ist das Symbol für den Anker, den ein schwermütiger Mensch buchstäblich in den Himmel geworfen hat, weil sein schwerer Kahn in der Hölle leben muss. Es ist ein Symbol für das Leichte und die Freude, aber auch für die Schönheit, die jeder schwermütige Mensch bitter nötig hat.

Dabei, und nun gesellt sich zur Philosophie die große Kunst, ist es gleichzeitig das Lied eines Schmetterlingliebhabers. Symbolismus und Naturalismus gehen Hand in Hand. Schon ein Blick auf die erste Zeile zeigt, wie meisterhaft der Rhythmus des Gedichtes den Flug des Schmetterlings beschreibt. Stellt euch einen Schmetterling vor, wie er torkelnd und taumelnd mal in die eine, dann unvermittelt in die andere Richtung fliegt, dieses Bild eben kann man hören, ja, ich sage hören, in den genialen Zeilen:

> Du, leicht und schön, aus Gottes Traum geboren,
> Du Bote einer tief ersehnten Welt!
> Du Sieger, der die Liebe unverloren
> und sanft im Segel seiner Flügel hält …

Könnt ihr ihn hören, den Flug des Schmetterlings? Könnt ihr sie hören, die plötzlichen, torkelnden Richtungswechsel? Wer Ohren hat, der sehe.

Hier ist Mutwillen, hier ist Flatterhaftigkeit, hier ist Liebe, die im wahrsten Sinne des Wortes unverloren, weil überirdisch ist … Aber auch große Sehnsucht ist in diesem Gedicht enthalten, es ist ein Lobgesang auf die Sehnsucht, auf das Schöne, das unerreichbar und trotzdem notwendig für unser Leben ist. Denn merkt euch das, Kinder: Die Würde des Menschen steht und fällt damit, sich Ziele im Unendlichen zu suchen."

Manni sitzt kaugummikauend und zurückgelehnt da. Er meldet sich und noch bevor Seyfarth Gelegenheit hat, ihn abzuwürgen, sagt er laut und deutlich:

„Und was bringt mir das?“

Seyfarths Mund wird wie ein Strich. Dann lächelt er wieder.

„Die Tatsache, mein lieber Manni, dass du dich dafür interessierst, unterscheidet dich vom Affen.“

Gelächter.

Dr. Seyfarth redete sich in einen Rausch und ich sog jedes seiner Worte ein. Es war wie ein Wachküssen für mich. Ich bekam eine Eins in Deutsch und so wurde ich bald in fast allen Fächern nicht nur besser, sondern gut, mein Zeugnisdurchschnitt besserte sich innerhalb eines Jahres von Vier auf Einskommafünf und Vatta las nun jede meiner Klausuren von der ersten bis zur letzten Seite, auch wenn er kein Wort davon verstand.

✣

Es war Januar und also die Zeit, Fußball auf gefrorenen Teichen zu spielen, ein märchenhaftes Vergnügen, bei dem man mehr am Boden lag als auf den Beinen stand und bei dem es viel zu lachen gab. Ich rief Jens an, um ein paar Leute zusammenzutrommeln, doch Jensens Mutter sagte mit gedehnter Stimme:

„Der Jens ist im Krankenhaus, die Jancke-Bande hat ihn gestern so zusammengeschlagen, dass er wohl zwei Wochen im Krankenhaus bleiben muss.“

„Was? Wie ist das passiert?“

„Weiß ich auch nicht …“

„Wo liegt er?“

„In Hagen-Böhle.“

Das war unmöglich mit dem Bus oder Fahrrad zu erreichen. Ich rannte zu Vatta ins Wohnzimmer, ohne den Telefonhörer aufzulegen.

„Vatta, Jens liegt im Krankenhaus, kannste mich hinfahren?" Ich wusste, dass Vatta nein sagen würde, nicht aus Bosheit, aber aus Bequemlichkeit.

„Is jut."

„Ach, menno, Vatta, warum nicht?" jammerte ich aus Gewohnheit.

„Ick fahr dir doch!"

„Ach so."

Ich rannte schnell noch zum Kiosk und kaufte Jens zehn große Packungen Treets, die aß er gern, und die neue Police-Platte als Kassette, er hatte sicher seinen Walkman dabei.

Vatta und ich fuhren nach Hagen-Böhle ins Krankenhaus. Der Geruch der Klinik hinterließ das sichere Gefühl, dass das kein schöner Ort sein konnte. Ich ging leise in sein Zimmer. Ein Auge von Jens war mit dickem Wattepolster verbunden, der Rest des Gesichtes war verbeult. Überall sah man Kratz- und Kneifspuren, die Handschrift von Didis Schwester. Didi hatte ihm so stark aufs Auge geschlagen, dass irgendetwas darin gerissen war, und jetzt musste er mindestens vier Wochen lang diese Binde tragen. Das linke Bein war gebrochen und hochgebunden.

„Hee, Frankie!" sagte Jens.

„Na, du Sau …!" entgegnete ich zärtlich.

Ich zog eine große Treetstüte nach der anderen aus der kleinen Seitentasche meines Parkas und warf sie Jens aufs Bett, nach der fünften Tüte begann Jens zu lachen und als ich bei der zehnten angekommen war, wieherte er. Das war ein kleiner Zaubertrick. Es passten so viele Tüten hinein, weil ein großes Loch in der Tasche ins Innenleben des Parkas führte und dieser nun rundherum mit Treets gefüttert war. Ich gab Jens die

Police-Kassette, die er gleich einschmiss, um zu „Every little thing she does is magic“ mit cool und genießerisch verzogenem Gesicht nickend eine Art Trockentanz im Bett zu absolvieren, der allerdings in Schmerzenslauten endete.

„Oh Scheiße“, sagte ich.

„Ja, Scheiße“, sagte Jens.

„Wie findeste ‚Every little thing she does is magic‘?“, fragte ich.

„Eigentlich schlecht, aber immerhin, es ist Police!“

„Ja“, sagte ich, „kein Vergleich mit ‚Walking on the moon‘ oder ‚So lonely‘.“

„‚So lonely‘ war weißer Reggae! Welches weiße Arschloch hat sich sonst getraut, Reggae zu machen, und dann noch guten?“

Jens liebte Reggae. Er konnte stundenlang über Bob Marley und Peter Tosh philosophieren.

„Peter Tosh hätte sich ‚Walking on the Moon‘ anhören können, ohne dabei zu kotzen, weißt du das?“

„Vermutlich“, sagte ich.

„Jens …“, sagte ich ernst.

„Was?“ fragte er genervt.

„Didi Jancke muss in den Knast.“

„Hast du ne Meise? Bloß, weil er mich verprügelt hat? Soll ich ihn vielleicht anzeigen, damit er mich vollends fertig macht?“

„Er hat ohne Führerschein jemanden angefahren, auf'm Bürgersteig. Er hatte schon Bewährung. Jens, Alter, Didi muss in den Bau!“

„Korreekt!“ sagte Jens.

Er drehte seinen Walkman auf „laut“ und wir tanzten beide zu „Every little thing she does is magic“, bis eine Schwester hereinkam.

„Feierabend, die Herrn.“

Die eigentliche Chefin des Krankenhauses war Schwester Regeniter. Freud hätte sich gefreut. Ihre Säfte hatten nie den richtigen Ausgang gefunden, also drehten sie um, vergoren, wurden gewissermaßen schlecht und machten ihr Pickel, einen Bart und fettige Haare. Vor allem aber machten sie sie zu einer gefährlichen Kreuzung aus Gewitterziege und dominantem Bock. Jeder tat, was Schwester Regeniter mit schneidender Stimme befahl, selbst der Chefarzt folgte ihren „Empfehlungen". Jens hatte Angst vor ihr und war ebenfalls folgsam, konnte er doch eine direkte Verbindung zwischen leisestem Ungehorsam und heftigem Schmerz während der Verbandwechsel feststellen. Besonders hatte sie den „korrekten" Ablauf der Krankenspeisung im Auge. Sie verlangte von jedem Patienten, sein Tablett leer zu essen und zwang manchem sogar die doppelte Portion auf, denn: „Nur wer isst, wird gesund!" Schließlich aß sie selbst mit einer Inbrunst, der nur noch das Knurren fehlte.

Vor allem Jens' Tablett wurde argwöhnisch betrachtet, ihn, den „dürren Hering von Zimmer fünf", würde man schon gesund kriegen, man wolle doch mal sehn.

Eine besondere Qual war es mittwochs, denn da gab es Leber. Ein trockenes, furztrockenes Stück halbverbrannter Leber, das Schwester Regeniter ihm mit triumphierendem Lächeln servierte.

„Heute was besonders Gesundes! In einer Stunde ist das Tablett sauber", sagte sie und verschwand.

Jens lächelte schwach. Er schnitt ein Stück Leber ab und es brauchte einige Sägebewegungen dafür, dann betrachtete er es und staunte über die große Zahl weißlicher, röhrenförmiger Verdickungen. Er steckte es in den Mund und musste würgen, also schluckte er es ungekaut herunter. Es fühlte sich an, wie wenn man ein großes Campinobonbon verschluckt. Ein dumpfer Schmerz kroch wie eine Schildkröte die Brust in Richtung

Bauch entlang. Nein, so geht das nicht, dachte Jens entschlossen und schaute sich hilfesuchend um.

„So geht es doch wirklich nicht", flehte er leise. Wenn er wenigstens hätte laufen können! Die Jancke-Bande hatte ihn so traktiert, dass er ans Bett gefesselt war. Doch Gott war gnädig an diesem Tag. Es war warm und die breiten Flügel des Fensters waren sperrangelweit geöffnet. Draußen führte man die Kranken spazieren oder fuhr sie in ihren Rollstühlen den Weg entlang, der direkt unter Jens' Fenster verlief. Es war klar, was zu tun war. Das Fenster war zu groß, um es zu verfehlen und wenn die Leber dann einem Moribunden auf den Kopf fiele, wäre nicht mehr verfolgbar, aus welchem Fenster sie geflogen kam, denn es war ja keine Gewehrkugel, einfache Mathematik würde bei ihrem fröhlichen Flug nicht gelten, dachte Jens und freute sich.

„Komm, mein garstiger kleiner Schmetterling …", sagte er leise und nahm die Leber bei einem Zipfel, schwang einmal hin und her und schleuderte sie mit einem gekonnten Wurf direkt ins Zentrum des geöffneten Fensters. Die Leber flatterte in die gewünschte Richtung. Treffer, dachte Jens, doch traf sie genau auf die dünne Mittelleiste, an der sich die Fensterflügel beim Verschließen zusammenfügen, prallte gummiartig zurück und blieb mitten im Zimmer liegen. Der Wurf war *zu* gut. Jens verdrehte die Augen und ließ sich mit einem Seufzer ins Kissen sinken.

„Oh nein", stöhnte er. Eine Panikattacke überfiel ihn und er konnte gar nichts mehr essen. Qualvoll verging die Stunde, qualvoller als im Wartezimmer des Zahnarztes. Die Tür ging auf, Schwester Regeniter wollte das sauber gegessene Tablett holen. Jens hoffte, sie würde die Leber übersehen, doch das Corpus delicti lag einsam und blickfangend mitten im Raum.

„Das ist doch …", sagte sie und stemmte die Fäuste in die

Hüfte, während ein vernichtender Blick zwischen Jens und der Leber pendelte.

„Ich …, sie ist mir vom Tablett gerutscht …"

Als Jens einsah, dass solch eine Leber schwerlich vier Meter fliegen konnte, wenn sie vom Tablett rutscht, fügte er noch kleinlaut „Mit Schwung!" hinzu.

Der nächste Verbandswechsel war die Hölle.

Jens kam zwei Wochen später gut genährt aus dem Krankenhaus. Er hatte sich eine schwarze Augenklappe zugelegt, die er länger trug als er musste, weil sie recht verwegen aussah. Er handelte sich in jenen Tagen den Spitznamen „Freibeuter" ein und war stolz darauf. Didi wanderte tatsächlich für drei Jahre in den Bau und bald klang Jensens Pferdelachen wieder bis in den letzten Winkel des Schulhofs.

Über uns wurde eine Wohnung frei, weil die Polin, die dort wohnte, sich totgesoffen hatte. Wie in einem schlechten Film. Da die Wohnung billig war, zogen meine verhassten Eltern dort ein. Ich musste nun fast jeden Tag einmal „hoch", um, tja, ich weiß gar nicht, warum. Ich ging hoch, wurde von meinem Vater fertig gemacht und ging wieder runter. Wenn ich einen Tag nicht hochging, hatte ich am nächsten die doppelte Portion zu erwarten. Da Vatta immer ungelenkiger wurde und mich schon lange nicht mehr verprügeln konnte, sein Geist aber immer noch echte Größe im Herausfinden von Schwachstellen hatte, entwickelte er flugs eine neue Methode, um mich im Zaum zu halten. Sobald ich etwas frech zu ihm war oder auch nur geringfügig unbotmäßig, oder sobald er einfach nur schlechte Laune bekam, weil ich ein Brötchen zuviel aß, schrie er, so laut er konnte: „Hooooch!"

Das bedeutete wieder jede Menge Ärger mit meinem Alten, vor dem ich Angst hatte. Dieser hatte wiederum ein schlechtes Gewissen, dass ich „unten" in Kost und Logis stand, und schärfte mir mehrmals ein, dass ich dort nur Gast sei und mich dementsprechend zu benehmen hätte. Wenn er Vatta schreien hörte, hatte das unangenehme Gespräche mit meinem Alten zur Folge.

Die Verhältnisse kehrten sich erst gegen Abend um, als mein Alter ausging und das wegfahrende Geräusch seines Autos wie Musik in meinen Ohren klang. Sofort wurde ich unflätig, Vatta schrie: „Hooooch!" Doch ich blieb ungerührt, ja lachte ihn nur aus. Vatta merkte natürlich sofort, dass der Alte weg sein müsse und sagte: „Na, warte, morgen sprech ick mit deenem Vater!“

Doch Vatta war ebenso wenig nachtragend, wie er ausgeprägt cholerisch war, und selbst wenn ich ihn den ganzen Abend bis aufs Blut reizte, würde er es am nächsten Tag vollkommen vergessen haben. Und ich reizte ihn nun fast jeden Abend bis aufs Blut, setzte mich knapp außer Krückenreichweite breitbeinig und mit einem Kissen unter dem Pulli auf einen Sessel, zog meine Mundwinkel so weit herunter, wie es ging, schielte dazu und kratzte, mich spastisch verrenkend, zwischen meinen Beinen. Dann schrie ich mit unsäglich blöder, kaum zu verstehender Stimme: „Erna, noch ’n Kurzn!“ und verlagerte mein Körpergewicht auf eine Seite, um die Arschbacke zu heben und einen donnernden Lippenfurz zu lassen. Auch spielte ich regelmäßig die köstliche Szene des Oberschenkelhalsbruches nach, was Vatta am allermeisten ärgerte.

Unwahrscheinliche Ereignisse deuteten sich an. Unsere Wohnung sollte renoviert werden. Das hatte Mutti nach jahrelangem, geduldigem Bohren bei Vatta durchgesetzt. Zumindest sollten die eigentlich weißen, doch mittlerweile ockerfarbenen Wände neu tapeziert werden – oder wenigstens weiß gestrichen. Also wurde Branko, ein kroatischer Anstreicher, der es schwarz machte, engagiert. Ich kannte Branko schon seit Kindheitstagen und ich mochte ihn gerne. Vor allem gefiel mir, dass er mich immer ernst nahm und dass er trotz aller Gutmütigkeit ein rechter Zotenbock war, der, wenn gerade niemand anderes im Raum war, unaufhörlich Sauereien von sich gab. Wenn aber jemand anderes zugegen war, schaute er in treuherzigster Weise und wiederholte wie zur Bekräftigung und Beruhigung das, was sein Gegenüber gerade gesagt hatte. Branko lächelte immer, und nur, wenn man ganz genau hinschaute, konnte man in diesem Grinsen die abgründige Verschlagenheit eines Mannes entdecken, der mit Vergnügen alle an der Nase herum führte. Oh, nicht dass er irgendjemanden betrogen hätte, aber alle dachten, Branko sei blöd, lieb und fleißig, weswegen er viele Aufträge bekam.

Vatta: „Haste kapiert, Branko, dreimal drüberstreichen! Dann Soldi, sonst nix Soldi."

Branko: „Dreimal drüberstreicheln …, alles klar!"

Vatta: „Dass überall schön weeß is, vastehste?"

Branko: „Scheen weiß, alles klar!"

Vatta war zufrieden und ging raus, Branko schmetterte ein Triumpflied: „Lei lei lei lei lo lei!" Dann grinste er.

„Ah Franco, hab ich die ganze Nacht gefiehkt! Ah, mejn Kreuz! Eh, Franco, weißt du, Frauen müssen sein: So …" Er breitete seine Arme aus, als ob er eine Tonne umarmen wollte. „Müssen sein wie Schiff. Dann gut!"

Leider hatte er ein äußerst fragiles Persönchen geheiratet. Branko scherzte mit jedem und wenn sein Gegenüber es zuließ, dann machte er eben versaute Witze. Er ging zu Vatta.

„He, Vatta Päule, hier …", er streckte ihm ein Fünfmarkstück entgegen.

„Geh inne Kino, ich will sein alleine mit deine Frau …"

Vatta lachte: „Du Rindviech, für dat Jeld nimmse lieber janz mit …"

Branko strich pfeifend und ich leistete ihm Gesellschaft, während ich über Chemieaufgaben brütete. Chemie war meine neue Liebe. Branko war ein unaufhörlich sprudelnder Quell an Verrücktheiten. Nachdem er mit viel Pathos und sich ständig überschlagender Stimme drei kroatische Weisen gesungen und eine halbe Wand angestrichen hatte, verstummte er plötzlich, drehte sich um und schaute mir in die Augen wie ein Westernheld beim Duell. Er hatte lässig eine Zigarette im Mundwinkel und verengte seine Augen zu Schlitzen. Mit großem Ernst sagte er dann:

„Eh Francesco, ich dir Geheimnis sagen."

Pause.

„Puma Willi iste meine Sohn! Hab ich seine Mutter gefiehckt schon vor zwanzig Jahr …, aber pssst."

Er legte einen Zeigefinger senkrecht über die Lippen, um mir Verschwiegenheit zu bedeuten.

Ein anderes Mal schlich er sich an und beugte sich von hinten über meine Schulter. Ich brütete schon lange über einer schwierigen Chemieaufgabe und bemerkte ihn erst, als ein Tropfen weißer Farbe auf mein Heft kleckste. Plötzlich schrie er begeistert, so, als hätte er die Lösung gefunden.

„Eh, Francesco, nix Kemia! Nix Kemia! Sex, Sex!"

Ich dachte nach. Tatsächlich, das war die Lösung.

Wieder und wieder träumte ich von Jenny Ackerhorn, genauer gesagt von ihren Pobacken, die an meinem Schoß rieben. Ich träumte, wie wir an jenem Punkt, an dem wir uns auf dem Heimweg getrennt hatten, weiterliefen, wie selbstverständlich zu ihr gingen und dann … Auch träumte ich von vielen unbekannten Frauen, die, einzeln oder als wilder Knäuel lustversprechender Körper, über mich herfielen und meiner Jungfernschaft ein Ende machten, von Engeln mit Smaragdaugen und riesigen Flügeln aus geschmeidigem Glas. Am allermeisten jedoch träumte ich von Patricia, meiner Zigeunerkönigin, und davon, wie sie mich küsste. Patricias Hintern war noch schöner als Jennys, Patricias Hintern war der schönste, den ich in meinem ganzen Leben gesehen hatte. Ihre kleine Virginia war unglaublich luxuriös darin verpackt. Würde er auch in zehn Jahren dem Fettsteiß der Hottentotten ähneln, heute war er saftig und perfekt. Dennoch träumte ich nicht unzüchtig von Patricia. Merkwürdigerweise dachte ich immer nur an unseren Kuss, doch diese Gedanken waren nicht sexueller Natur, eher religiöser. In jedem Fall war der Schlummer jedes Mal um das Maß schön, wie das Erwachen schrecklich war. Die Selbstbefriedigung brachte schon lange keine Befriedigung mehr, sondern war nur noch ein leeres Selbst und die Verzweiflung über meine bald zwanzigjährige Jungfernschaft wuchs wie ein Tumor. Jens und Manni berichteten mir täglich von ihren Abenteuern und die Qual wuchs. Ich sah Vattas „Praline" auf dem Klo liegen, doch kam ich kaum dazu, sie näher durchzublättern, denn schon die Titelseite mit ihren schwellenden Bildern verursachte mir einen derart brutalen Stoß an unerträglicher Pein, dass ich die Hände vor das Gesicht hielt und mich abwenden musste.

Es musste etwas geschehen, sofort, soviel war klar. Ich ging zu Vatta.

„Vatta, leihste mir heute Abend dein Auto?"

Lachen, keine Antwort. Vatta hatte einen goldfarbenen Datsun Cherry, ein billiges japanisches Auto, dass er für einen Sportwagen hielt. Er war mit dieser Meinung allerdings allein, das heißt, nicht ganz allein, unsere Verwandten in der Zone fanden das auch. Unermüdlich wiederholend erzählte er, welchen Eindruck er mit der Karre dort gemacht hat:

„‚Mensch Paul', hat der Gregor jesacht, ‚Mensch Paul, haste denn überhaupt den Motor an, man hört ja jar nüscht …' Ick sach: ‚Gregor du Rindviech, wir fahren doch schon!' – ‚Ja, aber Paul man hört ja jar nüscht, der schnurrt ja so sanft wie ne Katze …' – ‚De Japaner können watt', sach ick …"

Und so weiter. Da Vatta sich nie einen Mercedes leisten konnte, beschloss er einfach, seine Schrottmühle wie einen Mercedes zu achten, und die Zonies halfen ihm dabei. Das bedeutete, dass Vatta mir den Wagen so gut wie nie lieh. Ich aktivierte Luzie, die jetzt wieder bei uns wohnte, weil sie nach Beendigung des Studiums arbeitslos geworden war.

„Mach dich keene Sorjen“, sagte Vatta zu Luzie, und

„Haste Kummer mit den Deinen
Trink Dich einen
Is sich Kummer dann vorbei
Trink Dich zwei.“

Luzie „de rechte Hand von Willy Brandt“ bekam alles von Vatta, also lieh sie sich das Auto und gab mir den Schlüssel. Vatta schrie, als ich mit dem Schlüssel vor seiner Nase wackelte, aber es war zu spät. Ich duschte, zog meine besten Klamotten an und schaute in den Spiegel. Eigentlich nicht schlecht. Ich hatte in den letzten Monaten dramatisch abgenommen und war nun fast auf Normalgewicht. Ich schnitt eine Grimasse, dann verengte ich wie Branko die Augen, zog einen Mundwinkel zu einem halben Lächeln hoch und sagte:

„Hab ich sie alle gefiehckt …“

✣

Ich schlug die Wohnungstür zu, ohne mich zu verabschieden und stieg ins Auto. Mein Ziel war Dortmund, die nächste größere Stadt. Ich war bis dahin erst ein Mal in Dortmund gewesen und so hatte ich das Gefühl eine große Reise anzutreten, obwohl ich nur zwanzig Kilometer fahren musste. Ich war hochkonzentriert und mein Herz schlug so wild wie das eines Ritters, der in die Schlacht zieht. Gestern hatte ich in „Aktenzeichen XY“ einen

Fall aus dem Rotlichtmilieu gesehen und das dunkel Lockende, das von dieser Szene ausging, machte mir klar, wie einfach die Lösung meines Problems war. Nun schien es allerdings gar nicht mehr so einfach. Oft hatte ich darüber reden gehört, mal mit Verachtung, mal mit unverhohlener Freude, jedoch nie ohne Spannung. Ich wusste, wie gefährlich der Dortmunder Straßenstrich war und auch, dass die Nutten einen manchmal betrogen. Doch ich wusste Bescheid, ich kannte die Preise. Dreißig Mark kostete der Koitus und zwar ganz nackt, also ausgezogen inklusive. Deswegen hatte ich genau dreißig Mark in der Tasche, mehr konnte ich sowieso nicht aufbringen. Ausweis und Brieftasche wollte ich im Auto lassen, damit sie mir nicht geklaut werden konnten.

Jens war schon einmal über den Straßenstrich gelaufen und er erzählte immer wieder mit einem heiligen Schauer der Geilheit, aber auch der Angst davon. Er sagte, wie vorsichtig man sein müsse, dass man nicht gleich von einer angesprochen und hereingezogen würde. Und dass es sehr unterschiedliche Nutten gäbe: freundliche und ätzende, solche, die ihren Beruf hassen und solche, die ihn gerne machen, weil man mit relativ wenig Aufwand Geld verdient und ziemlich viel Macht über Männer hat. Ich war fest entschlossen, die Straße mindestens einmal auf und ab zu laufen, bevor ich mich irgendwo hineinziehen ließe.

Die Fahrt durch das winterliche Ruhrgebiet erschien endlos. Schneetreiben, brauner Matsch auf der Erde und eine Dunkelheit, eine Düsternis, wie es sie vielleicht nur dort und in Finnland gibt, legten sich beklemmend auf meine Brust. Ich war so aufgeregt wie ein unerfahrener und schüchterner Junge es eben in solch einer Situation ist. Noch heute Abend werde ich ein Mann sein, dachte ich. Ein wunderbares Engelswesen gleich meinen Traumgestalten wird sich meiner annehmen, wird mich zärtlich einführen, mich hinterher mögen und sich vielleicht sogar, wer weiß es denn, in mich verlieben. Ich käme dann regelmäßig zu ihr und rettete sie eines Tages, heiratete sie und entführte sie in ein bürgerliches Leben. Niemand würde das dunkle Geheimnis unserer ersten Begegnungen je erfahren … So träumte ich vor mich hin. Aber, war es wirklich so? Vielleicht nicht ganz. Eigentlich, wenn ich ehrlich bin, dachte ich das höchstens zwischendurch oder in einem kleinen Winkel meines Gehirns. In Wirklichkeit lag mir in diesem Moment jegliche erotische Romantik fern. Ich wollte vor allem meine Jungfernschaft loswerden und dazu wäre mir der unvermittelte, der kalte, der pornographische Blick einer Hure recht gewesen. Ich wollte keinen romantischen Kuss mit geschlossenen Augen und Kerzenlicht, ich wollte, dass mir eine Hure wissend und frechlachend, mit kaltem Verschwörerblick in die Augen schaut, während sie ihren gut ausgeleuchteten Körper präsentiert und mir langsam die Hose aufknöpft. In dem Moment hasste ich Erotik und liebte Pornographie. Dieses Schwülstige, Weibische, Weichzeichnerisch-Pastellfarbene der Erotik schien mir verdächtig und unehrlich. Erotik war durch Zärtlichkeit entschärfte, durch Liebe kastrierte und entstellte Pornographie. Erotik war Pornographie für Weiber und Schlappschwänze. Erotik war ein Vertrag, um das Tierische, das Unsägliche, das Mächtige und Satanische zu bändigen. Ich will keine Jungfrau mehr sein, verdammt noch mal!

Die Dortmunder Innenstadt rückte näher und ich folgte den Schildern zum Hauptbahnhof. Zum Glück ist der Bahnhof immer gut ausgeschildert, dachte ich.

Ich parke auf einem großen, menschenleeren Parkplatz, schließe den Wagen ab und lege die Schlüssel hinter den Vorderreifen. Dann ab in die Richtung, die Jens mir beschrieben hat. Der Weg ist dunkel, außer unter den vielen Bahn-, S-Bahn- und Straßenunterführungen, deren schmutzig-grün geklinkerte Wände im Neonlicht leuchten. Plötzlich weiß ich nicht mehr weiter. Ich überlege, da kommt mir etwa hundert Meter entfernt ein Mann entgegen. Ich nehme all meinen Mut zusammen. Mit markiger Stimme raunze ich:

„Ey, wo geht's 'n hier zum Puff?"

Meine Stimme klingt bescheuert.

„Da gehste da hinten links", sagt der Mann ganz natürlich, als hätte ich ihn nach dem Bus gefragt.

Ich sehe eine Art Straßenverengung, die nur zu Fuß passierbar ist, dahinter leuchten rote Fenster. Ich gehe durch die Verengung: Eine Reihe von Frauen, leicht bekleidet, hinter Glasscheiben. Männer mit schwarzen Haaren und dicken Walrossschnäuzern laufen die Straße auf und ab, einige verhandeln mit den Mädchen. Instinktiv entferne ich mich zwei Schritte von der Fensterfront, um das Terrain zunächst aus sicherem Abstand zu sondieren. Ich habe Angst.

„Du, hey, du, komm mal her …"

Ich schüttele den Kopf, mein Herz rast.

„Na, komm schon her, ich will dich nur was fragen", ruft es mit tiefer, einladender Stimme.

„Haallo, hörst du mich?"

Sie ist hartnäckig, also geh ich hin.

„Na, für dich ist es das erste Mal, hmm?"

„Ja."

„Wie heißt du denn?"

„Francesco."

„Ah, ein feuriger Italiener. Da hast du aber Glück gehabt, Francesco, ich mach es dir superschön. Ich heiße Candy."

Sie streckt mir die Hand entgegen, ich schüttel sie, und sie lässt mich nicht mehr los.

„Na, komm, komm doch mal herein, nur mal so, da können wir besser reden …“

Ich schaue sie an. Mitte zwanzig, ganz hübsches, etwas ordinäres Gesicht, dralle Figur, ein wenig mollig vielleicht. Nicht gerade meine Traumfrau, aber ganz in Ordnung.

Ich bleibe stehen und frage:

„Wie viel?“

„Na, fürs erste Mal, damit es superschön wird: hundert.“

„Ich hab aber nur dreißig dabei.“

„Ist auch okay“, sagt sie nüchtern.

„Und was machste dafür?“

Jens hatte gesagt, dass ich alles genau aushandeln solle, bevor ich hereingehe, sonst zögen sie einen über den Tisch.

„Für ’n Dreißiger ganz nackt GV (Geschlechtsverkehr).“

„Okay“, sage ich und werde durch eine Seitentür hereingelassen.

Als ich das Haus betrete, kommt uns eine in schwarzem Lack gekleidete, streng aussehende Frau entgegen, Haare auch schwarz und hochtoupiert. Wir gehen eine Treppe hoch und dann in ein Seitenzimmer. Dort ist es so schummerig, dass ich zunächst nicht richtig sehe. Auf dem Bett schält sich die Kontur eines großen Hundes aus der roten Dunkelheit. Daneben eine Riesentüte voller Kondome, von denen einige neben der Packung liegen. Tausenderpackung, denke ich. Barsch befiehlt sie dem Hund auf dem Bett ein bisschen Platz zu machen und sagt mir in gleichem Tone, ich solle mich dorthin setzen.

„Erst die Kohle“, sagt sie.

Ich geb ihr die dreißig Mark.

„Für fünfzig könnte ich es dir echt schöner machen …“

„Ich hab aber nicht mehr.“

Sie zuckt mit den Schultern und sagt:

„Zieh die Hose aus.“

Ich gehorche, ich fühle mich wie beim Arzt. Sie holt ein Kondom, setzte sich neben mich aufs Bett und beginnt, mechanisch an mir herumzuschrauben. Als ich eine halbe Erektion bekomme, zieht sie mir das Kondom über und fragt:

„Sanft oder fest?"

„Fest."

Gelangweilt rubbelt sie an mir herum. Sie hat sich gar nicht ausgezogen. Ich will sie anfassen, doch sie dreht sich weg.

„Für 'n Dreißiger is' das nich!"

Sie rubbelt weiter mit der Hand und die Mechanik ihrer Bewegungen, der geschäftsmäßig gelangweilte Ausdruck in ihrem Gesicht, der Hund, der mich argwöhnisch beobachtet, all das war nicht gerade als erotische Atmosphäre zu bezeichnen.

Nach fünf Minuten sagt sie:

„Kommste bald?"

„Nee."

„Na, da können wir's ja eigentlich auch lassen."

„Ja."

Sie steht auf und während ich meine Hose anziehe, geht sie zum Spiegel, um sich einen Pickel auszudrücken. Ich muss sie sehr entgeistert angeschaut haben.

„Was glotzte so? Iss irgendwas?"

„Alles in Ordnung", sage ich.

Nichts war in Ordnung.

Wie ein geprügelter Hund verlasse ich die Straße. Wie ein Roboter gehe ich in irgendeine Richtung. Die Mechanik ihrer Bewegungen hat sich auf mich übertragen. Ich laufe irgendwohin, jedenfalls nicht in Richtung des Autos. Nur langsam melden sich meine Sinne zurück. Super, Francesco, du feuriger Italiener! Ich lache bitter. Selbst hier ist es mir also nicht gelungen, meine Jungfernschaft zu verlieren. Das Entsetzen ist zu groß, als dass ich hätte heulen können. Tränen können getröstet werden, doch für mich, das steht nun ein für alle Mal fest, gibt es keine Tröstung und auch keine Hoffnung mehr.

⁘

Zu Hause angekommen, denke ich daran, zu sterben. Wofür noch leben? Um den finalen Beweis meiner Impotenz anzutreten? Ich bemühe mich, einzuschlafen. Ich versuche, ans Meer zu denken, doch ich kann nicht. „Ich schlafe die ganze Nacht nicht" ist eine Floskel, doch ich schlafe die ganze Nacht nicht. Am nächsten Tag gehe ich automatisch in die Schule, ohne zu essen, ohne zu trinken. Ich sehe Patricia, doch sie sieht mich nicht. Nicht wirklich. Ich sitze im Unterricht und sage kein Wort. Ich bin wieder zu Hause. Es regnet. Ich esse nicht. Ich liege im Bett, doch ich schlafe wieder nicht. Es ist schon später Nachmittag. Ich stehe auf, ziehe meine Turnschuhe an und gehe durch den Regen in den Wald. Dann laufe, renne ich, stundenlang. Es dämmert. Es ist Abend. Ich renne und renne. Da, als es schon fast dunkel ist, reißt mit einemmal der Vorhang der Regenwolken auf und ein roter Sonnenstrahl, ein einziger, brennt sich durch die Düsternis und trifft mich. Ich bleibe stehen und schaue in die untergehende Sonne. Ein Regenbogen bildet sich über dem Strahl, das Laub um mich herum leuchtet feuerrot. Ich knie nieder.

Zu Hause lege ich mich ins Bett. Ich denke an die Sonne und daran, am Meer zu liegen, halb im Wasser, halb auf dem Sand. Sanfte Wellen umspielen mich, Einatmen und Ausatmen des Meeres. Nun liege ich beinahe ganz im Wasser, werde wie ein Stück Treibgut hin- und hergeschaukelt, immer wieder auf den Strand gespült, immer wieder von den Wellen eingesogen.

Dann Finsternis. Ich höre eine Stimme, die leise aber eindringlich spricht. Dann wird die Stimme laut.

Ich sehe im Dunkel einen Mann in Mönchskutte auf mich zugehen, der feuerrote Haare und einen feuerroten Bart hat. Sein Gesicht ist knochig, aber mit wollüstigen Lippen, ein Fickmönch, denke ich.

„Geschmeiß und Schlangengezücht!" schreit er voller Verachtung. „Aaah, Ekel, Ekel, Ekel ... Nicht eure Sünde, eure Nüchternheit stinkt zum Himmel!"

Er sieht aus wie eine Mischung aus Nietzsche, Jesus und Savonarola, nur verkommener. Der drogensüchtige Heilige trägt etwas unter dem Arm, das zappelt. Seine feuerroten Haare sind an manchen Stellen ergraut, wie zu Asche geworden.

„Ich bin Homo Santos", sagt der Mann, plötzlich ruhiger, sich seiner Würde besinnend.

„Du hast Glück gehabt, mehr Glück als ich", sagt er und seine Augen funkeln wieder zornig.

„Was willst du beieinander liegen in der Geilheit deines Fleisches in brünstiger Nacht?" Jetzt schreit er wieder. Er schreit so, dass es gleichzeitig laut und leise klingt.

„Was willst du erkennen diejenigen, die du nicht kennst? Was willst du bei grindigen Buhlerinnen, die deine Münzen begeifern? Schlangen und Otterngezücht! Das wird das Ergebnis sein, nichts weiter. *Demut!*" schreit er, „ich lehre dich Demut. Du sollst scheu dein Haupt verneigen vor dem Größten, was es gibt, und es nicht nehmen wie das tägliche Brot. Verschmähe die Lockspeise des Teufels! Widerstehe! Denn du bist der Erwählte und ich bringe dir ein Geschenk, ich bringe dir nicht weniger als den Schlüssel des Lebens selbst, doch musst du dich würdig erweisen. So etwas wie gestern darf nicht wieder geschehen. Höre nun zu, denn ich schenke dir die Wahrheit des ewigen Lebens.

Die Menschen sterben nicht an Krankheiten, sondern an Lebenslügen, Eitelkeiten und Wiederholungen. Vor allem stirbt das Geschmeiß an Abfindungen. Denn die Eitelkeit der ach so empfindlichen Selbststreichler führt zur Lebenslüge, sie lügen lieber, als sich Versagen einzugestehen. Die Lebenslüge aber führt zur Vermeidung des Krieges, die Vermeidung des Krieges zur Abfindung. Sie finden sich ab und werden abgefunden. Und das alles in elendiger Wiederholung, das ist der Zyklus des Sterblichen. Allen Wiederholungen wachsen noch mehr Abfindungen, denn die Menschen schielen nach dir, wenn du groß bist und geben dir kleine Geschenke, damit du genauso dumm und feige wirst wie sie. Du aber sollst sagen: ‚Ich will das große Geschenk und nicht das kleine! Ich will den Ochsen und nicht den Hasen, der nur das Knurren des Magens verdünnt.' Nimm die Hasen nicht an, dass sie deinen Mordshunger nicht verwässern, sonst schaffst du es nicht, sonst hast du nicht genug Herz, um den Ochsen zu töten.

Die Lebenslügen sind bequem, doch führen sie nie zum Ziel.

Kommt aber eine Lebenslüge nicht zum Ziel, weil sie ist wie ein Blinder mit einer falschen Landkarte im Kopf, so sagt sie: ‚Mehr davon', anstatt einen anderen Weg einzuschlagen, denn sich Misslingen einzugestehen, wäre Verrat an ihrem schlangengezüchtigen Vater, der Eitelkeit.

Höre meine Gebote.

Lüge dir nicht selbst! Vermeide Eitelkeit! Führe Kriege, gegen andere, vor allem aber gegen dich. Sei grausam mit dir. Wiederhole nichts, nichts im Nachplappern und nichts im Leben und vor allem, finde dich nicht ab, lass dich nicht befrieden.

So wirst du ewig leben, denn die Zeit ist noch relativer im Leben als in der Wissenschaft, ein Tag wird hundert Tage wert sein und ein Jahr ein Leben."

Er entfernte sich langsam wie die untergehende Sonne, bis Düsternis mich beinahe ganz umgab. Da leuchtete es wieder, er kam zurück.

„Brauchst nicht so zu glotzen, hab noch was vergessen. Auch ein Gott vergisst mal was. Also, wenn du genauso gelebt hast, wie ich es dir vorgeschrieben habe, dann gönn dir manchmal: ein sinnliches Fest!"

Dann kamen fünf nackte Engel, die eindeutig nicht geschlechtslos waren und zogen ihn ungeduldig davon.

✣

Es war Kaiserwetter. Das Wetter war so überaus herrlich, dass alle Menschen lächelten. Solche Tage gibt es nur selten, nämlich genau sechs im Jahr, davon drei im Frühling und drei im Herbst. Es braucht dafür eine kalte, trockene Nacht und einen sonnigen, warmen Tag. Der Himmel hatte ein nahezu psychedelisches Blau, welches, wenn man vom Horizont weg in die Höhe schaute, so dunkel und gleichzeitig strahlend wurde, ein Dunkelblau also, das man nicht hätte glauben können, wenn man es nicht ständig vor Augen gehabt hätte. Kein Wölkchen stand am Himmel und das Licht war seidig und gleichzeitig geschliffen wie ein lupenreiner Diamant. Ein Tag zum Jauchzen und Jubeln und Juchheissa schreien, ein „Tag zum Helden Zeugen", wie Vatta sagte.

Ich spielte den ganzen Nachmittag Fußball und kam nur schnell herein, um etwas zu trinken. Vatta saß im Wohnzimmersessel, die Jalousien waren runtergezogen, damit das Licht sich nicht im Fernsehen spiegelte. Er hatte den Kopf auf den angewinkelten Arm gestützt, der wiederum die Zigarette hielt. Die

Asche war schon mehrere Male abgefallen. Er verlängerte seinen Mittagsschlaf in letzter Zeit öfter auf diese Weise. Ich fläzte mich in einen Wohnzimmersessel, es lief Bundestagsdebatte. Vorsichtig klaute ich die Fernbedienung und schaltete um. Vatta schlief so friedlich, dass ich mich direkt vor ihn hinsetzte und ihm den Rücken zuwendete. Ich schaute eine Tiersendung. Plötzlich hörte ich etwas röhren, das kein Tier aus dem Fernsehen sein konnte. Vatta hatte sich wohl verschluckt und jetzt hustete er markerschütternd. Dann änderte sich sein Gesichtsausdruck, ungewohnt unsicher griff er nach dem Leoparden. Er spuckte einen roten Brocken hinein, analysierte ihn genau und staunte.

„Ick werd mir wohl verkühlt haben."

Das sagte er in letzter Zeit öfter, denn er spuckte seit einigen Wochen Blut.

„Vatta, geh doch mal zum Arzt!" sagte Luzie.

„Paul, ich ruf jetzt mal Dr. Criens an", sagte Mutti.

„Arzt und Krankenhaus: det is der sichere Tod!" sagte Vatta und „Ick kurier det wie de Russen. Klaren mit Speck. Erna, koof mich mal een Pfund Schwarte."

Mutti kaufte ein Pfund Speckschwarte, Vatta schnitt sie in kleine Stücke und legte sie morgens in die Flasche Schnaps ein, die er abends trank. Dazu aß er die Speckstücke, nachdem er sie mit Löwensenf-Extrascharf so dick bestrichen hatte, dass ihm Tränen in die Augen traten und er beim Löschen des Brandes mit eiskaltem Bier genießerisch schielte. Tatsächlich ging es schon nach einer Woche „Kur" besser und er spuckte kein Blut mehr.

„Na, watt hab ick jesacht? Der Russe kann watt, det muss ma scho sajen, kiek dich nur den Sputnik an."

Sein Verhältnis zum Russen an sich war überhaupt recht gespalten. Da war auf der einen Seite eine heilige Angst, der Russe könne uns irgendwie doch noch beikommen, auf der anderen

Seite beeindruckte ihn russischer Forschergeist und russische Trinkfestigkeit.

„Nur Kohl fressen und Wodka saufen und dann Sputnik bauen. Respekt!“

Vatta hatte an der linken Hand eine Kriegsverletzung, die mich vor allem als kleiner Junge schwer beeindruckte. Eine russische Kugel hatte seine Hand durchschossen und an der Austrittsstelle am Handrücken einen patronenförmigen Höcker hinterlassen.

„Hier hat mir der Russe jetroffen, de Kugel steckt noch drin. Na, war seen Pech, dat er nich richtig jetroffen hat, mit de andere Hand hab ick ihn dann totjeschlagen, nen Tiger schießt man eben nich an.“

Vatta hatte sich durch russische Medizin kuriert, doch dann kam der Kaiserwettertag. Er hustete ausgiebig und hatte plötzlich ein Stück Lunge zwischen den Zähnen. Dieser Blutbrocken hatte eine schwammartige Substanz, wie er durch genaue Examinierung desselben feststellte. Sein Atem wurde immer schwerer. Wieder kurte er auf russische Weise, trotzdem beschwerte er sich.

„Ick kriech keene Luft …“

Mutti rief Dr. Criens und der überwies Vatta, sicher ist sicher, erst mal ins Krankenhaus, um ihn gründlich untersuchen zu lassen. Criens war gerade eben nicht Quacksalber genug, um alle Fälle selbst zu behandeln. Zwar erkannte er außer Grippe keine einzige Krankheit, doch hatte er ein Näschen für die gefährlichen Fälle, die er sofort zu einem Spezialisten überwies, was ihm den Ruf eintrug, ein hervorragender Arzt zu sein.

„Mir können Sie es sagen“, sagte Mutti, „ist es ernst?“

„Ach was“, sagte Criens, „wahrscheinlich Bronchitis, er soll nur mal durchgeröntgt werden, um sicherzugehen, dass die Lunge nicht angegriffen ist."

„Wirklich? Ist es wirklich nichts?" fragte Mutti.

„Der Paul ist gesund wie ein Ochse, Unkraut vergeht nicht", lachte der Arzt.

Mutti zuckte mit den Schultern und begleitete ihn hinaus.

Vatta wurde gründlichst untersucht. Dann teilte uns ein junger Arzt lakonisch mit, dass er Lungenkrebs habe, der rechte Lungenflügel sei praktisch schon vollständig zerstört. Es handele sich nur noch um Tage, vielleicht um zwei Wochen. Man behielt ihn also erst einmal da und gab ihm täglich Morphium, weil er große Schmerzen hatte. Über die Diagnose wurde Vatta nicht aufgeklärt.

„Ick werde jründlich untersucht und dann kann ick wieder nach Hause. Der Chefarzt Professor Blum war selber heute da."

Ich ging Vatta besuchen. Im alten evangelischen Krankenhaus blätterte die Farbe von den Wänden und ein Geruch von Desinfektionsmittel, der mühsam Urin und Kot überlagerte, lag in der Luft. Ich klopfte an die Tür und hörte ein gekrächztes „Herein", das war Vattas Stimme.

„Hee, Vatta!"

„Na, Knattskopp ..."

Er war schlechter Laune, freute sich aber doch, mich zu sehen.

„Ick bin dem Tod noch mal vonne Schippe jesprungen", sagte er, wobei ein kleiner Triumph in seinen Augen funkelte.

Das war ein gutes Zeichen, denn ich hatte ein Anliegen.

„Wie geht's?" fragte ich.

„Ick hab son Durst nachm Bier."

„Hör mal Vatta", begann ich, „ich brauche einen Radiorekorder, Luzies alter Plattenspieler ist kaputt. Radiorekorder, das ist jetzt das Neueste, da kann man Radio hören und gleichzeitig was aufnehmen!“

Natürlich hätte ich lieber eine Anlage gehabt, aber die wäre unbezahlbar für mich gewesen und also träumte ich von einem Radiorekorder.

„Watt kost det?“

„Zweihundert“, sagte ich vorsichtig.

Mir war bewusst, dass das ein Heidengeld war. Vatta holte seine Brieftasche hervor und gab mir zweihundert Mark.

„Koof dich“, sagte er.

Donnerschlag! Ich hatte bestenfalls einen kleinen Zuschuss erwartet.

Es gab Mittagessen und eine Schwester kam mit einem Wagen hereingefahren. Vatta musste Suppe aus der Schnabeltasse trinken. Er nahm die Schnabeltasse und setzte sie an den Mund, wobei er sich ein wenig aufrichten musste. Er schaffte es nur mühsam und unter Aufbietung all seiner Kraft, den Kopf zu heben. Dabei wurde er noch röter als sonst und begann schon nach einem Schluck vor Anstrengung zu zittern. Er stank wie immer, doch seine Gebrechlichkeit bewirkte, dass ich mich noch mehr als sonst vor ihm ekelte.

Glücklich und aufgeregt lief ich, ohne etwas zu essen, zu Elektro-Bellet und kaufte mir einen kleinen Radiorecorder. Geld für Kassetten und Batterien hatte ich auch noch übrig. Ich hörte den ganzen Tag Musik und nahm einige Sachen aus Hitparaden auf. Am nächsten Tag ging ich mit meinem „Ghettoblaster“, wie ich ihn liebevoll nannte, obwohl er dafür zu winzig und vor allem zu leistungsschwach war, in die Schule. In der Pause drehte ich voll auf und genoss zusammen mit Jens die Musik. Ich hatte den Rekorder aber nicht nur mitgenommen, um in der Schule anzugeben, ich wollte hinterher noch zu Vatta. Nach Schulschluss machte ich einen kleinen Umweg, um am

Kiosk zwei Flaschen eiskaltes Bier und die Zeitschrift „Praline“ zu kaufen, und ging Vatta besuchen.

„Hee, Vatta!“

„Na, Knattskopp …“

„Ich hab was für dich.“

Ich zauberte die zwei Flaschen Bier aus meinem Ranzen und gab ihm die „Praline“. Vattas Augen leuchteten. Ein paar Minuten Glück. Sofort musste ich ihm eine Flasche öffnen und er richtete sich auf, um einen kräftigen Schluck zu trinken und zwar ohne zu zittern. Er atmete geräuschvoll aus.

„Aaach, tut mich det juut“, flüchtig interessiert schaute er auf das Titelblatt der „Praline“.

„Guck mal Vatta.“ Ich zeigte ihm den Radiorekorder und forderte ihn auf: „Drück mal auf ‚Play‘.“

Vatta stellte den Rekorder ein und es erschollen Ernst Mosch und seine Egerländer in all ihrer Trompetenpracht. Das Stück hieß „Böhmische Mädchen sind klasse“. Jetzt war er wirklich glücklich. Er strahlte, bekam einen markigen Gesichtsausdruck und dirigierte die Combo mit der Faust bis zum bitteren Ende des Stückes.

⁘

Jens und ich planten eine Party. Nicht um zu feiern, sondern um Geld zu verdienen. Wir hatten keinen Pfennig und Klauen war zu stressig. Die Mädels gab es als Partyorganisierer nebenbei, dachten wir. Zuerst einmal brauchten wir einen Raum, einen billigen Raum, am besten einen Raum umsonst. Es gab wunderbare Räumlichkeiten im Lambertus-Heim der katholischen Kirche. Also gingen wir zum Pfarrer und Jens spielte seine ganze Blondheit aus.

„Nee, ehrlich, die hängen auf der Straße rum und wissen nicht, was se tun solln, so wie ich auch, bis ich Weihnachten mal von meiner Familie in Ihren Gottesdienst mitgeschleppt wurde.“

Hier schluchzte er sichtlich mitgenommen, aber auch froh über die Hoffnung, die Rettung.

„Seitdem hab ich voll Bock, Jesus zu preisen, Mann, und ich will selbst die Kinder von der Straße holen.“

Der Pfarrer nickte und strich sich über den Bart.

„Mann, wenn Sie sehen würden, was da draußen passiert. Alkohol, Drogen und keinen Halt. Die Jugendlichen wissen nicht, was Sache ist, die haben jesusmäßig keinen Plan“, sagte Jens zerknirscht.

„Irgendwie müssen wir die auf moderne Weise in die Kirche kriegen, und wenn die dann mal Ihre Predigt gehört haben, dann, zack!“ Hier hieb er mit der Faust in die Handfläche.

„Wie wäre es, wenn wir nächsten Samstag so was wie ne Christothek im Lambertus-Heim organisieren? Das wäre doch ein Anfang!“

Der Pfarrer, ein bleichgesichtiger Mann mit bauklotzartigen Brillengläsern, schaute uns durchdringend an und als er sah, dass unsere Zerknirschung echt war, denn Jens brauchte Geld und ich brauchte Patricia, sagte er: „Gut, also.“

Wir machten uns daran, Einladungen zu entwerfen, Plakate zu bemalen und überall Zettel zu verteilen.

Sünderparty im Lambertus-Heim!
Soul, Rock, Rap, Disco, Pop
DJ Francesco
Samstag, 19. 11., ab 21 Uhr
Arschlöcher zwecklos

So kam ich zu meinem ersten DJ-Auftrag. Es gab viele Vorbereitungen zu treffen. Die Ingredienzien einer guten Party sind ebenso einfach wie notwendig. Viele offenkundige Partystrukturen sind gleichgültig, aber manche kleine Unterschiede, die sein müssen, machen aus einer schlechten Party eine gute. Was muss sein? Das Verhältnis zwischen Raumgröße und Anzahl der Leute muss stimmen. Zuviel Raum ist schlecht. Eine Stunde für die zwanzig Meter zum Klo zu brauchen, ist auch schlecht. Es darf nicht zu hell sein, denn dann tanzt niemand, und nicht zu dunkel, denn dann sieht sich niemand. Es muss Alkohol im Überfluss da sein. Es muss leisere Ecken für die Unterhaltung geben. Das Wichtigste aber ist die Musik. Die Musik bestimmt den Rhythmus des Festes und auf hypnotische Weise die Stimmung der Menge. Spielt man den gesamten Abend Hardrock, wird es eine Schlägerei geben. Bei Punkrock gibt es Alkoholleichen und Pogoverletzte. Zuviel Schnulz, und man schläft ein und um zwölf sind alle schon zu Hause. Zuviel Black-Music und alle wollen kopulieren, keiner mehr feiern. Bei Reggae werden die Menschen so entspannt, dass es an Langeweile grenzt. Bei Disco berauschen sich tanzende Gogo-Schlampen an ihren eigenen Bewegungen und niemand sonst traut sich auf die Tanzfläche. Und was ist mit Techno, Drum-and-Base oder Gruftmusik? Oh, das kann man den ganzen Abend spielen. Das hören sowieso keine Menschen, sondern nur Maschinen und selbsterklärte Leichen.

Die Musik dirigiert das Fest – und ich bestimmte die Musik. Die Mischung zwischen den Stilen machte es. Ich musste für das Fest einen Platz zwischen den Mühlsteinen finden.

Wir schwelgten in Vorfreude und malten uns alle möglichen Szenarien der Macht und des Reichtums aus. Und natürlich dachten wir daran, in Frauen zu baden, die um uns, den Partyorganisator und den DJ, herumschwirrten. Im Grunde genommen dachte ich aber nur an Patricia, daran, wie ich sie zum Tanzen brächte, wie dann viele Frauen mich umschwärmten, die ich wie einen lästigen Umhang abstreifte, um sie in meine Arme zu nehmen. Ich gab ihr in der Schule eine Freikarte. Die Zeit bis zur Party war kaum zu ertragen.

Dann ging es los. Um neun Uhr hatte sich schon eine kleine Schlange von Bekehrungswilligen vor dem Eingang zum Lambertus-Heim versammelt. An der Kasse saß Jan, ein kleiner und sehr breiter Kumpel, der Karate konnte. Ich legte zunächst mal eine Kassette in die Anlage, die vorwiegend ruhige Musik spielte, damit die Leute sich langsam akklimatisieren und volllaufen lassen konnten. Die ersten Katzen trafen ein. Klack klack klack machten ihre Stöckelpfötchen. Während mich die Katzen in dieser Stunde keines Blickes würdigten, zog ich sie magnetisch an, sobald ich hinter der DJ-Theke stand. Es war, als sei ich vorher unsichtbar gewesen und jetzt aber plötzlich aus Gold. Eigentlich zum Lachen, wenn die Katzen nicht eine so ernste Angelegenheit gewesen wären.

Ich ziehe das Tempo ein wenig an, spiele aber noch keine tanzbare Musik. Da kommt Patricia. Hier kommt Patricia. Oh ja. Turnschuhe, Tigerleggins, schwarzes Top. Sie durchschreitet den Raum, durchschneidet den Raum, gibt dem Raum endlich seine Koordinaten, seinen Bezugspunkt. Von da an gibt es nur noch rechts von Patricia, links von Patricia, vor, hinter und unter – unter? – Patricia. Sie kommt zu mir, oh heilige Scheiße!

Lambertus-Scheiße, denke ich und muss lachen. Sie umarmt mich.

„Hallo."

„Hallo."

„Ganz schön was los schon", sagt sie. „Kann ich meine Sachen hier hinlegen?"

„Klar."

„Spiel mal was Fetziges!"

„Noch nicht. Die Leute müssen noch ein wenig reden und trinken."

Patricia stutzt, lächelt und verschwindet in der Menge. Ich glaube, sie fand es toll, dass ich ihren Wunsch nicht gleich erfüllt habe. So professionell. Ein Mann und seine Aufgabe. Er lässt sich durch nichts abbringen von seinem Kurs. Ich atme tief ein und meine Brust schwillt.

Ich habe eine verdammte Mission, sage ich mir, und die lautet … – ja wie eigentlich? Patricia, denke ich, während ich ausatme.

Bald wippt die Menge am Rande der Tanzfläche und ist hinreichend angetrunken für den Durchbruch, traut sich noch nicht so ganz, will aber. Jetzt also den Umschwung einleiten durch einen Partyknaller, schnell, laut und gängig. „It's raining men" ist der perfekte Start, um eine Sollbruchstelle in der loungeartigen Gemütlichkeit zu knacken, die man ohnehin nicht mehr aushält. Rhythmuswechsel, Tempo und Lautstärke. Das Eis, die Fassade der Coolness ist dünn, will gebrochen werden. Aber nein, irgendetwas stimmt noch nicht, sie wollen, die Mädels am Rande der Tanzfläche, sie wollen, es zuckt in ihren Beinen, es juckt in ihrem Schoß, aber sie kommen noch nicht tanzen. „It's raining men", kommt schon, Mädels, nur für euch. Ich dämme das Licht, und das war es, auf einmal fünf, zehn, zwanzig Katzen auf der Tanzfläche, noch unsicher, noch vorsichtig, ängstlich auf den leeren Raum zwischen sich und den sie anstarrenden Männern blickend, aber das nächste Lied liegt schon auf. „Come on Eileen". Gas jetzt, Gas, Gas, Gas, kommt schon, bewegt eure Hintern, kommt, kommt, kommt, schwingt eure Ärsche. Die Rundungen drehen im Rhythmus, sie drehen hin, sie drehen her, sie zeigen alles, was sie haben. Grüne, blaue, gelbe Lichter, Schwarzlicht, Blitzlicht, Bier und fließende Bewegungen.

> Get your rocks off.
> Get your rocks off honey,
> shake your mama
> in a pub downtown.

Die Tanzfläche wird voll, einige Jungs tanzen. Ich hab sie, ja, jetzt hab ich sie.

Ich trinke gierig ein Bier. Es rinnt die Kehle runter und der Rhythmus spielt weiter, trifft mich von innen, löst mich auf. Immer wiederkehrender Rhythmus wummert aus den Boxen, Lichter tanzen in der Luft, ich wippe hin und her und schwimme mit, schwimme voraus, lass mich überholen, bin umgeben von tanzenden Schönheiten, die mich anlächeln, die mich umarmen, Mädchen, die mich sonst kaum grüßen, umarmen mich. Ich schwimme mit Mädchen, ich bade in Mädchen und ich fühle mich wie ein Gott, ich bin ein Gott.

Jetzt tanzt Patricia neben mir, sie ist einfach hinter die DJ-Theke gekommen. Spielerisch umarmen wir uns, halten uns, ich küsse ihren Hals, und ihr Duft, der Champagner ihrer Nässe katapultiert mich vollends in eine andere Umlaufbahn. Meine Küsse tasten sich von ihrem Hals langsam höher am Ohr vorbei, an der Wange vorbei, bis ich fast an ihrem Mund bin, das Lied ist aus und alles schreit, protestiert, ich rase zur Anlage, suche mit zitternden Händen eine Kassette raus, die ich aufgenommen habe, um ein paar Lieder lang Ruhe zu haben. Gerettet, der Mob tanzt wieder. Patricia steht wie in Trance hinter mir, tanzt nicht mehr, steht schwach auf ihren Beinen wie ein Fragezeichen, ist irgendwie leicht gekrümmt, ich nehme sie bei der Hand und führe sie in den Raum hinter der DJ-Theke. Schockartige Ruhe und Dunkelheit umgibt uns.

„Du verwirrst mich", sagt sie.

Ich lehne sie gegen die Wand, wir küssen uns wild, sie drückt ihren Schoss gegen mich, ich trinke, trinke ihren Kuss, immer fester, immer gieriger, drücke sie an mich, reibe mich an ihr, sie stöhnt, wir stöhnen, ich küsse ihren Hals und taste mich langsam nach unten, küsse den Ansatz ihres Ausschnitts, werde verrückt vor Lust, als mein Mund in dem Beginn ihrer Brüste atmet und sie berührt, drückt, ich küsse, lecke, ja, lecke ihren Busen, drücke sie gegen mich, schiebe meine Hand von hinten in ihre Hose, halte ihren Hintern, der glatt und hart wie ein Spiegel ist, aber konvex. Die Tür geht auf, wir stieben auseinander, die Musik ist aus und ich muss raus.

⁘

Einen Brief folgenden Inhalts erhielt Fräulein Patricia Bettighoff drei Tage später.

Wenn Patricia tanzen geht

Gebt Acht, dass sie euch nicht begegnet,
denn sie tanzt heute in der Stadt.
Verflucht, verzaubert und gesegnet,
wer immer sie gesehen hat.

Gefährlich geht sie durch die Menge
und beugt die Blicke zu sich hin.
Vor und hinter sich Gedränge,
ist sie Zebra oder – Tigerin?

‚Was sollte mir denn schon passieren?'
Dann passet auf, was mir geschah:

Ich kann mich nicht mehr konzentrieren,
seitdem ich ihren Hintern sah.

Und als ich mich noch weiter traute,
– wenn ich dran denk, packt mich das Graun –
und ich ihr in die Augen schaute,
da ward ich blind für andre Fraun.

Ich tat mich an der Hoffnung laben,
vielleicht ist sie ein bisschen blöde?
Doch seit wir uns getroffen haben,
sind alle andern Frauen öde.

So wie Vögel, die man blendet,
damit sie umso schöner singen,
hab ich mein Augenlicht verpfändet,
um dieses Ständchen ihr zu bringen.

Sprachlos, traurig, ohne Sicht
auf diese Augen, diesen Hintern,
wie soll man da nur überwintern?
Was soll ich tun im Winterloch?
Ich schreibe ihr nun ein Gedicht,
allein das Leben ist es nicht.

Oder doch?

✣

Die Ärzte sagten, dass man jetzt eine Chemotherapie machen solle, damit sich Vattas Leben noch um etwa zwei Monate verlängere. Mutti und Luzie entschlossen sich dagegen. Wir fuhren zum Krankenhaus.

„Vatta, du kannst raus."

„Bin ick jesund?"

„Ja."

„Ick fühl mir och wieder."

Da er kaum laufen konnte, stützten Luzie und ich ihn auf beiden Seiten und setzten ihn ins Auto. Zu Hause wartete schon ein Abendessen nach Maß.

Ölsardinen, Harzer-Roller, Stullen mit dick Butter drauf und natürlich bedeutende Stückzahlen kalter Blonder und eisgekühlter Klarer. Als Vatta die Wohnung betrat, ging es ihm schlagartig besser, er lief fast ohne Hilfe den Korridor entlang und setzte sich zum Abendbrot. Genüsslich goss er sich ein Bier ein und tat einen tiefen Schluck.

„Aah, tut mich det jut, tut mich det juut!"

An diesem Abend gab es keinen Streit, weder mit Mutti noch mit mir.

„Erna, biste klarjekommen mit die Wirtschaft?"

„Es geht so, Paul."

„Mojen koofste dich mal 'n neuet Kleid."

„Is gut, Paul."

„Knattskopp, watt haste in die neue Klassenarbeit?"

„Eins, Vatta."

„Minus?"

„Glatt."

„Bringse mich, ick les se mojen zum Frühstück."

„Alles klar, Vatta."

„Dat noch mal wat wird, aus dem Bastard, watt Erna, hätten wa nich jedacht", sagte er anerkennend.

„Deutsched Blut!" und leiser „Meen Blut!" Dann, fast zärtlich: „Knattskopp, weeste, ick bin dem Tod nochma vonne Schippe jesprungen."

„Klasse, Vatta."

Vattas Konsum war trotz des dreiwöchigen Krankenhausaufenthaltes unverändert. Erst als die ganze Flasche Korn geleert war, humpelte er ins Bett.

Am übernächsten Tag stand er am Morgen nicht auf. Er war nicht wach zu kriegen. Dr. Criens sagte, wir müssten Vatta jetzt zum Trinken bewegen und ihm Flüssignahrung durch die Schnabeltasse einflößen. Ansonsten trockne er aus. Es sei kein richtiges Koma, sondern eher ein somnambuler Zustand, so eine Art leichtes Koma, bei dem der Kranke mitunter noch etwas von der Außenwelt wahrnimmt. Vatta hatte die Augen geschlossen, doch stöhnte er die ganze Zeit, so als ob er große Schmerzen leide. Criens sagte, wir müssten ihm jeden Tag Morphium spritzen.

„So, hier die Spritze ins Vorratsgefäß tauchen, dann herausziehen, mit der Spitze senkrecht nach oben halten, mit dem Fingernagel dagegen schnipsen und dann ein wenig hineindrücken, bis oben ein paar Tropfen herausspritzten. Dann nehmen Sie hier den Arm und pieksen direkt in die Vene hinein. So."

Mühelos senkte sich der Stahl in Vattas Fleisch.

„Gut, Herr Doktor, hab ich verstanden", sagte Mutti.

Nichts hatte sie verstanden und so gingen die ersten zwei Spritzen daneben. Sie rührte um Vattas Venen herum und Vatta stöhnte. Dr. Criens musste noch einmal kommen. Diesmal spritzte Mutti, während Criens zuschaute und so lernte sie es schließlich.

„Hat er getrunken?"

„Nein, Herr Doktor, seit zwei Tagen nichts getrunken."

„Das ist bedenklich", sagte Criens.

„Wenn er noch einen Tag nicht trinkt, stirbt er."

Vattas Lippen waren rissig und ausgetrocknet, sein Gesicht ähnelte dem eines Westernhelden, der drei Tage ohne Wasser durch die Wüste laufen musste.

Wenn Mutti eine Schnabeltasse mit Wasser oder Tee an seinen Mund setzte und ein wenig hineingoss, verzog er seinen Mund wie im Ekel und spuckte alles wieder aus.

Mutti kam eine rettende Idee. Sie stellte Bier kalt und füllte es, mit einem ordentlichen Schuss Klaren in die Schnabeltasse. Wir standen alle um Vattas Bett herum.

„So, Paul“, sagte Mutti, „nu komm.“

Mutti setzte die Schnabeltasse an und goss etwas des für todkranke, unter Morphium stehende Patienten doch nicht schulmedizinischen Inhalts in Vattas zerrissenen Mund. Nichts geschah. Weder schluckte er, noch spukte er es aus. Immerhin. Mutti goss noch einen Schluck nach. Dann plötzlich, erzitterte sein gesamter Körper, er schluckte laut und mit hörbar viel Luft hinunter. Wir freuten uns und Mutti goss gleich nach. Wieder Pause, diesmal aber schon kürzer, wieder Zittern, wieder ein Schluck. Dann aber trank er zügig, sehr zügig, insgesamt acht Flaschen Bier mit Schuss in Schnabeltassenportionen. Nach jedem Schluck kam ein „Aach, aach“, und seine durstleidende Miene heiterte sich förmlich auf. Das Gesicht bekam wieder gesunde Farbe und als es nach dem Bierkonsum höchste Zeit für seine Morphiumspritze war und Mutti diese gekonnt applizierte, zeigte sich sogar ein leises Lächeln um seine Mundwinkel. Alkohol und Morphium, Vatta hatte allen Grund zum Lächeln.

Zwar spritzte Mutti jetzt täglich halbwegs professionell, doch stach sie dann und wann daneben und rührte wieder eine Weile herum, bis sie die Vene gefunden hatte. Einmal wollte es gar nicht klappen. Erst stach sie daneben, dann zu flach, dann zu tief, quasi durch die Vene hindurch, bis der Stahl abrupt durch Knochen gebremst wurde. Vatta, der nun seit vier Wochen im Koma war, schrie plötzlich: „Au!“

Mutti erschrak. Dann erschrak sie noch mehr. Vatta hatte die Augen geöffnet und starrte sie an:

„Paul, ich, entschuldige, ich …"

Vatta starrte sie aus rotgeäderten Augen unbeweglich an.

„Paul, ich …"

Vatta starrte.

„Du, du Mistviech, du willst mich wohl umbringen!"

Das waren seine letzten Worte. Er schloss nach diesem Satz die Augen ebenso plötzlich, wie er sie geöffnet hatte. Kalter Schweiß auf Muttis Stirn. Sie holte eine neue Spritze und setzte sie vorsichtig an. Der Schuss saß auf Anhieb.

Vatta ging es deutlich besser, seitdem er Alkohol eingeflößt bekam, selbstverständlich nur den Umständen entsprechend, wie man so unschön sagt. Tatsache ist, dass er Woche um Woche weiterlebte, obwohl die Ärzte doch versprochen hatten, es handele sich jetzt nur noch um Tage.

Der große Vatta in Windeln. Er roch nicht mehr nach ungepflegtem Mann, also immerhin nach Mann, sondern stank nach Tod. Doch er starb nicht. Am Abgrund schwankend, hangelte er sich von Morphiumspritze zu Schnabeltasse. Er entwickelte große wundgelegene Stellen, die versorgt werden mussten. Er verfaulte. Dabei musste er täglich gewindelt, gespritzt und mit Flüssigkeit und mit Flüssignahrung versorgt werden. Ein unappetitliches Zeug, das ihm durch Öl aus Fischkonserven versüßt wurde. Max kam jeden Tag, um Vatta umzudrehen, immerhin. Währenddessen legte Mutti trocken und strich Salbe auf die wunden Stellen, die schon nach Leiche stanken. Obwohl er das Bewusstsein vollkommen verloren hatte, stöhnte er, wenn ihm etwas besonders weh tat, oder seufzte, wenn er Bier aus der Schnabeltasse bekam. Das waren die einzigen Lebensäußerungen der letzten Wochen und während es zu Beginn seines Siechtums rapide bergab ging, schien nun ein außerordentlich stabiler Zwischenzustand erreicht, der den Prognosen der Ärzte eine Woche nach der anderen abtrotzte.

Es kümmerte sich die gesamte Familie in rührender Fürsorglichkeit um ihn und selbst Max kam, wie gesagt, bereitwillig jeden Tag, um ihn umzudrehen. Dazu brauchte es einen kräftigen Mann wie ihn und er erfüllte diese mehr als unappetitliche Aufgabe mit einem Takt und einer selbstverständlichen Routine, die zu bewundern war. Mutti bekam bessere Übung im Spritzen und fütterte Vatta geradezu liebevoll. Während Vatta sich in den ersten Wochen seiner Bettlägerigkeit also sehr guter Pflege erfreuen durfte oder sagen wir besser, hätte erfreuen können, so trat doch nach einiger Zeit Erstaunen über die Zähigkeit seiner Natur auf. Ein Erstaunen, das schließlich in einen leisen, von allen uneingestandenen Ärger mündete. Oh, nicht dass der Service, den Vatta umgab, nun nachgelassen hätte, das nicht, aber es wurde nun deutlich, dass das allzu rührende sich Kümmern seine Ursache in der Erwartung baldigen Ablebens hatte. Nach einem Monat etwa begann die Angelegenheit allen Beteiligten lästig zu werden und selbst Dr. Criens, der den Moribunden jeden dritten Tag observierte, hatte keine rechte Freude mehr an den Visiten. Wie gesagt, Vatta wurde nach wie vor unverändert vorbildlich gepflegt und es wurden auch keine Äußerungen dergleichen getan, man gestand sich vielleicht nicht einmal selbst die Unlust ein, mit der man Vattas Schlafzimmer betrat. Allein während des Umdrehens, während des Trockenlegens, Waschens, Fütterns und Spritzens verließ die Innigkeit die Gesichter und der Ekel machte sich unverhohlen breit. Dachte man anfangs: Ist doch ein Menschenkind, das hier zugrunde geht, so dachte man schließlich: Was hat er mir schon Gutes getan.

Dr. Criens, der ein Menschenfreund ersten Ranges war, mochte die Sache nicht mehr länger mit ansehen, mochte aber aus juristischen Gründen, die den menschelnden leider entgegenstanden, auch nicht aktiv eingreifen. Und so sagte er:

„Frau Kupka, ist schon eine große Belastung, was?“

„Ach, es macht gar nichts, Herr Doktor.“

„Ja, ja, aber wenn es Ihnen mal zuviel wird, ich meine, der Arme, er leidet ja nur noch, siecht dahin … Es ist ja nicht mit anzusehen. Ich meine, Sie brauchen ja nur die Spritze mit Morphium ganz voll zu ziehen, ganz bis obenhin …“

Erna schüttelte den Kopf.

Der Arzt ging. Erna trank eine Tasse Tee und schaute aus dem Fenster. Dann holte sie eine frische Spritze und zog sie bis zum Rand auf mit dem flüssigen Glück. Sie hielt sie senkrecht nach oben, so wie ein Verbrecher die Pistole, wenn er hinter einem Türrahmen wartet. Dann schob sie den Kolben ein wenig hinein, bis ein paar Perlen glitzernd wie Edelsteine die Nadel hinunterliefen.

„So, Paul, nu is jut“, murmelte Erna, während sie ihm fast zärtlich die letzte Spritze gab.

✣

Ich schlummerte mit einem Lächeln auf den Lippen, denn endlich schien es passiert zu sein. War es wirklich geschehen? Ich träumte mit einer Intensität, die selten ist und gegen die alles Reale müde und abgeschmackt wirkt. Endlich, nach vielen Jahren des Wartens und der Erwartung wurde ich überreich beschenkt. Über mir schwebte und fiel ihr schwellender Körper leicht und schwer in elastischem Schwung. Es war mehr als real, es war wie ein Traum. Sie hatte goldene – nicht blonde! – Haare und ihre Augen waren Saphire, dunkelblau und leuchtend. Riesige Flügel aus geschmeidigem Glas schienen sie schweben zu lassen. Dann küssten wir uns und ihre Honiglippen machten all meinen vergangenen Kummer vergessen, ja selbst meine zukünftigen Sorgen und Beschwernisse würden, das spürte ich sofort, in Erinnerung an diesen Kuss leichter zu tragen sein.

Wir geigten uns gleichzeitig in den Himmel und ich musste in Gedanken daran noch immer lächeln, da dämmerte mir etwas. Mit erst kaum wahrnehmbarer, dann lauter werdender Stimme wurde ich gerufen. Wie ein leises Geräusch, von dem man im Moment der Wahrnehmung ahnt, dass es schon länger da war, hörte ich:

„Francesco? … Francesco!“

„Ja … was?“

„Francesco, ich liebe dich.“

„Ich liebe dich, Patricia, mein perlendes Blut“, sagte ich verloren, doch glücklich, und umfasste ihren Körper, der wie eine Form in meine Arme gegossen war, wie schimmerndes, bordeaux-rotes Blut, dass zu einer geschmeidigen, weißen Perle geronnen war. Oder zu zweien, denn perlmuttfarben glänzte im Dämmerlicht des Mondes ihr Popo, den ich zu streicheln und drücken nicht satt wurde. Wir küssten uns innig, dann sank ich ins Kissen und Patricia wiegte uns in sanft schaukelnder Bewegung. Da, als Morpheus uns friedlich gestimmt, doch entschlossen in seine Arme nahm, hörte ich es in der Ferne singen:

Hoch auf dem gelben Wagen
sitz ich beim Schwager vorn.
Vorwärts die Rosse traben,
lustig schmettert das Horn.
Felder und Wiesen und Auen,
wogendes Ährengold.
Ich möcht’ ja so gerne noch schauen,
aber der Wagen, der rollt.

Epilog

Ein Versuch über die Sinnlichkeit

Ich definiere Sinnlichkeit als das Talent, bei ein und demselben Genuss mehr zu fühlen als die anderen.

Eine Fuge von Bach in der Wüste ist nicht da. Sitzt ein Schwachsinniger davor, ist sie ein bisschen da, und wenn ein begabter Mensch sie wahrnimmt, ist sie schon ziemlich da. Richtig da ist sie aber erst, wenn Mozart sie hört.

Und genau das ist der Grund, warum Patricia erst Wirklichkeit wurde, als Francesco mit ihr schlief. Er hatte die Begabung zur Sinnlichkeit von Vatta geerbt. Aber woran leiden die Personen dieser Geschichte, wenn Sinnlichkeit eine Begabung ist? Und welches Bild entspricht der Sinnlichkeit? Ist die Sinnlichkeit ein schönes Mädchen mit leuchtenden Augen? Leicht könnte man das glauben, denn nichts entfacht stärker sinnliche Gefühle als Schönheit. Vielleicht ist genau *das* Feuer in ihren Augen Sinnlichkeit, welches sie eines Tages verbrennen wird. Mehr aber wahrscheinlich nicht.

Nein, die personifizierte Sinnlichkeit sieht anders aus. Am besten erkennt man sie an ihrem Abbild, das heißt an der Form, die sie schafft, wenn man ständig in ihrem Element lebt. So, wie nach Konrad Lorenz die Flosse ein Abbild des Wassers ist und der Flügel ein Abbild der Luft, beides also Antworten, Anpassungen, fleischgewordene Ideallösungen zum Leben in diesen Elementen, so ist Vatta ein Abbild der Sinnlichkeit. Und genauso wie uns Flügel und Flosse Auskunft über das formgebende Wesen, über die Gegebenheit, die *objektive Wahrheit* der Luft und des Wassers geben, so gibt uns Vatta Auskunft über die Form, die ein Mensch nach lang andauernder und absoluter

Sinnlichkeit annimmt. Wir erkennen, dass es sich hier um Formvernichtung handelt.

Das Leuchten in den Augen eines jungen Mädchens ist eine Portion Höllenfeuer, die ihr ungeheuer gut steht, doch nur, weil es eine kleine Dosis ist. Noch besser steht ihr eine große Dosis, die sie aber bald zersetzt. Die Sinnlichkeit ist ein riesiges Beidhandschwert, das, bei richtiger Handhabung, dem Gegner den Kopf abtrennt, leicht aber auch den eigenen. Die Sinnlichkeit ist ein Feuerwerk, das mit der Seele des Sinnlichen gespeist wird. Welchen Sinn hat aber dann Sinnlichkeit, warum hat das Leben sie erfunden, wenn es sich damit selbst zerstört?

Da war also, lang ist es her, eine Urhorde. Eine Horde, die irgendwo zwischen Mensch und Affe stand, wir wissen nicht genau, wie viel des Weges zu uns schon zurückgelegt war, wir wissen nur eines mit Sicherheit: Die Urhorde hatte Hunger. Selten genug erjagten die Männer ein größeres Wild, selten genug fanden die Frauen ausreichend Beeren oder gar einen Bienenstock voller Honig. Hier kontrollierte noch die Verfügbarkeit, nicht die Vernunft den Nahrungskonsum. Aber schon damals gab es Festtage. Schon von weitem hörten die Frauen am Jubelgesang der Männer, dass ein Mammut erlegt worden war. Das Wasser lief in ihren Mündern zusammen, denn man hatte Tage, vielleicht Wochen so gut wie nichts gegessen und würde nach diesem Braten Tage, vielleicht Wochen nichts mehr zu essen bekommen. Jeder aß so viel er konnte, Reserven mussten angelegt werden. Da das Leben nichts anderes will – weiß der Teufel warum – als zu leben, dachte es sich einen Trick aus. Es koppelte die Sinnlichkeit ans Essen. Derjenige überlebte am längsten, der an diesem Tag am meisten fressen konnte. Und am meisten fressen konnte der, dem das Essen am wichtigsten war, dem es am besten schmeckte. Ohne Frage waren jene Urmenschen besonders im Vorteil, die eine besondere Freude am Essen entwickelten. Oder besser: Die mit noch tierischerer Geilheit ihre Zähne wieder und wieder in das für einen Tag unerschöpfliche Fleisch schlagen konnten.

So wurde die Sinnlichkeit zum Überlebensfaktor und schrieb sich unauslöschlich in unser Leben, in unsere Gene.

Die Urmenschen waren also gesättigt und lagen faul am Feuer herum. Sie waren zufrieden und hätten ruhig einschlafen können, doch das Leben ließ sie nicht in Ruhe. Da das Leben nichts anderes will – weiß der Teufel warum – als zu leben, war es noch nicht ganz zufrieden. Gut, zwar hatte es sich selbst durch die Kopplung der Sinnlichkeit ans Essen in Form dieser Bande für eine Weile am Leben gehalten, doch es wollte mehr. Das Leben war eine unersättliche Krankheit, es wollte nicht nur ein Menschenleben bestehen, es wollte für immer bestehen, es wollte Ewigkeit. Also währte die Trägheit und Zufriedenheit der Horde nach dem barbarischen Mahl nur kurz. Mann und Frau schauten sich um, denn irgendetwas schien ihnen zu fehlen. Das Leben, dieser teuflische Schuft, hatte die Sinnlichkeit an die Fortpflanzung gekoppelt und so fielen denn Mann und Frau in unnatürlicher Freude übereinander her. Es gab dabei strenge Regeln und Hierarchien. Das Alphamännchen durfte sich zuerst eine Frau aussuchen. Denn nicht nur hatte es die besten Gene und würde somit den eigenen Nachkommen das beste Überleben sichern, sondern versprach auch Schutz, Schutz vor anderen und sich selbst. Ein Mann lernt eine Frau kennen, das heißt also: ein fremder Mann lernt eine Frau kennen, diese Situation gab es damals nicht. Man lebte in Horden zu vielleicht fünfzig Individuen, jeder kannte jeden, schon lange. Ein fremder Mann lernte nur dann eine fremde Frau kennen, wenn die Frau von einem anderen Stamm mit Gewalt geraubt wurde. Diese Frau hatte es schwer und stand Todesängste aus. Die anderen Frauen des Clans hetzten gegen sie und ihre einzige Chance war, dem Alphamännchen zu gefallen. Also gab sie ihm etwas, was ihm das Leben angenehmer machte: Sex. Sie diente ihm, um zu überleben, sie erniedrigte sich und wurde dominiert und hatte Todesangst dabei. Todesangst und Lust. Das Alphamännchen kam immer recht früh zu Essen und Sex, weswegen die Party aber noch lange nicht zu Ende war. Nun schlug die Stunde des Schamanen, des Eintänzers, Medizinmannes, Spaßvogels, DJs und Bajazzos. Er hatte Kontakt zu den Göttern. Auch stärkte er das Selbstbewusstsein der Männer, indem er sie vor der Jagd mit unverwundbar machenden Salben einrieb und hinterher die Wunden, Stellen also, an denen versehentlich nicht eingesalbt worden war oder die Salbe von tagelangen Wanderungen heruntergeschwitzt war, mit brennenden Tinkturen versorgte. Wie in Trance hieb er mit Knochenstücken auf Trommeln und alles tanzte dazu. Er war der Entertainer und konnte sich die nächste Frau aussuchen. Das heißt, eigentlich suchten die Frauen ihn aus, und da alle ihn wollten, konnte er wählen. Weitere Pärchen fanden sich nach ähnlichen Kriterien. Die Männer balzten und die Frauen suchten aus.

So kam es nach dem Mahl zu einem Stöhnen und Begatten in der Urhorde und erst danach war das Leben für eine Weile zufrieden.

Das Leben war klug genug, nicht nur die Lust an Fressen und Sex zu binden, sondern auch die Qual der Unzufriedenheit, die „Unlust", steigen zu lassen, wenn es länger kein Fressen oder keinen Sex gab. Da wurde der Urmensch dann unrastig und lief herum, um seine Unlust loszuwerden.

Unlust ist der Motor und der Spiegel der Möglichkeiten, nur die Allerbegabtesten haben ein Recht auf die Erfüllung der höchsten Ansprüche und damit fast immer den Fluch der Unlust in sich. Es muss ungeheuer viel stimmen, damit sie sich einen Moment wohl fühlen, denn sie haben die Möglichkeit, den höchsten Gipfel zu erklimmen. Die schlimmste Unlust ist zu akzeptieren als andere Seite der Medaille: Wer ja sagt zur höchsten Lust, sagt ja zum größten Leid. Das Zentralproblem der heutigen Zeit: Man hat nicht die Kraft, das Schlimme zu ertragen, will aber immer Spaß. Das ist, als wolle man baden, ohne nass zu werden. Die Vergnügungen sind zu mächtig für die kleinen Seelen.

Doch zurück zur Urhorde: Unlust ist ein positiver Wert, weil er zu Veränderung führt, im Gegensatz zum Wohlgefühl, denn nichts aktiviert einen Menschen stärker als eine große Lust, die unbefriedigt ist.

Unlust war vom Leben als Tritt in den Hintern gedacht und Lust als belohnendes Tätscheln des Kopfes. Da sowohl beim Fressen als auch beim Sex die Lust dadurch nicht von irgendeiner mittleren Stimmung, sondern von ganz unten startet, fühlt der Mensch sich in seinem Tun doppelt bestätigt: Nicht nur der Schmerz ist weg, nein, die Freude ist sogleich überreich vorhanden. Hier entsteht der Geist. Die Sinnlichkeit packt uns tiefer als der Geist – wahrscheinlich, weil die Sinnlichkeit zuerst da war und dann die Geistigkeit hinzukam. Wenn wir Schmerzen haben, denkt der Geist über Schmerzvermeidung nach, wenn wir Lust haben über die Wiederholung der Lust. Es setzen dann Versuche ein, Experimente, die zu empirischen Kausalzusammenhängen führen. Wenn ich dieses Kraut esse, dann geht es mir besser. Wenn ich die Falle so und so konstruiere, fange ich ein Tier und vermeide Hunger. Wenn ich die Flöte in dieser Art spiele, gefällt es der Frau und ich bekomme sie. So etwa könnten die ersten logischen Gedankengänge ausgesehen haben, die überhaupt in Menschenköpfen heranwuchsen. Die Logik und mit ihr die Geistigkeit beginnt mit der Überlegung, wie man Schmerzen vermeiden kann.

Alles in allem war das eine gute Strategie, die das Leben sich da ausgedacht hatte, nur leider hatte es die Rechnung ohne den Menschen gemacht. Dieser nämlich wollte alsbald nicht mehr leiden und war wild entschlossen, einen Zustand herbeizuführen, in dem Essen und Sex unendlich zur Verfügung stehen. Also probierte der Mensch herum, machte Experimente. Er war findig genug, sich die Zivilisation zu schaffen, einen Zustand also, in dem (bei uns zumindest) durch Sozialhilfe und Supermärkte jeder zu jeder Zeit so viel essen kann, wie er will. Während früher nur die Leistungsbereiten belohnt wurden, also nur wer auf die Jagd oder zum Sammeln ging, denn nur der hatte manchmal etwas zu essen, so ist dafür heute immer weniger Leistung, immer weniger Form notwendig.

In den ersten Tagen der Menschheit wurde man von den Umständen dazu gezwungen, sich zusammenzureißen und etwas zu tun, um etwas zu essen zu kriegen. Das führt in den jüngsten Tagen der Menschheit zu dem absurden Zustand, dass der Mensch vor jeder Fertigpizza in heimliche Freude ausbricht, weil der Urmensch in ihm denkt: Ah, endlich, das Mammut ist geschlagen, ich habe es erlegt, nun muss ich aber soviel wie möglich fressen, sonst werde ich verhungern. Der Urmensch in ihm denkt das vermittels der Sinnlichkeit, vermittels der schieren Geilheit aufs Essen. Das ist der Grund, warum wir beim Essen nicht aufhören können.

Nun tritt ein neuer Begriff und damit eine neue Haltung ins menschliche Dasein. Wurden dem Menschen früher durch die Umwelt, also durch die Verfügbarkeit der Nahrung Grenzen gesetzt, so sitzt er nun vor einem Nahrungsberg und muss sich selbst Grenzen setzen. Diese neue Haltung nennt man Disziplin, etwas, das anerzogen werden muss. Menschen, die keine Disziplin haben, besitzen also keine innerlich gezogenen Grenzen gegenüber ihrer Sinnlichkeit. Sie erinnern uns an eine frühere

Stufe des Menschentums und es sind archaische Menschen, die es lange aushalten, so zu leben.

Disziplin ist die sich selbst auferlegte Fähigkeit, auf einen Genuss zu warten. Und wieder ist der Geist gefragt. Früher musste zwangsläufig auf einen Genuss gewartet werden, und man überlegte, wie man ihn erjagt.

Heute gibt es keine notwendigen Wartezeiten mehr, so dass unsere Zeit ein herrliches experimentelles System zum Studium der zersetzenden Kraft reiner Sinnlichkeit ist. Disziplin ist somit ein Koppler, ein Vermittler zwischen Geist und Sinnlichkeit, sie ist das erste Stück Kultur auf dem Weg von der Natur zum Geist.

Schlecht ging es unseren Vorfahren meistens, selten gab es zu essen und die Zentralheizung war ebenfalls nicht vorhanden, das Leid und die Not waren ihre ständigen Begleiter. Nicht etwa das Leid und die Not von heute, es gab keine psychischen Probleme, weil man sich die Psyche noch nicht leisten konnte. Es ging schlicht und ergreifend darum, nicht zu verrecken. Darum ging es auch dem Nachbarstamm, mit dem man natürlich verfeindet war und der einem die schönen Mammuts wegzufressen drohte. Besser war es, die Männer des Nachbarstammes, wo man nur konnte, totzuschlagen, und so hielt es der Nachbarstamm umgekehrt auch. Konnte man eines Nachbarn lebendig habhaft werden, so quälte man ihn genüsslich zu Tode, so, wie es heute noch fast alle „Wilden" tun. Lustig anzuschauen war der Todeskampf und das Gequieke dessen, der einem die Mammuts wegfraß. Das hatte er jetzt davon. Beim Anblick des Gefolterten fiel unseren Urmenschen wiederum eine unheimliche Geilheit an und das Wasser lief ihnen im Munde zusammen. Flugs wurde der Unglückliche zu einem Dämon erklärt oder zumindest vom Dämon besessen musste er sein, das machte die Sache einfacher und erstickte die zarte Flamme des hier und da aufkeimenden Mitleides sofort. Er war ja kein Mensch wie du und ich und wenn doch, geschah es schließlich zu seinem Besten, wenn man ihn vom Dämon erlöste. Wenn sie ihm die Knochen brachen und deren Splitter unter die Fingernägel schoben, ging es ihnen nicht mehr ganz so schlecht. Sie schnitten sein Fleisch heraus und zwangen ihn, es zu essen. Ein wohliger Schauer lief ihnen über den Rücken und sie vergaßen ihr Unglück, was im Vergleich dazu ja klein war. Scheint uns das heute absurd? Ist diese Form der Sinnlichkeit in aufgeklärten Zeiten nur noch vereinzelt in Perversen angelegt? Aber, aber, wer freut sich denn nicht heimlich über die eigene Gesundheit, wenn er einen Kranken sieht? Wie viele Menschen lesen mit Vergnügen die Todesanzeigen, wenn sie die Tageszeitung aufschlagen?

⁘

Die Sinnlichkeit hat drei Quellen, von denen die erste der Urquell ist und die beiden anderen später hinzufließen. Der Urquell ist die individuelle biologische Ausstattung an Sinnlichkeit, Libido, „Jefühl", man nenne es, wie man will. Schon in die Wiege gelegt ist so manche Fähigkeit zum Genießen, weil die empfangenden Neuronen, die dafür verantwortlich sind, einfach stärker ausgeprägt sind. Es ist schlicht eine Begabung für Sinnlichkeit vorhanden, genau so wie bei anderen für Mathematik. Da gibt es Babys, die den ganzen Tag nach Essen schreien, die wohl auch glasigere Augen kriegen und zufriedener glucksen als unbegabte, wenn sie dann an die Brust geführt werden. Auch spielen diese Babys viel lieber und ausgedehnter an ihrem kleinen Geschlecht herum und sind dann eine Weile still und selbstvergessen. Denn schon als Baby ist die Fähigkeit angelegt, später einmal einen Mann oder eine Frau, ein Glas Bier, einen Schweinsbraten vielleicht dreimal mehr zu genießen als alle anderen. Diese Babys werden, wenn sie Männer und Frauen geworden sind, in selbstverständlicher und nicht hinterfragter Freude mit ihren Partnern ins Bett gehen, werden dieses unsichere Wagnis, diesen fremden Raum betreten wie ihr ureigenstes Element, wie ein Fisch, der endlich ins Wasser springen kann. Sie werden als Kinder schon Prioritäten setzen, wenn die Mama ihnen ein großes Eis bestellt, und sie dabei andere Kinder und ihre Spiele links liegen lassen. Das ist der erste Quell der Sinnlichkeit und er ist ein entscheidender. Ist hier schon wenig Druck und Überschießendes, so wird kein mächtiger Strom mehr daraus werden.

Nun kommen die beiden anderen Quellen vermittels der Erziehung hinzu. Wie Vatta zeigt, gibt es sinnliche Genies aus Bequemlichkeit. Bequemlichkeit ist nichts anderes als in der Erziehung vermittelter Mangel an Disziplin. Disziplin bedeutet, nur selten Ausnahmezustände gelten zu lassen, in denen man Fünfe gerade sein lässt, es sich eben bequem macht. „Fünfe gerade sein lassen“ bezeichnet den Urzustand der Sinnlichkeit, in den wir alle fallen wollen, in den wir alle fallen würden, wenn da nicht der Riegel Disziplin vorgeschoben wäre. „Fünfe gerade sein lassen“ darf man aber nur, wenn das Mammut geschlagen ist, sonst stirbt man. „Fünfe gerade sein lassen“ markiert also den Festtag, den Tag, an dem das Mammut erbeutet wurde! Dieser Tag muss heutzutage durch vielfachen Verzicht aktiv gestrichen und wieder einberufen werden, weil das Mammut ohnehin jeden Tag auf dem Tisch liegt. Also: Der zweite Quell der Sinnlichkeit ist die Bequemlichkeit oder mangelnde Disziplin. Und auch hier zeigt sich die formzerstörende Wirkung überbordender Sinnlichkeit. Wer ständig das Außerordentliche will, darf sich nicht wundern, wenn die Ordnung in seinem Leben verloren geht. Ist es denn ein Zufall, dass ausgerechnet in den Ländern, in denen die Lust überquillt, die Straßen am schlechtesten asphaltiert sind?

Nun kommen wir zum dritten Quell, der eher eine aktiv treibende Kraft der Sinnlichkeit ist, während die mangelnde Disziplin eher dem Lösen einer Bremse gleicht. Der dritte Quell ist der Schmerz, und zwar vornehmlich der Schmerz, der uns in der Kindheit zugefügt wurde. Wurde man heftig geschlagen, mit Nahrungs- oder Liebesentzug bestraft, war die einzige Liebe der Eltern vielleicht in einer Tracht Prügel zu haben? Oder haben sich die Eltern unaufhörlich gestritten? Nun, dann wird man irgendwann im Leben das Beste fordern, weil man das Schlimmste hatte. Es gibt Wunden, die brennen so unerträglich, dass nur die feinste Salbe sie lindern kann. Die feinste Salbe, das ist die Sinnlichkeit, das ist der Rausch, der Sex, der Schweinsbraten. Wenn wir uns in inniger Umarmung befinden, spüren wir die Schmerzen und Kränkungen der Kindheit nicht mehr, sie treten in den Hintergrund, werden übertönt durch das Übergroße, Überschöne, durch das alles durchdringende, markerschütternde Horn der Lust.

Es ist wie ein Wagen, vor den Rösser gespannt sind. Die meisten Menschen haben eine gesunde Anzahl Rösser, die nicht übermäßig feurig sind, vor ihren Lebenswagen gespannt. Sie haben mehr oder weniger straffe Zügel, um die Richtung vorzugeben und ihre Pferde im Zaum zu halten, und sie haben eine Peitsche, mit der man die Pferde zur Not antreiben kann. Weit kommt nur, wer starke Rösser *und* starke Zügel hat. Dann gibt es ängstliche oder kraftlose Menschen, die halten ihr schwaches Pferdchen mit krampfiger Hand und dicken Zügeln fest, haben ihm wohl auch noch Scheuklappen umgebunden, damit es nicht von dem ewig geraden Weg abweiche, und fahren langsam, Meter für Meter ihren Lebensweg dahin. Manchmal, wenn die Pferde sich gar zu langsam bewegen, schlagen sie wohl mit gesitteter Hand ein wenig mit der Peitsche und verursachen ein bisschen Schmerz, doch nur, damit der Wagen angenehm ruckelt, wenn das Pferd ein wenig anzieht. Ein Spießer schielt wohl manchmal nach dem großen Pferd, doch verurteilt er es moralisch, weil er keine Kraft hätte, es zu reiten.

Auch gibt es solche, die haben temperamentvolle Rösser, doch trauen sie sich nicht, ihnen die Zügel zu lassen, sondern halten sie mit Zaumzeug aus Stahl, das ihnen tief ins Fleisch schneidet und sie früh erkranken lässt. Das sind sinnliche Menschen, die sich lieber totarbeiten, als ihre Sinnlichkeit zu spüren. So sind sie, die sinnlichen Menschen: entweder sie arbeiten gar nicht oder viel zu viel. Diejenigen, die viel zu viel arbeiten, sind von ihrer Sinnlichkeit gegeißelt. Diese ist schmerzhaft geworden, da sie nicht befriedigt wurde. Aus Rücksicht auf Konventionen oder wegen anderer Hemmungen hat man sich nicht getraut. Oder aus Mangel an Gelegenheit, weil man vielleicht zu hässlich war. Manche aber wollen im Leben weiterkommen als bis zur nächsten nackten Umarmung: So haben große Menschen mitunter starke Rösser, die die Spannkraft ihres Geistes bilden.

Die sinnlichen Genies nun, unsere Helden, besitzen viel mehr und auch viel feurigere Rösser als alle anderen. Sie haben, nachdem sie in der Jugend lässig und einhändig die Zügel haltend an allen vorbeigerauscht sind, lange jeglichen Zügel verloren, sind zügellos, und ihre Rösser jagen wie toll kreuz und quer durch die Landschaft. Das Weiße ihrer aufgerissenen Augen zeugt von Wahnsinn und davon, dass sie längst durchgegangen sind, ihre Nüstern sprühen Feuerfunken und obwohl unsere Freunde sich kaum noch auf ihrem gelben Wagen halten können, schlagen sie immerfort mit blutverschmierter Peitsche auf die Pferde ein, und jagen mit rasender Geschwindigkeit auf den Abgrund zu.

✣

„Man kann nicht mehr Glück verbrauchen, als man erzeugt." Die größten Unglücke folgen aus Unkenntnis dieses Satzes. Man muss immer die Zeche zahlen, für alles, was man tut.

Ein Beispiel: Ich gehe auf ein Fest und betrinke mich maßlos, amüsiere mich königlich. Am nächsten Tag wird der Kater folgen. Indianisch ausgedrückt habe ich die Freude des nächsten Tages schon an dem Abend des Festes verbraucht. Wissenschaftlich ausgedrückt reagiert der Körper immer homeostatisch, das heißt ausgleichend. Wenn ich trinke, werden durch den Alkohol Rezeptoren, also Empfangsstationen in meinem Gehirn angeregt, die für Glücksempfinden verantwortlich sind. Übermäßiges Glück ist die Folge. Nun reagiert das Gehirn ausgleichend, indem es die Anzahl der Rezeptoren herunterreguliert. Am nächsten Tag sind wenig Rezeptoren da, aber leider auch kein Alkohol mehr, nichts, um den Glücksknopf zu drücken, der Kater beginnt mit übermäßigem Empfinden von Unglück. Nun reagiert der Körper wieder ausgleichend, indem er die Rezeptoren hochreguliert bis der Kater verschwindet. Das bedeutet Leiden und Warten, das bedeutet Zeche zahlen. Zeche zahlen heißt die Dosis der Droge herunterzuregulieren, um Rezeptoren wieder zu sensibilisieren, sonst ist eine Dosiserhöhung nötig, die in den Untergang führt. Das ist der Grund, warum sinnlich-begabte, aber geistlose Menschen untergehen. Umso mehr Polarisierung man aushalten kann, desto mehr lebt man. Der Hang zu exzessiver Sinnlichkeit bedeutet eine zusätzliche Polarisierung.

Das Ganze ist wie Schlittenfahren. Man fährt den Berg hinunter, und das macht Spaß. Dann muss man den Schlitten wieder hochziehen, und das macht keinen Spaß. Manche Menschen wollen immer herunterfahren und wundern sich, wenn sie in der Hölle ankommen. Nicht alle halten das so gut aus wie Vatta. Den Schlitten hochziehen bedeutet Glück erzeugen. Glück erzeugen kostet Kraft und macht keine Freude. Vor einigen Jahren wurde eine interessante soziologische Untersuchung durchgeführt. Menschen, die ein Autounfall irreversibel an den Rollstuhl gefesselt hat, wurden kurze Zeit nach dem Unfall befragt, um Angaben zu Häufigkeit, Dauer und Intensität ihrer Glücksempfindungen zu machen. Eine andere Gruppe, die befragt wurde, waren Lottogewinner. Während nun die Querschnittsgelähmten kurze Zeit nach ihrem Unfall sehr unglücklich und die Lottogewinner sehr glücklich waren, pendelte sich das Glücksempfinden nach ein paar Monaten auf exakt dasselbe Niveau ein, das heißt die Querschnittsgelähmten waren genauso glücklich wie die Lottogewinner.

Haben wir es hier mit einem Nullsummenspiel zu tun? So ist es. Es gibt fast nichts, was netto Glück einbringt. Das Geheimnis der Lebenskraft besteht vielleicht in der Fähigkeit, die Täler zu durchschreiten und den Schlitten hochzuziehen. Nun gibt es viele, die überhaupt nicht Schlittenfahren, die niemals auf die Gipfel wollen aus Angst vor den Tälern. „Ich mache mir nicht so große Hoffnungen, dann bin ich hinterher nicht so enttäuscht." Eine typische Aussage der mangelnden Lebenskraft. Rauschzustände werden vermieden, um sich nicht dem Kater auszusetzen. Unsere Helden aber – nun, wir machen ihnen viele Vorwürfe, aber diesen nicht: es sind keine seelischen Haushälter und Geizhälse – schmeißen sich in jeden Rausch, ohne Rücksicht auf Verluste. Dem Feuerwerk muss die Asche folgen und der Kraft die Leere, alles kommt aus dem Gleichgewicht und will ins Gleichgewicht zurück.

Ich sagte, es gibt fast nichts, was netto Glück erzeugt. Fast. Hungern, Arbeiten, Sport, Musik – eigentümliche Reize der inneren Sammlung, fast so schön wie im warmen Schlammbad des Gehenlassens zu versinken. Und vor allem: Ohne Reue. Allerdings ist Askese nur im Zusammenhang mit Hurerei sinnvoll, sonst vertrocknet sie.

Das allumfassende Gleichgewicht umspannt das Leben. Wenn man es unterschreitet, muss man es auch überschreiten. Wenn man nur überschreitet, wird man wie Vatta; unterschreitet man es nur, so wird man ein verknöcherter Streber und Eckensteher. Die Gefahr beim Wechsel zwischen Eis- und Schlammbädern ist der Kreislaufkollaps. Das muss riskiert werden.